吳炳鍾英語教室

英文Q & A

吳炳鍾◎著

目次

使用說明

一. 代字
二. 符號
三. 註音

第一章　口語

第二章　字義

第三章　用英語怎麼樣說

第四章 類似意義字的辨別

第五章　讀音

第六章　標點符號

第七章　名詞

第八章　冠詞

第九章　形容詞

第十章　副詞

第十一章　動詞

第十二章　不定詞

第十三章　動名詞

第十四章　介詞

第十五章　句的結構

第十六章　附加問句

第十七章　學英語的途徑

使用説明

一. 代字

　爲求節省篇幅，書中常談到的英語字典都用以代字表示；如所引字典出版時間與下表所列不同，就另註其出版年月。

AHD *American Heritage Dictionary of the English Language* (Second College Edition, 1985)

ALD *Oxford Advanced Learner's Dictionary of Current English* (Third Edition, 18th Impression [revised and reset], 1985)

ChD *Chambers 20th Century Dictionary*(New Edition, 1983)

COD *Concise Oxford Dictionary*(7th Edition, 1982)

DCAU Evans & Evans, *Dictionary of Contemporary American Usage* (1957)

HDCU *Harper Dictionary of Contemporary Usage*(2nd Edition, 1985)

RHCD *Random House College Dictionary*(Revised Edition, 1984)

RHD *Random House Dictionary of the English Language*, Unabridged Edition(1966)

WBD *World Book Dictionary*(1982)

Webster 3 *Webster's Third International Dictionary of the English Language*(1961)

Webster 2 *Webster's New International Dictionary of the English Language*(2nd Edition, 1934)

WNCD *Webster's Ninth New Collegiate Dictionary*(1986)

WNWD *Webster's New World Dictionary of the American Language*(2nd College Edition, 1984)

二. 符號

置於例句之前的*號是表示該例句不合理、不合習慣、不能成立，如*The child was crying out his eyes.——這個前置*號的措施是語言學書籍中通用的。

請注意所說「例句」不必為完整的句子，如*to unexpect。

三. 註音

1. 國內英語教科書今天使用的複雜音標(所謂「K.K 音標」)是我不贊成的，因為它有不必要的麻煩，但在此處我還是採用，只是作了兩項必需的簡化：

   (1)不使用/ʌ/符號，因為與/ə/無實際的區別。(理由見《英語發音》，聯經出版，2003年12月)。

   (2)不使用/ɜ/符號，因為與/ə/無實際的區別。

2. 如 any, city, easy, history 等字中之末尾加音，我註的是/i/符號而不是國內教科書及字典所用的/ɪ/符號，因為 city 一字中的兩母音作不同讀法乃是今天美語的普遍趨勢；easy 一字中的兩母音同讀也是(請參看《英語發音》)。舉一個例證來說，1986年版的 *Webster's Ninth New Collegiate Dictionary* 在第35頁說，只有在如英格蘭南部及美國南部等方言裡，easy 等字中

非強勢讀音的-y 才是通常被讀作/ɪ/。

3. 雖然/ɑ/與/a/符號也無實際的區別(理由同見《英語發音》),在本書內我兩個都用了。原因是偶爾地會註法蘭西語讀音需要用/ɑ/;否則就一律可以/a/表示了。

第一章
口　語

1-1

我知道 to fly off the handle(發脾氣)/ on pins and needles(著急地，如坐針氈)/ to go back on(背棄)等片語的解釋與字面不同。請問它們算是「成語」？「慣用語」？還是什麼別的？又 idiom 究竟是什麼？

idiom 一字有多種意義，列舉如下。其中對我們學英語最重要的一項，我放在最後：

1. 一個地區、階級、職業等使用的話，例如 the American idiom，例如 the idiom of sailors。

2. 一個語言用字的通用選擇排列之形式，例如英語用 acquiesce in a plan 表示「勉強同意計劃」，而不是說*acquiesce to a plan。

3. 一個人、一個時代、一門宗派的藝術表達方式，例如 Shakespeare's idiom(莎士比亞的文體)，如 the idiom of the French impressionists(法國印象派畫家的風格)。

4. 有特殊意義的一個字群，其特殊意義從字面意義看不出(如來信舉的 to fly off the handle＝發脾氣)，或是難於看出的(如 on pins and needles＝著急地)。

　　上述之第4項意義是難作意義自明之翻譯的。有人試過慣用語、慣用句、成語、習語，都有疆界不明的缺點。

　　在回答問題的時候，我只用 idiom 原字（第4解），甘心情願每次專作解釋。

1-2

　　在Thornton Wilder的劇本*The Skin of Our Teeth*裡有一句子：The whole world's at sixes and sevens, and why the house hasn't fallen down about our ears long ago is a miracle to me.

　　其中的fall down about our ears作何解釋？

　　沒有特殊的意思，只是等於說「房子垮在我們的頭上」(fallen down on our heads)。木製的東西倒下來會有套在頭上的可能，about our ears 是類此的描寫。

　　at sixes and sevens (idiom) 在這裡指紊亂，等於 in confusion，和我們的「亂七八糟」相似；它也可能有「意見不一致」的解釋。

　　劇本的名稱很別致。by the skin of one's teeth.(idiom)是表示「幾乎不能，或幾乎沒有做到……」，例如 He escaped drowning by the skin of his teeth.是「他差一點點就淹死了；差一點點他就逃不了淹死的厄運」。

1-3

　　請解釋He went head over heels in the hole (for a recorder)。

　　這裡有兩個 idioms.

　　head over heels 本來是指翻筋斗；另外的意義是「完全地」

或「深深地」。這是一個 idiom。

hole 在美國口語有「窘困情況」、「難境」的意思；in the hole 是一個口語的 idiom，指負債。

動詞 went（go）在此處的意思是「使自己進入了……之狀態」。

合起來是「他（爲了一個 recorder）而去負擔大筆債務」。recorder 可能是錄音機，也可能是歐洲古樂器中的一種簫。

1-4

請解釋下列兩句：

1. I couldn't care less.
2. I could care less.

句1的參考資料是F. T. Wood, *English Colloquial Idioms*；該書說couldn't care less是在1950年前後開始流行的說法，表示對某事物的完全漠不關心。

句2的來源是*TIME*週刊(Dec. 26, 1977, p.28)：I could care less about the strike or boycott, I'm going to keep drinking Coors.(啤酒牌名)。

我覺得句2的I could care less.也是作「我一點也不在乎」解釋，和I couldn't care less.一樣。

但是could...less能等於couldn't...less嗎？

表示完全不在乎，漠不關心的正確說法，無疑問地是couldn't care less。「不可能有更低度的關心」當然就是「完全不在乎、不關心」。

但是有些美國人學此說法的時候並不曾分析過，在用的時候因爲懶惰把它的音節少讀了一個，於是就產生了could care less

的「粗心片語」。

這種情形在英語中並不孤立。should have 先被讀作
should've，然後被下一代人聽來以為是 should of，然後就產生如
He should of stayed home.的句子。could of / would of 也就是常被
人使用的錯誤說法。

至少在北平話裡我可以提供一個類似例子。表示「費了很
多時間或力氣」，有如同「我好不容易才找到了這一本字典」
的說法。但是往往有人把「好不容易才」說成「好容易才」。

也有許多美國人反對使用 could care less 的不合理說法。收
到來信的時候，剛好在舊金山的報紙上看到「Ann Landers 專欄」
裡，有讀者提出此事請她主持公道：

...Second complaint（I have a friend who）says, "I could care
less." What she really means is I COULDN'T care less.（If she could
care less, she does care somewhat.）

請注意，來信所說 F. T. Wood 之著作，其名稱中的 Idioms
一字乃是1-1項中的第2種解釋。

1-5

> 下列的句1抄自遠東字典，句2抄自東華《牛津字典》：
>
> 1. I have twelve but I shall need as many again.（我有十二個，
> 但我將需要兩倍這樣多［即二十四個]）。
>
> 2. I have six here and as many again(i.e. six more)at home.（我
> 在這兒有六個，在家裡還有六個）。
>
> 兩句的片語as many again相同，但解釋卻是不同。請問為什
> 麼？

如果美國字典 AHD 與英國字典 ALD 的解釋不是錯誤的，

這是一筆無法算清的糊塗帳：在句2中所說的 as many again at home 可能是六個，也可能是十二個。

東華《牛津字典》是 ALD 之第2版加漢譯。句2是其中對 many 之第1項解釋下的一個例句，把 as many again 解釋是「一樣多」。

但是同字典在 again 的第4解釋項下，卻清楚地說：as much (many) again: twice as much (many)：加一倍，多一倍。

跟著這一個片語，該字典又補充了一個，更加強了 again 必是表示「增添」的肯定性：half as long (old)again: one and a half times as long (old)：長半倍(年齡大半倍)。

英國的 COD 很清楚地說 as much again 的意思是 twice as much，並沒有另外的解釋。它也解釋了 half as much or many again 是「一倍又半」。(《大陸簡明字典》是跟了 COD 的，當然不會有反對的說法。)

非常奇怪，ALD 第3版在 again 一字的第4解釋裡，一方面保持第2版中 as much(many) again 之「加一倍，多一倍」的解釋(參閱上文)，另外還增加了 the same number, the same quantity(同數量)的解釋，使 as much (many) again 成為有兩種不同意義的糊塗片語；而且還使它和 as much (many)再無區別！*

美國的 AHD(1982年版)給 as much again 也下了互不相容的解釋：

1. The same amount：同數量

2. Twice as much：加一倍

有些美國字典沒有談到 as many (much)again 這個片語；

---

* ALD在1985版裡沒有改變說法。唯一差別是在舉例中把原來的 many (much)改變為much (many)。

RHCD 及 WNWD 與 WBD 都解釋其意義爲「兩倍」。RHCD 在這一方面比任何其他字典講的都清楚,在 again 一字之下,它說 again 的意思有:

3. additionally (used with expressions of proportion and quantity): half again as much.(與比例及數量的表示並用)增添地,額外地,例如 half again as much(再加同量的一半)。

4. doubly (used with an expression of quantity): as much again as I have.(與數量的表示並用)加倍地,例如 as much again as I have(我所有數量之雙倍地)。

我的結論是:別人說或寫 as many (much) again 的時候,我們猜不準人家的意思。如果不能請對方澄清,只好糊塗下去。我們自己呢?應該避之如蛇蠍,不要使用這個片語。

到今天爲止,至少 half again as many (much)還沒有被字典解釋爲0.5倍,而只有「1.5」倍的意思。我們仍以不用爲上策。

1-6

我任職貿易公司,負責英文書信的往返,發現我們學的一項關於 out of question 的解釋,與英國人的用法並不一致。我們學過的是 out of question 等於「沒問題(即可以,可能)」,是 idiom;而 out of the question 是完全不可能。

在《大陸簡明英漢字典》裡,也說 out of question = beyond question,解釋爲「無疑,的確」。

但是,我們公司在英國的兩家客戶皆把我寫的 out of question 當成「完全不可能」。

來信所提到的現象,牽涉到編者抱了多年懷疑而無力去研究的問題,更談不上解決了。

這個問題是，誰(或是什麼辭書，什麼學誌)能告訴我們：早年流行通用的一項 idiom 現在沒有人使用了。

從道理上講，一定有若干 idioms 被時間淘汰掉，說不定還相當多。因爲新的 idiom 和新的字與舊字新解在不斷地增加，舊的不可能都被保持通用；而且英語國家的「國語、國文」教科書的取材範圍必是一年廣於一年。

因此，字典裡列舉的 idioms 就產生了幾個值得討論的疑問。第一是在今天是否通用？第二是其通用是指今日的時文及口語，還是包括前一段時間裡的文學著作？如果是後者，包括多久以前一段時間的？第三是一本可靠英英字典改版以後，如果減少了舊版中所列的 idioms，是爲了篇幅而如此呢，還是認爲已經廢用了呢？第四，如果可靠的英國字典仍舊列舉一項 idiom，而有同等或更高地位的美國字典不再列它，這是否表示它過去是英美雙方通用的，而現在美國已不通用了呢？

類似的問題很多。都沒有可靠的答案。沒有人專門研究英語 idiom 的各個「壽命」。idiom 的「生年」可能查得出，其死亡的判定都辦不到，更不必說其時間。

我先談一個另外的例子。英語的名詞中「可以計數的」(countable nouns)作單數用的時候，前面要用「冠詞」；是凡習慣上不用的構造，必是一個 idiom。(idiom 的定義見1-1)。例如 at school 是「在學」而不是「在學校那裡」，left school 是「不再讀書」而不是「從學校離開」，go to church 是「去做禮拜」而不是「到一個禮拜堂去」。這些是在英國與美國都不成疑問，是仍舊通用的 idiom。但是 go to hospital 呢？

英國字典 ALD 在1985年版仍然把它列爲 idiom，解釋爲「住進醫院」enter a hospital as a patient，而且還舉了一個用冠詞的例子來示明相異之點，I'm going to the hospital to see my brother.

美國呢？

　　我所查過的美國字典沒有把 go to hospital 或 in hospital 當作
idiom 的。我也問了幾十位美國不同地區的人，他們都說沒有聽
見人用過這樣的話。在中國教過英語的美國人說，在剛聽見我
問的時候，以為我是漏掉了該用的冠詞——漏掉冠詞是我國人
使用英語的常見、而且是難於克服的缺點。

　　這是否就是可以說，go to hospital 在英國是仍然通用的
idiom，而在美國不是？後一半話可以說。前一半有疑問。跟來
信所說的 out of question 同樣地有疑問。

　　英英字典的編纂原則有兩類。一種是以教書的老師的立場
來編，教給讀者字該如何拼、如何讀音、如何意思、如何使用；
一種是以新聞報導的方式來編，告訴讀者一個字大家是在如何
拼、如何讀、如何解釋、如何使用。1960 年美國的 *Webster
International* 字典之第三版問世的時候，才有真正使用第二種編
纂原則的字典。

　　雖然《大牛津英語字典》(OED) 及其凝縮為兩卷的 SOD 十
分注重單字的「生年」、「退隱年」等歷史現象，其編者的基
本態度是以老師的立場來編此字典的。以 Oxford 為名的其他更
小的字典也是。

　　「新聞報導型」的字典要有很豐富的取材工作，要作調查，
也要用相當多的人（否則就要花過長的時間，可能長到會失去時
效），也要有很多的經費。這樣的字典比較公允正確，因為編纂
的方法較為合理、客觀。（當然可靠的字典不可能是純屬第一型
或純屬第二型，而是兩種態度的混合。我所說的某一型是指其
編纂方針立場主要是屬於某一型；所謂主要是指 90% 以上。）

　　ALD 字典是第一型的，參與編纂的人只有少數幾位，而且
以「教外國人學上等的英國話」為其基本目標。編的人並沒有

去問英國的群眾(包括讀書不多的人、非英格蘭南部的人、年輕一代有另外一套表情達意方式的人),某一個字作何解釋,或某一項 idiom 是否還聽得懂,看得懂。作這本字典之基本依據 [1] 的COD,在1948年以前是世界上最好的「教」英語的字典,是1960年以前一切英日字典的藍本,是對於全世界英語教學影響最大的一本字典。但是它也是第一型的字典,也是只由很少數人執筆的。

　　關於 in hospital 在英國是否仍是 idiom(即英國人如果聽見或看見這個說法,會不會即刻了解是指「住進了醫院」),我前後問過十幾位英國人,都是受了不錯教育的;我得到的印象是他們猶豫一下以後才承認確是有此說法。到底是他們聽見過這種說法呢?還是在老的書甚或上述字典裡看見呢?這是我至今無法判定的。

　　日本的語言學者川本茂雄 [2] 在所主編的《講談社英和辭典》裡,對於 in hospital 作了模稜兩可的處理,說「入院」是 be in (a) hospital(即可用可不用 a),「出院」是 be out of (the) hospital,「入院」的另一說法是 go to (a) hospital。

　　來信所說 out of question 在從前一切英語系字典都解釋作「無疑地、的確」(= beyond question);但是 ALD 字典並沒有列它。任何繼續出版中的美國字典也都沒有列它。

　　見到讀者來信以後,我很好奇地遍查找得到的英語系的英語字典,看它是何時「絕跡」,並沒有收穫。文獻上唯一的發現,是日本英語研究社在1960年出版的《新英和大辭典》把 out

---

1　這是指它的間接依據;它的直接前身是Harold E. Palmer著的*A Grammar of Words*

2　早稻田大學教授,普通語言學以及日本語語言學、英語語言學者,也編有頗有地位的法日字典。

of question作上述的解釋，同時加上了「（廢）」的標誌。這一本字典是國際知名的，編集人是有名的英語學者，加此標誌必有根據。它的更早一版是1953年出的，再早一版是1936年出的，讀者如果有人收存，請查一下這一項 idiom 是否已經加了廢用的標誌。不可思議的是，作此字典1960年版之第一編集人的岩崎民平教授（曾任東京外國語大學校長）在他1973年出版的《現代英和辭典》裡，又列入了這一項習語，但把廢用的標誌拿掉了。

很抱歉我們沒有力量去逐一鑑辨各項 idioms 是否仍然健在人間，使得來函的讀者遭遇了這種困難。《大陸簡明英漢字典》的藍本是日本三省堂的 *Concise English-Japanese Dictionary*，在作漢譯的時候我們更動了若干地方，但是無力逐一作深入的研究，但在更新的版本裡已經把 out of question 刪除了。

out of question 是美國與英國通用的說法，意思如來信所說的。它說的「完全不可能」是基於「談也不必談」的意義。

更大的而且實用的問題，是我們如何避免遭遇類似的困難問題呢？那兩家英國公司的讀信人不認識舊英語說法，所以看錯了你寫去的信。那麼我們就要避免使用從字面上看不出意思的一切說法，包括掌故、雙關語、古人的話，以及構造或用字與今日英語有差別的一切諺語等。這不是說，你寫文章的時候都不可以賣弄這些花樣，而是說你如想要確保自己的意思能被讀者正確了解，就要遵守這樣的原則。

1-7

在一個大學英文課本裡，有一篇James Bryant Conant的 "Address to Freshmen in Harvard College"，其中有一句是Even during your college career you will find groups of propagandists ready to use you for their own purposes; you will find them to right and to left.

請問句中的to right和to left為什麼不加定冠詞作to the right 與to the left？

to right and to left 合起來是一個 idiom，意思是「到處；處處」，相當於 all over the place 或 everywhere。

這個慣用說法比較更為常見的形式是 right and left(見 RHCD)。

來信所引的句子意思是「即使在你的大學生活時期，你都會遇到許多打算利用你而達到他們自己目標的宣傳專業分子；你到處都會遇到這種人。」

1-8

在電影裡聽到Two hamburgers to go.的話。其中的to go是什麼意思？

這句話的意思是「給我兩客漢堡麵包，要帶走」。用在餐館(包括所謂速食店)裡，to go 是美國口語*，意思是 to be taken out。另外的說法是 takeout，作形容詞用。

在常賣 to go 飲食的餐飲店裡，例如賣甜點及冷熱飲料並且供座位的小吃店，如果顧客在櫃台點餐時未說明是否要帶走，店員多半就會問：For here? or to go?

---

* 所謂美國或英國口語，主要是指它的起源，後來能否傳遍英語的世界乃是短時間內不易判定的。

1-9

How about going swimming?這句話有無錯誤?

"How about…"是正常英語的口語構造,意思是「你對……有什麼想法、感覺、印象」*,是勸誘、勸說對方同意的話。後面接名詞(如 How about a cup of tea?),或如來信例句中的名詞相當構造。

"What about…"的作用是一樣的,在英國和美國都用。我覺得"How about…"在美國比較通用,但並無證據。

至於 going swimming 的構造也是沒有問題的:go+動詞+ing 表示為了某行為(游泳)而動身,go 變為 going 而擔任 about 的受詞。

1-10

在報紙上看到UPI通訊社報導裡有這樣一句——Women still single at 40 are more likely to be killed by a terrorist than make it down the aisle.

問題如下:

1. 本句中有沒有遺漏的字?than make it是否改為than to make it?

2. 此it 指什麼?

3. 請解釋全句的意思。

添加這個 to 使語氣更順暢,使意義更明顯,雖然不添加 to 句義仍是可懂。

---

* WNWD解釋為What is your thought feeling or concerning…?

句中的 still single at 40 是主詞 Women 的修飾語[1]。句子的基幹結構是 Women still single at 40 are more xx than yy.；意思是「到40歲仍是獨身的女性有 xx 情形的可能性大於有 yy 情形的可能性」。

xx＝likely to be killed by a terrorist：可能死於恐怖分子之手。

yy 部分省略了兩個字，補足以後是 likely to make it down the aisle：可能結婚。(實際的語氣相當於「可能結上婚」。)likely 之被省略是自然的，因為它距離 xx 中之 likely 很近，兩相對比的效果明顯，省略之舉更符合用字避免囉嗦的原則。但是 to 被省略不佳，因為減損了 more likely to be...than to make...的平行比較之順暢。

從較保守的修辭立場來講，要寫 to make，這樣讓讀者看到此處不會停頓一下去回顧前文。改寫為 making 也可以，但是比不上 more likely to be...than to make...的氣勢。

全句的意思是：「到40歲仍是獨身的女性，結得了婚的可能性還小於被恐怖分子殺死的可能性」。

to make it 是美英通用的口語，意思是「做到想要做的事」，或「得到想要得到的東西」[2]。其中的 it 是本身無確實意義的受詞，作用是襯托前面動詞或介系詞。COD 舉了好幾個用例[3]。

---

1 此修飾片語實在是一個形容詞子句的節縮：Women who are still single at 40。

2 to make it 另有一個與此無關的解釋，也是常用的，即表示「能夠及時到達什麼地方」，如 You can make it with hours to spare.：「你可以及時到達那裡，而且還有不止一個鐘頭的充裕時間」。

3 曾有人主張，使用這種 it 為受詞的動詞，都是從名詞變來的，如 foot it 徒步去/leg it 徒步去/lord it 作威作福/face it out 硬撐下去等。實則不然。除了方才看過的 make it，我還可以想到 run for it 逃走/watch it 小心/go it alone 獨力去做。COD 還舉了以這種 it 充任介系詞之受詞的例子：at it 工作中/with it 時髦的，站在潮流尖端的。請注意，這些都是口語。

　　the aisle 的中心字義是西方傳統式教堂裡正對祭台中央，而且兩側有柱子的走道；舉行婚禮時，新人沿此走道前行至祭台前。所以 walking down the aisle 與 leading someone down the aisle 都是指結婚。to make it down the aisle 是形容「依自己心願地結了婚」。

1-11

在 There's a chance he won't be able to make it home before Christmas. 這一句話裡，it 指的是什麼？

　　這句話的意思是「他在聖誕節以前趕不到家裡，也不無可能」。

　　美國話習語中的 to make it 的意思是「做到某一件事情」。當作「趕得上時間」的解釋，是口語的用法，在文章裡不大用(除非在小說、劇本的對白裡)。home 在這裡是副詞，說明 to make it 的目的。

　　這裡的 it 是無意義的。它的來源是模仿以下各片語所造成的，但是注意以下各片語的含意完全存在於動詞裡：

　　在你問的那句話裡，home 是副詞，說明 to make it 的目的。it 在其中並無明確所指。

　　我的大膽推想，這個習語的來源是動詞 make 的一個解釋：「造成、引致某人或某事的成功」，如 That venture made him.(那一次的冒險使他成功了)。

　　這個演變是如何發生的呢？在下面的例句裡可以看出，it 從前曾經明確地指一種情形或事物。現在就是拿來當作動詞的一個方便的補充字而已。例1的 it 指「譴責、懲罰」；例2的 it 就難說究竟指「爭執的對象」，還是「討論、辯論」的行為。

1. You will catch it.(你逃不掉的。)

2. I will have it out with him.(我要和他講個清楚。)

例3的 foot 是從名詞變來的動詞。這樣的動詞特別多用無明指對象的 it 爲受詞，如例4、5等。

3. He footed it.(他徒步走的。)

4. He will lord it over us.(他會對我們很神氣的。)

5. She queened it over the younger girls.

（她對比較年輕的女孩子們持頤指氣使的態度。）

作介系詞的受詞也有類似的 it：

6. He had a hard time of it.(他受了一段時間的罪。)

1-12

to let the cat out of the bag 的說法依照 *Oxford Advanced Learner's Dictionary* 的解釋是 to tell a secret (without intending to)：無意地洩漏秘密。

爲什麼這個說法有此解釋？誰把貓裝進袋子？洩漏秘密者就是放貓出來的人嗎？

to let the cat out of the bag 是成語，而且是有傳說歷史。

據說從前在英國鄉間屢次發現假賣小豬的騙局：騙子在好幾個袋子裡分裝一隻隻的貓，而另外以小豬作貨樣廉售小豬，但是給買主的限於已裝袋裝好的。上當的買主回家打開袋子就把貓給放出來了。

過去袋子不但叫 bag 或 sack，而且還叫 poke；poke 只有方言還用，除了一句成語的例外：to buy a pig in a poke。此成語的來源也是上述的傳說騙局，其解釋是「不知其價值或未見其物就購買」。

這種傳說在德國和法國也有。相當於 to buy a pig in a poke

的德語說法是 die Katze im Sach kaufen, acheter chat en poche。

1-13

in a moment 相當於「霎時」還是「一會兒」？那麼 for a moment 又代表什麼意思？

不要把這兩個「片語」看作有字面以外意思的 idioms[1]。區別在於 for 與 in。

為了易於分析，我們先看 for five minutes 和 in five minutes 的差別。

前者所表示的，是某一狀況或某一行動的持續五分鐘：

1. Let us rest for five minutes.
   （我們休息五分鐘吧。）

2. She talked with the doctor for five minutes.
   （她和醫生談了五分鐘。）

3. He was angry for five minutes.
   （他生氣有五分鐘的時間。）

後者所表示的，是某一狀況或某一行動的結束不會超過五分鐘，（但是可以包括五分鐘）：

4. We will leave in five minutes.
   （我們在五分鐘以內動身。）

5. The coffee will be ready in five minutes.
   （咖啡在五分鐘之內就好了。）

---

1 我這裡說的「片語」指一群字的意義和字面所示相同的，如 a group of 和來信所問的兩項。一群字的意義若非字面所示的，我們叫它作 idiom(s)；有人譯作「熟語」，有人譯作「慣用語」。

　　a moment 是個不精確的時間單位，其主要含意是「短暫」。
大體說來，for a moment 表示狀況或行動已持續了「片刻」或「一
會兒」，通常時間不會長；in a moment 所表示的是「過不久」
或「不會過很長的時間」。請比較以下的例子：

6. They prayed for a moment.
　　（他們作了短短的祈禱。）

7. It rained for a moment.
　　（雨下了一下。）

8. Let us stop for a moment.
　　（我們停一停。）

9. We stopped and waited for him; in a moment he appeared.
　　（我們停下來等候他；過了一剎那他出現了。）[2]

10. I'll finish my work in a moment.
　　（再過一剎那我們就可以做完了。）

1-14

> 這裡有一句簡單的話看不懂。其中關鍵顯然是在 getting at，
> 雖然字典有其數種解釋，但在本句中都不適合——
> Is this what you are getting at?

　　getting at 在這個詢問句裡的意思大致相當於 insinuating。

　　你問對方 What are you getting at? 是要求他解釋所說過的話
的意義，通常都是表示你的不高興或不滿意，因為你覺得對方
的話裡有刺。

　　敘述句也能有同樣的表示：I don't like what you are getting at.

2　「一剎那」是 a moment 的可能譯法之一。

第二章

字義

2-1

Harvard College 是什麼學校？我在 *Webster's New World Dictionary* Second College Edition(WNWD) 的美國大專學校附錄裡，只見有 Harvard University。

Harvard College 乃是 Harvard University 的一部分，是只能頒授學士學位的「大學本科部」。

在美語裡，university 是可頒授碩士、博士學位的教育機構，通常都附設有叫 college 的大學本科部；所說的 college 可能只有一個，也可能有好幾個。不過很少是跟我國的「工學院、文學院……」這樣分的。

「大學生」美國叫 college students；「上大學」是 go to college；談到大學生生活的時候，可以用 college life 表示。

但是用在學校的名字裡，college 的字義就不再受「大學本科部」之限制。成立於1769年的 Dartmouth College 與成立於1863年 Boston College 都是 universities，而且是頗著名的學校。

來信所說的「美國大專學校附錄」也是出於對 college 的誤解。那個附錄的原文是 Colleges and Universities of the United States。雖然我國的專科學校可譯為 college，美國 college 並不一定是專科學校，也不一定是學院。

職業補習班,補習學校在美國也常稱 college,如 a secretarial college, a barber's college。

2-2

《空中英語教室文摘》裡有一句 Buy classics, buy solids, and shop around. 照所附的翻譯,shop around 是「買衣服要多看幾家」。

但依 WNWD 的解釋,around 的意思是 nearby,如 stay around:留在附近。

那麼 shop around 是否可以翻譯為「在就近商店購買」?

英語很多字有多種意義,所以有些句子會有幾種不同的解釋。

如來信所說,around 有「附近」的意思。它也有 in various places(在不同的地方)的意思。

如果說 He shopped around for a raincoat. 真的就是兩種解釋有同等理由存在。

但來信所引的句子是對購買女裝者的建議:「買衣服要買 classics(樣式已經得起時間之考驗的高尚、典雅式的),要買無花紋的(solids),而且要"shop around"——此處的 shop around 無疑地必指「多看幾家」。

2-3

讀者文摘出版的《應用英文大全》第17頁「英文信中有問題的生字和片語」中間,有一段錄自美國聯邦政府之 General Services Administration 出版的 *Plain Letter* 說「all-around 是不對的。應用 all-round」,但查 WNWD、《大陸簡明字典》皆是說 all-around(美)＝all-round。是誰錯誤?

來信所引「all-around 是不對的」這一句話無道理。是所引
Plain Letter 一書編者的偏見。

WNCD 與 Webster 3把 all-round 看作 all-around 之變體
（variant）。

WNWD 與 RHCD 也是把 all-around 當作主項解釋，而在
all-round 之後記上＝all-around。

WBD 是把 all-around 作主項解釋，而把 all-round 看做
"especially British"之變體。

AHD 卻是把 all-around 看作 all-round 之變體。

英國的 COD 說 all-around＝all-round，解釋了後者，並且註
明 all-around 是主要用於美國。

這些字典都不認為兩者有優劣之別，更沒有說其中有一個
是「不對的」。

all-around/ all-round 的意思是多才的，多用的，廣博的，多
所包羅的，例如 an all-around athlete; an all-around education;
all-around tool——其中都可換用 all-round。

General Service Administration(GSA)是美國聯邦政府的獨
立機構，負責管理政府公產及紀錄。

2-4

> 我正在譯一本關於市場學的書，有一句話想請教您An
> Alabama cotton textile mill manufacturing gray goods…
> 這裡的gray goods指的是什麼樣的貨品呢？
> 問了幾位美國人，他們也不懂。好幾本英語字典也查不到。

gray goods 是未經過漂白、沒有染過顏色的布(指各種纖維
織的)。

它另外一個名稱是 greige，讀/gredʒ/，比較少見。

我也很驚訝各版本的 college dictionaries(收列15萬項目的美國字典)都沒有收列這個不能算冷僻的名詞。大概是因為它罕見於文章。

2-5

empty-calorie snacks是否指低熱量(卡洛里)或無熱量的點心?

不是。empty calories 是近年來美國一部分提倡改善國民飲食習慣的人所提出的新觀念。

他們大聲疾呼要求美國人注意,有些食物除了醣(碳水化合物)和脂肪以外,缺少身體必需的蛋白質、維生素與礦物質。這樣的垃圾食物吃下去,只能產生熱量(calories),並不能補充人體組織的消耗磨損,因熱量往往都是超過需要的,所以用 empty 來形容。

empty-calories snacks 在美國指各種含熱量甚高而蛋白質等比例甚低的「零食」。多半是甜的東西。

2-6

Co.和Corp.兩個字都是指公司的意思。
請教這兩個字有何不同?是不是可以互換使用?

就美國的法律及工商業習慣來講,Co.(= Company)在美國指幾個人為了進行一種生意而成立的組織,不論這個組織是否已經取得了「財團法人」的身分。

Corp.(= Corporation)是經過聯邦政府或州政府批准取得了財團法人身分的公司;這樣的公司可以有很多「東家」,而每位東家對公司所負責的只是他的投資,如有更大的虧欠,他並

不負責。換句話說，Corporation 在美國是有限公司（並無我們「有限公司」與「股份有限公司」之區別）。

　　Company 的名字在美國是隨便可叫的。Corporation（如 Federal Express Corporation）就限於合於上述條件的。

　　但是合條件的那種有限公司的名稱裡，並不一定要加 Corporation 字樣（如 United Parcel Service of America）。

　　有許多 corporations 的名稱裡用 Company，如 Eastman Kodak Company。

　　也有些 corporations 在名稱之尾用 Inc.（如 Wang Laboratories, Inc.）或其全字 Incorporated。這是說明它已具法人資格（可以購置財產、簽定契約，如自然人一樣）。

　　因為美國沒有「無限公司」，所以也沒有「有限公司」的專用名稱。公司名稱末尾加寫 Ltd.或其全字 Limited 字樣，是英國辦法；英國有無限公司。少數幾家美國的有限公司在名稱上有 Ltd.字樣；若不是原來是英國或不列顛國協創始的，就是以那些為主要生意對象的。

2-7

　　yo-yo 據《大陸英漢字典》解釋為玩具的一種。不知其形狀如何？有何特徵？如何玩法？

　　yo-yo 在台北的玩具商店裡叫做「溜溜球」；實際它並非球，而是由一段短棒連接兩個圓厚片，在短棒部纏線，手抓線的一端上下抖動，使玩具沿線上下轉動。

　　字源據說是菲律賓發明者取的名字。

2-8

　　tutor 究竟是指如大學生每週幾個晚上指導一位國中或高中

學生的家庭教師？還是指如「真善美」電影裡，茱麗安德魯絲所扮演的那種家庭教師呢？

如果你指的是第一種家庭教師，tutor是你該用的字。

Julie Andrews 在"The Sound of Music"裡所扮演，住在人家裡，擔任其幼年子女教育的家庭教師，稱為 governess；說 tutor 也無錯誤。

tutor的意思是 private teacher(私人教師)。另外在美國若干大學裡是相當於 teaching assistant 的助教。在英國的大學裡是指導若干大學生課業的教師。

2-9

請問美國的adjunct professor是什麼教授？1984年4月出版的《英日大字典》說它是美國大學的副教授，有一位曾經留美的日本朋友認為不對而不能說出所以然。

美國大學的教授分三級：professor, associate professor, assistant professor。

一般的大學除了外國語文課程，都不用兼任老師。兼任的外國語文老師多半給予 lecturer 的稱呼。有些大學對於本身具有教授資格的 lecturer 加以說明的頭銜如 associate professorial lecturer。

有些大學因為所在地點(如華府)或學生性質的不同，必須要聘請兼任的教授來教外國語文以外的課程。

在這種情形之下就有三種處理方式。

一個是在聘書上與專任教授用同樣的頭銜。

一個是用上述的 professorial lecturer 之類的頭銜，表明並非專任。

　　一個是用 adjunct professor 的稱謂。adjunct/'ædʒəŋkt/ 除了表示臨時性以外，並且表示是輔助該校正規教育組織的（auxiliary to the regular faculty）。《英日大字典》是把這個 auxiliary 字看錯了，所以誤會爲副教授（日文稱準教授）。

2-10

美國報紙和雜誌的Classified Ads（分類廣告）時常有SASE一字出現，必是全部大寫字母，而且無標點符號。字典裡查不到，敬請指教。

　　SASE 是 self-addressed, stamped envelope 之縮寫，意思是自己寫好（回信收件人）姓名住址並且貼好回郵的信封。

2-11

美國許多報刊廣告在最下方公司名稱之後，刊有An Equal Opportunity Employer；它是否作「提供均等服務機會的雇主」解釋？

　　解釋正確。它的背後還有政治意義，是1960年代美國所謂民權運動（civil rights movement）的產品，指聘雇人員無種族、性別的歧視。更進一步的條款叫作 Affirmative Action Program，要求在被雇用的人裡要優待地保留「少數民族」的比例。

2-12

請問電視影片內有Today's Episode字樣，此處的Episode作何解釋？

　　episode 無論用於連續劇、連載小說、非連載小說與歷史，

意義都是一樣的：一件完整的故事或記述，而本身是更大一件故事或記述之一部分。我們的電視公司把連續劇的一個 episode 譯作一「集」。

2-13

把花草樹叢剪成為鳥、獸、人的形狀，據說在英語裡有專門術語。

是 topiary/'topiˌɛri/ n.。它的意義是(1)the art of trimming and training of shrubs or trees into unnatural, ornamental shapes(把灌木或喬木加以修剪及壓引，使成為非天然長成，作裝飾用之形狀的一種藝術或技術)；(2)such work(那樣的成績)；(3)a garden containing such work(有那種樹木的花園)。作(3)解釋的時候，topiaries 為其多數形。

這個字也當形容詞用，如 a topiary garden 或 the topiary art。

2-14

廣告用語上有blow-in cards的說法，定義遍查不得。

在美國的各種雜誌裡都附有雜誌的訂單(我國因為支票不普遍，訂單是用郵局的劃撥單。美國人人可有支票，訂購雜誌遠為方便)，一般的訂單都是釘在雜誌裡，通常至少有兩份。近年來另外還增加了散放在雜誌內的，也不只一份，散放的目的就是要它掉落出來，引起注意。

這種散裝的訂單本無專名，後來有一家雜誌造了 Blow-in Card 的說法；它可能成為新術語，也可能被時間淘汰。

2-15

> mouse和rat有何具體的分別？只是以體型來分嗎？是否較大的就叫rat，小的就是mouse？
>
> 我記得看過一本英文小說，其中就有兩組人在爭論剛剛看到的是mouse或rat。我簡直不明白那有什麼好爭的。rat和mouse不是一樣嗎？請釋我疑惑。

這是令我極感困難的問題。

mouse 與 rat 同屬於 一科 family Muridae，但不是同一屬 genus——我在抄書本。

mouse 泛指遍佈世界的多種小鼠，通常指寄居人類住宅的 house mouse(Mus musculus)，膽子很小。

rat 是 Rattus「屬」的動物，比 mouse 大很多，尾巴不像 mouse 的纖細，外形近似 mouse，只有結構上的細部區別(如牙齒方面)。牠們比較膽大，有攻擊傾向(包括以嬰兒為目標)，比 mouse 破壞性強大多倍。因為膽大，活動範圍也廣大，是鼠疫(bubonic plague)與斑疹傷寒症等高度傳染性疾病的媒介。

西洋人對於 mouse 沒有強的反應。這個字的轉用意思是「膽怯的人」；更還用來作對女孩或年輕婦女的親暱名稱。

對於 rat 就有極強的憎恨。這個字的口語轉用是指一個人「可鄙、鬼祟」，尤其指出賣朋友、背叛所屬組織的人；用作動詞是指作那樣的行為。黑社會用 rat 罵向官方告密以及告密人。

雖然我看見過 mice 以及 rats，卻無法說明兩者形象的不同。各種字典的幫助都不大。

2-16

> 請問first name是什麼？它與personal name以及given name有何區別？

舉一個實例來分析。美國獨立戰爭的一位海軍英雄叫 John Paul Jones。

這三個字是他的全姓名(full name);Jones 是他的姓(稱 family name 或 surname 或 last name);John 在美國話是他的 first name,在英國話是他的 given name(也有些美國人用它);John Paul 是他的名,稱為 personal name(也有些美國人說 given name)。Paul 是他的 middle name。

Abraham Lincoln 是美國第16任總統;他沒有 middle name。因此他的 first name 與 personal name 與 given name 是同一回事。

2-17

請問吳先生如果你沒有「英文名字」(如 John, Peter 之類的),在美國人問你 What's your first name? 的時候,你應該回答「炳」呢?還是「炳鍾」呢?

這確實是一件麻煩的事。我來說明自己的實際情形,包括出於早年沒有徹底思考的後患。

我的姓名是根據 Wade-Giles 制度作的羅馬拼音(也就是漢音的拉丁字母表達),依次成為 WU-PING-CHUNG(很簡單地提一下,羅馬拼音並非英文化,用 P 代表ㄅ,用 CH 代表ㄓ都有其道理,不管你贊成與否)。

最初我堅持把 WU 放在前面,PING-CHUNG 之間用連號以表示合起來是我的名字,情願不斷地對洋人解釋:My last name comes first.(像他們的護照一樣)。最後受不了這種無窮盡的麻煩,把姓氏送到了後端變成了 PING-CHUNG WU。

原來這樣仍不能平安。洋人口頭問我,我可以說我的 first name 是 Ping-Chung,像現代法國哲學家 Jean-Paul Sartre 似的。有的時候要填表,指定要寫三項資料在姓名欄裡:1. first name(我寫 Ping-Chung)，2. middle initial(middle name 的首字母，我什麼都不寫)，3. last name(我寫 Wu)。但是等文件回來的時候，多半會被寫為 Ping C.Wu，而我的 first name 被指定為 Ping。

於是我再設法反抗，把「鍾」的羅馬拼音改為不用大寫：Ping-chung Wu。效果等於零。

當初我有很簡單的辦法可以預防這些困擾，雖然此辦法是國人極少用的。我應把名字寫為 Pingchung：一個單字——當然這就是我的 first name，當然別人會知道我和 Abraham Lincoln 一樣地缺少 middle name。

2-18

Christian name顧名思義是與「基督教的」或「基督徒的」有關係的名字，但是美國的*World Book*大字典說它是a first name; given name。正確嗎？

美國字典對 Christian name 作同樣解釋的還有 WNCD。AHD 根本未列此項。

但是 WNWD 以及 RHCD 不是如此解釋，而解釋說 Christian name 有兩種意義：(1)在受洗禮中取的名；(2)given name。這才是完備的解釋。英國的 COD 和 ChD 也是如此講。

最初 Christian name 純為洗禮名(其專用名稱是 baptismal name)。(天主教會以及部分的聖公會至今還保持在洗禮中取名的規定。)洗禮名的選擇範圍最初很嚴格，限於跟教義、教會有關的名字；例如聖經中的聖賢(如 Mary, Peter, Paul)，教會的先賢(如 Francis, Teresa, Clara)，宗教的美德(如 Hope, Faith)等。

以後洗禮名的範圍放寬了，容許了歐洲各民族的吉祥語、親暱稱呼，以及姓氏；例如 Boniface 是拉丁語做好事的人，Darius

是波斯語有錢的人，Cara 是義大利語可愛的，Ingrid 是北歐語英
雄的女兒，Milton 是英語中的一姓氏。

於是 Christian name 就有了它的第二解釋。

2-19

middle name限於一個字嗎？

middle name 大多數只有一個字。但不限於一個字。以 J. R.
R. Tolkien（1892-1973）之名行的英國著名作家就有兩個字的
middle name： Ronald Reuel。（他的 first name 是 John）

有些人有 middle name 而根本不用，如曾任美國總統 Ronald
Reagan 並不使用他的 middle name(Wilson)。多數人只用 middle
initial，如(John F. Kennedy)。

但是也有人壓抑其 first name 而用其 middle name，如美國的
工程與設計怪傑 Buckminster Fuller(1895-1983)有一個不為人知
的 Richard 之 first name。

以上四問答中所談的姓名結構都是指英國或英裔人，並不
包含歐洲大陸及拉丁美洲的。那些地方的情形更為複雜，例如
西班牙人全姓名的最後一個字是母姓，倒數第二個是父姓；拉
丁美洲人有些保存西班牙傳統，有些把母姓省略，要問過才能
知道。

2-20

on a first-name basis做何解釋？

這是美國話；因為 first name 是美國話。

本句表示有熟識的關係，或是在往來交談上的不拘束。字
義是「彼此只稱名不稱姓的關係」，例如用於 We were not on a

first-name basis with our professors.（我們跟教授沒有熟到彼此可以互叫名字的關係。）

　　basis 也可以換成 terms，例如 We were, however, on first-name terms with the student counsellor.（但是我們跟學生顧問有熟到彼此互叫名字的關係。）

2-21

美國人姓氏開頭有Mc者，第三個字母又為大寫，請問意義為何？

　　美國人除了希罕的例子是自造姓氏（例如印地安人所自取的），姓氏都是從境外移民帶來的。

　　居住在蘇格蘭高地及愛爾蘭兩個民族的古語都有擺在字頭的 Mac- 或 Mc-；其讀音是/mæk/、或/mək/、或/mə/；其解釋相當於英語的 son of。

　　例如 MacArthur 的意思是 son of Arthur。美國人開漢堡速食店發財的姓 McDonald；學生耳熟能詳的一個歌名是 Old MacDonald Had a Farm，兩姓同源而有 Mac- 與 Mc- 之分。（另外還有一個同源的 Donaldson。）

　　除拼字母之不同，也有人把自己姓中的 Mc- 之 c 字母寫上面一些，使與 M 字母齊眉（"c"仍是小寫）。也有人寫作 M'。

2-22

　　我在看英文雜誌的時候遇到一個典故不解，查了書也問了人，至今不得答案——在《美國新聞及世界報導》週刊裡有一篇文章標題是"Modern Walter Mittys Who Live Their Dreams"，其中的Walter Mittys是何意思？（我也問了美國學生。他們也答不出。）

在1930及1940年代美國有一位著名的散文及幽默小說作家 James Thwber 出版的短篇諷刺小說 *The Secret Life of Walter Mitty*(1942)，形容一個平凡而且膽怯的人時常做白日夢，幻想自己做種種傑出的事情。例如幻想自己是一位世界聞名的腦外科醫師，在許多專家圍繞之下完成一件旁人無法做到的困難手術等；更可憐的是這位 Walter Mitty 先生每次幻夢的結尾，都是被太太叱責而醒，因為發現了他又在出神。這篇小說後來被拍成電影，使 Walter Mitty 的知名度大為增加。

Walter Mitty 以及更簡單的 Mitty 從固有名詞已經衍生為通用名詞(Common noun)的使用。*World Book Dictionary* 說 Walter Mitty 等於 Mitty，而後者的解釋是 a timid person who in his fantasies is a fabulous hero(在幻想中當神奇英雄的懦夫)。這個用法從美國已經傳到了英國。不但如此，Mitty 已有它衍生的形容詞 Mittyesque(如 Mitty 那樣的)。但是這裡所說的 Walter Mitty 之解釋，和來信所說的使用不盡相同。那篇文章報導五位努力促使自己夢想實現的美國人；雖然他們想做的事都要求超於常人的恆心毅力，(例如其中一人已花七年的時間來建造一艘潛水艇，為了要下海打撈沉船的銀錠)，文章中對他們並未諷刺，也沒有輕視。因此我認為在 Modern Walter Mittys Who Live their Dreams 裡，這個人名的引用並不妥當。

Mittys 作多數形當然完全符合通用名詞的性質，其性質就相當於用 Young Edisons 來表示一位以上的青年發明家。

附帶說一下從 Mitty 變為 Mittys 是合理的拼字法，因為要保持固有名詞的原形。但是 *World Book Dictionary* 卻註明應該作 Mitties。

2-23

12:00A.M.與12：00P.M.何者為中午十二點？何者為午夜十

二點？

A.M.是拉丁文 ante meridian(正午之前)的縮寫；也寫作 a.m.。
P.M.是拉丁文 post meridian(正午之後)的縮寫；也寫作 p.m.。
上午11點59分當然是11：59A.M.。再過兩分鐘就變爲「正午以後1分鐘」，在英語裡是12：01P.M.，因爲已過正午；其前1分鐘的「正午」就被視爲12：00P.M.。
12：00A.M.就是半夜十二點。

2-24

A watch and chain was found under the table.，其中之watch and chain是否應改爲watch with chain？
就以前所學，with表示「與主體不可分」之意義。

A watch with chain 是對的說法，是說「有鏈子的錶」；所指的錶與鏈子可能是各形各色的。

A watch and chain 是從前西洋男士用的懷錶，放在背心的錶袋裡，所附長鏈子的另一端有「錶墜」；後者放入同背心的另一袋裡，使錶鏈懸示於胸前。這樣的錶自1985年又有流行的趨勢。整個一套東西被視爲一體。

with 所表示時常不是「與主體不可分」，例如 a girl with blue eyes；如與動詞連用更有多種解釋了。

2-25

什麼是qwerty？什麼是dvorak？我在商品目錄裡遇到這兩字(都是作形容詞用)，而在任何字典都查不到；查到過一個專有名詞Dvorak，是人名，不像是有關係的。

我想這兩個字是用於說明電腦的打字鍵盤。

QWERTY（全部要用大寫體）是傳統式英文打字機的字母鍵的前六個之排列：Q-W-E-R-T-Y（字鍵盤的左上部）。這樣的鍵盤叫作 QWERTY-keyboard。

「Dvorak 式字鍵盤」可以寫作 Dvorak keyboard，因為 Dvorak 是人姓，但並不指新世界交響樂的作者 Anton Dvorak（在他的 r 與 a 上都要加上捷克文的符號），而是美國人 August Dvorak；他不滿意 QWERTY 排列對打字速度所構成的無理障礙，在1930 年代另外設計了他自己的較佳排列，但是未被打字機製造工業所採用。現在有少數美國電腦用的鍵盤可作此種排列。

現在我們很難相信當年 Q-W-E-R-T-Y 排列之設計，目的是要不能打得太快，因為當時機件的靈活度仍很低，鍵盤按太快會使數個活字擠在一起不能移動。QWERTY 的排列著眼是讓最無力的手指頭去按比較常用的字母。

2-26

> ribs 是肋骨，spare 有瘦的意思，為什麼豬排骨會叫作 spareribs？

字源的研究充滿意外。spareribs 來自 spear-rib，後者從 ribspare 變來，ribspare 又來自十二至十六世紀的低地德語 ribbesper，與瘦無關。

2-27

> Sino-指中國，源由如何？

Sino-用來造字有兩個意思。一個是「中國人的」或「中國話」的，如 Sinology 是漢學；一個是「中國與……」，如中日

戰爭是 the Sino-Japanese War。

Sino-的字源是阿拉伯語 Sin(中國)，傳入後期希臘語為 Sinai，再傳入後期拉丁語為 Sinae，再經由法語傳入英語。

此字在阿拉伯語的產生，可能是來自我國「秦」字。

2-28

中央研究院的英文名稱是Academia Sinica。Sinica在字典裡都沒有，不知其本義是什麼？

Sinica 是拉丁文(是1500年以後的近代拉丁文)，意思是「中國的」。英語裡有不少與它有關連的字，以下略舉幾個——

1. sinic(或 Sinic)：中國的。

2. Sinicism：(美術等的)中國風，中國式。

3. sinicize：使成為中國風、中國式的。—sinicization

4. sinify：＝sinicize。—sinification

5. Sinologist：中國語言、習慣、文學，或文化之其他領域之研究者；漢學家。

6. Sinologue：＝Sinologist。

7. Sinology：中國語言、習慣、文學、歷史之研究。

Sino-如果用來造字，其解釋是「中國的」，如上面的 Sinologist；如果用來組字，其解釋等於 Chinese and，如 the first Sino- Japanese War。

中央研究院當年為什麼取此二字為英譯，雖然手頭無可參考的典籍，我們不難推論當時確定需要有西文的名稱，而且該用當時學術界的通用典雅語文——拉丁文。「中央」西譯無法使人知道是中國的，所以有 Sinica 的抉擇。

張其昀先生曾設立的「中華學術院」恰好是 Academia Sinica 的直譯。

2-29

加州大學醫學院在頒授醫學博士學位典禮上，要畢業生宣誓遵守一個Lasagne Oath。
請問這是什麼誓言？
字典上說lasagne是用一種寬扁麵條烤製的一道菜。

Lasagne 在此是人姓，是指此新誓言的作者 Louis Lasagne, M.D.——美國麻州 Tufts 大學的教授（兼掌該校 Sackler School of Graduate Biomedical Sciences）。

傳統美國新任醫師所宣之誓言，傳說為古希臘醫聖 Hippocrates 所作，叫作 Hippocratic Oath；誓言中最為人知的話，是醫師對病人不得有所傷害。（也有些早已不合時宜的事；例如宣誓要視醫學院教授如父母並於其有需要時以金錢奉養；又如宣誓在出診時不與病人家中的女奴有不正當的關係。）

新的誓言強調虛心，強調與病人保持妥善連繫，而且最能反映80年代後期特別重視的預防醫學：I will prevent disease whenever I can, for prevention is preferable to cure.「盡可能我要預防疾病，因為預防優於治療」。

無論作專有或通用名詞，來自義大利語的 Lasagne 或 lasagne 讀作/lə'zanjə/。

2-30

在一本美國雜誌看到play proposition poker，不知是何種牌戲，不但字典裡都查不出，問了不少美國朋友也答不出。原句是說某一個人…is playing proposition poker for a casino in Las Vegas.

英語有很多字、詞、片語一直未被收入字典，原因有幾個：

例如新出世的、始終未出現於字典編輯人視為重要出版物的、使用人數或地域甚小的等等。查不到的情形常會發生。

你的美國朋友們不是賭徒，所以不認識賭場語的 proposition poker 以及 proposition poker player。

舊日在北平看街頭或廟會的賣藝人表演，在快結束要觀眾付錢以前，都會特別表示請未帶零錢的人仍舊留下來看表演，以免場面冷清；他們多半是說請那些觀眾繼續「站腳助威」。

美國大賭場裡往往也需要「站腳助威」的人。proposition poker player 或更簡單地稱 prop，是被僱用在 poker 牌桌賭博的人。作 prop 的人使用自己的錢作賭本，贏了是自己的，輸了也是自己的錢，每日的「工資」在1988年中的行情大概是60元上下，另外還有一般員工的福利。從事此業的幾乎都是退休者。

2-31

在 *Newsweek* 週刊裡看到如下的句子——

Patty was a brainwashed victim, but 'Tanya' was a gun-toting perp.

其中的 perp 是各種字典都沒有的。

句子來自有關美國報界一位名人之嬉痞女兒 Patty Hearst 的新聞，她曾充劫匪被捕入獄，後來獲得假釋。

她自稱曾被洗腦，不能充分了解或控制自己的行為；Tanya 是她當時新取的名字。

在台北問了幾位美國人：他們也不認識 perp 這個字。

perp 是美國話近幾年產生的 Slang，意思是「曾經犯罪的人」。它的來源是：perpetrator(做壞事、做錯事的人)。

2-32

photonics做何解釋？
連最新出版的新英英字典裡也沒有。

photon 是光子。photonic 是光子的，形容詞。photonics 一字的創造可能是模仿 electronics。

不算是很新字的 photonics 有一個狹義解釋，是在資訊科技方面，光子使用之技術及研究[*]；其廣義的解釋是與光有關的科技、學問的廣大部門，這超過「光學」的範圍。

這個字是1950年代出現，不知為什麼最新版的 Webster 3(以及 Merriam-Webster 公司1986年出版的*12,000 WORDS*)仍未收列它。

2-33

英文商務信在信封上往往有 "Attention: Mr.××"某某字樣。請說明其意義。

有這種字的信封必是以公司行號為收信人，在公司行號的名稱及全地址之外，再增添問題中所說的如 Attention: Mr. John Doe；其位置通常在收信公司行號之名稱地址之左側。(英文往往用 John Doe 表示我們用的「某某」)。

舉一個簡單例子說明 Attention: Mr. John Doe 的使用目的。假定你給一個商號寫信，說你要買某種規格的照相簿一百本，問對方最低價錢是多少(包括送到你學校裡的運費)。對方的一位 Mr. John Doe 代表他的商號回信報價。過了六個禮拜你決定要買一百五十本，就再寫信去問能不能有較大的折扣。

---

[*] 見*Random House Dictionary*, Second Edition, Unabridged(1987)。

對方是頗大的商號。如果你寫信只寫商號名稱，可能被分到不知此案的職員手裡；如果你直接寫給 Mr. John Doe，你擔心有兩種可能意外：一是該人休假，使你的信被積壓下來；一是該人已經離職，信件可能被退回或是轉寄到他的新址。

於是你就採用前述有 Attention: Mr. John Doe 的辦法。

這樣一來，信到了那個商號以後，如果 Mr. John Doe 上班，對方會把你的信交他處理；如果他休假或已離職，分郵件的人知道此信不是私人函件，就會送到代理人或接班人的手裡。

除了信封上，Attention: Mr. John Doe 還要打在信內——在收信商號之地址以下另起一行。

Attention:可縮寫為 Attn.:。

2-34

1. costume jewelry作何解釋？某英漢字典說是「人造珠寶」，但是一位英國老師說不正確，而未進一步說明就離開了。
2. costume jewelry是不是美國用語？
3. costume的強勢音節是第幾個？
4. jewelry是否美國專有的拼法，而英國是拼作jewellery？

1. costume jewelry 的最完備解釋是在 RHCD[*]裡：jewelry made of nonprecious metals, sometimes gold-plated or silver-plated, often set with imitation or semiprecious stones 用非貴金屬(即金、銀、鉑以外的金屬)製造的首飾，有時候是鍍金或鍍銀的，往往鑲嵌假寶石或「準寶石」[**]。

2. 是英美都用的。雖然英國的《牛津美語字典》列有此項，

---

[*] *Random House College Dictionary* (Revised Edition).
[**] 如紫水晶(amethyst)、石榴石(garnet)等。

《簡約牛津字典》COD(第6版)以及 *Chambers 20th Century Dictionary* (New Edition, 1983)也都列出此項，而沒有標出是美國用法。

3. 強勢在第一音節似是較普遍的讀法；但是美英兩國字典都有也標在第二音節上的，如前述的 RHCD 及 COD。

4. 美英兩國用字的區別越來越少。英國的 COD 把 jewellery, jewelry 一起舉出，並無任何註釋說明。美國有些字典指明 jewellery 為英國寫法，但是也有美國字典說它是 especially British(尤其是英國這樣使用)。

2-35

請問有種遊戲叫Simon says，是什麼？

做這種遊戲有一個發命令的人。他連續地要求你做一些行動，如 Sit down., Stand up., Close your eyes.等。如果在一句命令之前他先說了 Simon says，例如 Simon says, close your eyes.，你就要閉眼(或任何指定的行動)，否則你就是輸了，就要被罰。

如果在一句命令之前，他沒有說 Simon says，你就不得做那一個動作，否則你也是輸了，要受罰。

2-36

請問cloze是什麼意思？一位在臺的美國教授說查遍字典並無此字。但是在一本講英語教學的書裡，不斷地有cloze tests與cloze technique與cloze exercise字樣的使用。

查遍字典並不能證明某字非英語。

任何英語字典都不能收列一切的英語字詞，更不必講新造的。

　　cloze 在1976年就被收列在 Webster 3[*]的增補部分。該字典說 cloze(adj)的解釋是 of, relating to, or being a test of reading comprehension that involves having the person tested supply words which have been systematically deleted from a text：「一種閱讀了解測驗的，或與之有關的；該測驗是從一段文字裡有方法、計畫地刪除若干文字，然後叫受測驗人補充已被刪除的字」。

　　這個字的來源是 closure(閉合)，指的是心理學的 the Gestalt principle of closure。cloze 程序的測驗製作方法嚴格，以我這個外行人看來應該是有用的。它的評定標準是根據一門數學 (Information Theory)裡的「熵」之觀念。(「熵」是多年前為了熱力學函數 entropy 而造的新漢字)，因此這種測驗的理論依據除了稱為 cloze procedure 以外，也叫作 clozentropy procedure。

　　有興趣研究的人可以看1970年牛津大學出版的 *Language Testing Symposium: A Psycholinguistic Approach* 裡，Donald K. Darnell 論 Clozentropy 作外國學生英語通熟程度測驗的專著。

2-37

> D-day為二次大戰盟軍登陸諾曼第之開始日。請問D代表什麼？

　　從前曾有數種傳說解釋 D 的意義。後來官方正式說明，這個 D 就是 day 字的開頭字母。登陸作戰計畫策定的時候尚未選定登陸日期，但是很多行動(尤其後勤方面的)要計算時日，因此把登陸日稱為 D-day，然後就有 D-1，D-2，D＋1等等日期排定了。

　　D-day 已經是任何行動計畫之發動日期通用說法。

---

[*]　*Webster's Third New International Dictionary*

攻擊發起的時候被稱爲 H-hour，其產生來源是相同的。

2-38

Lead is a soft metal that serves many purposes in the home as well as in industry.上面這句話中的serves可不可以用 offers或supplies或provides代替？

代替不好。

因爲 serves…purposes 是前後關連的構造，意思是「適合（多種）目的」。來信所舉的 offers, supplies, provides 都是「提供、供給」的意思，與後面的 purposes 不能作適宜的連結。

2-39

It's the latest hit by…

這是《空中英語教室文摘》的句子。譯文中説hit是「暢銷」之意，但字典中找不到hit的這種解釋。請問它是美語中正在流行的俗語，抑或是正式的用字？

如果是前者，在何種字典或參考書可以查到它或同類字詞的詳細介紹？

hit(n.)作 popular success in public entertainment 娛樂活動的盛大成功解釋，早已是英美語共同使用的字，這個解釋是 *Concise Oxford Dictionary* 的。《大陸簡明英漢辭典》以及很多其他英漢字典裡都有。

如果新造的字，或字詞的新解釋（不論是否爲 slang），都沒有把握找到辭書可查。

沒有任何字典蒐羅英語到某年月日爲止的全部字詞，更不用談最新的了。

2-40

學生被公司派駐美國一年時，發現有稱爲homeopathy之特異醫療方式，且於店中可購到針對各種疾病之該科藥品(均爲藥水)。英漢字典中解釋爲「同種療法；順勢醫療論」，不解其義。

《大陸簡明英漢字典》對「同種療法」的解釋是正確的：相信這種理論的人認爲「如果某藥大量給予健康人可產生某病症之類似症狀，即以少量該藥投給該病的患者」。

過去，本字意義也可當「疫苗」使用，但已廢用。今天的homeopath(使用此種治療的醫師)所用的 homeopathic 藥劑都是甚爲稀釋的化學製品或植物抽出物。這一類藥劑從治療高血壓到治療齒槽膿漏的都有，可以自由購買無須經過醫師處方。

2-41

請您詳細解釋英文的Cousin相當於中文的什麼。聽美國教師的使用，似乎和字典裡所說的不一樣。

底下我要講的，是 Cousin 當作一種親戚關係使用的意義。另外還有衍生的意義。

1. 在古代，Cousins 包括無論是在父系或母系方面有共同祖先的平輩男女親戚，只除去親兄弟姊妹以及異母或異父的兄弟姊妹。所說的共同祖先指男女任何一方。這樣算來，就包括了我國的堂兄弟、堂姊妹、表兄弟、表姊妹，無論遠近。

2. 在今日的使用，Cousins 通常指關係最親的一級：同祖父的堂兄弟姊妹，和同外祖父的表兄弟姊妹。如果要特別標出是專指這種關係，另有專定的說法，叫作 first cousin(s)[1]。

---

[1]　first cousin(s)又稱full cousin(s)，又稱Cousin(s)-german，也可

3. 比 first cousins 再遠一級叫作 second cousins。我的父親或母親的 first cousins 之子女，都是我的 second cousins。它不但包括了同曾祖父的堂兄弟姊妹，和同外曾祖父的表兄弟姊妹，還包括了很多別的人，例如我的祖母的妹妹的外孫子、外孫女。（因爲我的祖母的妹妹的女兒是我父親的 first cousin[1]。）

4. 請注意 second cousin(s)與 first cousin(s)once removed 是完全不同的。後者乃是 first cousin 之子女，是晚一輩的人。

5. cousin(s)還有一個馬馬虎虎的用法，泛指一切親戚，包括有血統關係的姻親。

我也很詫異爲什麼很多字典講得不清楚，例如 *The Random Honse Dictionary*（unabridged edition），甚至於有錯誤。

Cousin 還有幾個特殊意義(衍生的)用法：

（1）被認爲有性質、地緣、血緣、語言關係的對象也可能被稱爲 Cousins，例如：The English and Australians are sometimes called cousins.

（2）這是個奇怪的用法，只有在看歷史書或歷史小說裡才會見到：國王對另一國之主或對一貴族，往往稱 My Cousin。

（3）美國俚語中還用 Cousin 來形容在不意之中幫了自己忙的「對頭，敵手」。

2-42

請詳細解釋uncle和aunt相當於中文的什麼？

以寫做Cousin(s) german；此外還有更少見的用法叫做own cousin(s)。

1 這裡你看到而可能沒注意的，是現有英漢字典的一個嚴重缺陷。在一本英漢字典裡要解釋何爲Second cousins，不可能完全用中文，而應該說是「各人父母之first cousin之子女」。

uncle 用於親屬關係上，範圍很窄，只包括親伯父、親叔父、親姑父、親舅父、親姨父。

那些遠一些的伯、叔、舅父等沒有名稱嗎？沒有。

你會聽到英美人叫某些人為 uncle，但此時的 uncle 的意義沖淡了，是對一切年長的男人的稱呼[1]。這是口語的說法。（附帶說一下，to cry uncle 是「認輸，降從」的意思；也可以說 to say uncle。）

aunt 用於親屬關係上，包括親的姑母、姨母、伯母、嬸母、舅母。

同樣地，aunt 有對年長女性稱呼的口語用法[2]。

2-43

「她是我的表姊」——這句話在英語怎樣講？

cousin可能指不同輩分的親戚嗎？

《大陸簡明英漢辭典》說second cousin＝first cousin once removed，正確嗎？

用一句簡明的英語表達「她是我的表姊」是不可能的事。英語連「姊姊」都沒有簡單適切的說法。如果必須要把這句話解釋出來，你要解釋她是何人的女兒，例如 She is the daughter of my father's sister.或 She is the daughter of my mother's brother.等；為了表示「姊姊」，你能說「她比我年紀大」；但此話的效果絕對不跟「姊姊」相似。

cousin 的解釋甚繁。在這裡我作詳細的分析。

1　作這種稱謂的時候，往往在uncle之後加上人名，如Uncle Peter。不要在後面加一個姓。「uncle王」是中式英語。

2　和註1所說情形相同，作這種稱謂的時候，後面可以加人名，如Aunt Mabel，不可以加姓氏；Aunt的親熱說法是Auntie。

一、　除了抽象的轉用以及過去英國國王的特殊使用之外，cousin 可以表示以下的親屬關係：

1. first cousin 指親堂兄弟姊妹以及親表兄弟姊妹。

 a.用英語解說較為簡單：a relative descended from a common grandfather(但要注意 grandfather 是祖父或外祖父。)

 b.如想表明是「堂」兄弟姊妹可以加上 on my father's side；「表」兄弟姊妹可以加上 on my mother's side。

 c. first cousin 又稱 cousin german(或連寫為 cousin-german；比較少見)。

 d. first cousin/ cousin german 並無其他解釋。

2. second cousin 比 first cousin 遠出一級，是「同曾祖父或曾外祖父的」堂兄弟姊妹以及表兄弟姊妹。

 a. second cousin 在華語是「遠居的」堂兄弟姊妹及表兄弟姊妹，但是比華語在「如何遠」這一點上說得清楚，因為更遠的(同高曾〔外〕祖父的)還有 third cousin 之說，雖然極少有人使用。

 b.在俗語裡，second cousin 還被濫用來指 first cousin once removed。

3. first cousin once removed 的嚴格解釋乃是 the son or daughter of a first cousin，也就是親堂姪、堂姪女、堂甥、堂甥女。

在俗語裡，first cousin once removed 還被濫用來指上述的 second cousin。

二、cousin 一字時常被用來代表上記的 first cousin，或 second cousin，或 first cousin once removed，或更遠的「堂、表」關係。所以你會在文章裡看到這樣的句子——

I have a cousin in England, but he is not really a cousin of mine.

　　因爲說話人在句子開頭的時候用 cousin 作「親戚」的解釋，在後一半是指「堂、表兄弟姊妹」的意思。

　　三、　今天 cousin 一字時常會被用指「親戚」（但是往往不包含自己配偶的親戚）。爲了特別表示關係之遠，美國人還有 kissing cousin 的說法；英國人有 forty-second cousin 的說法。

　　四、最後介紹一個怪的 cousin，是英國才用的 cross-cousin：the son or daughter of one's father's sister or mother's brother；奇怪，因爲它僅指一部分「表兄弟姊妹」，包括姑母和舅父的子女，但是排除了姨母的子女！

2-44

請詳細解釋nephew和niece相當於中文的什麼？

　　nephew(s)包括親姪子，親外甥，男人的親內姪（妻之兄弟的兒子），女人之丈夫的親姪子或親外甥，（注意 nephew 一字中的-ph-，在英國讀/v/，在美國多半讀/f/。）

　　「堂姪」等在英語裡不說是「一位遠的 nephew」，而說 a first cousin once removed。

　　niece(s)包括親姪女，親外甥女，男人的親內姪女（妻之兄弟的女兒），女人之丈夫的親姪女或親外甥女。

　　更遠的姪女、外甥女等，也是說 first cousin(s)once removed。

2-45

She is my first cousin once removed.
句中的「她」是我的什麼親戚？

她是你一位 first cousin 的女兒。(once removed 是說隔了一輩。)

你的 first cousin 可能是男也可能是女。你們有共同的 grandfather(可能是祖父，也可能是外祖父)。

同祖父 paternal grandfather 的 first cousins 包括你的伯伯及叔叔的兒女，也包括你的姑姑的兒女。

同外祖父 maternal grandfather 的 first cousins 包括你的舅父及姨母的兒女。

驟看之下好像西洋人的親屬觀念很亂，但是他們認清祖父母與外祖父母之血緣關係的平等，並從 first cousins 之觀念早已劃清了婚姻的血緣界線。

2-46

brother是兄或弟，但是在一句話裡，怎樣看出或聽出是哥哥或弟弟？其他如sister(姊妹)，uncle(伯叔)等也有類似的困擾。

沒有辦法分辨。主要的原因是在講英語的民族的觀點中，brother 是同父母的男子，沒有考慮到比自己年長還是年幼；sister 也只是同父母的女子。

不同父或不同母的兄弟姊妹都要冠一個 step，如 stepsister。

兄弟姊妹的通稱是 sibling(s)：同父母所生的人。

uncle 不但可指伯、叔，而且還包括指舅舅、表伯、表叔、姑丈、姨丈。aunt 包括姑母、姨母、舅母、伯母、嬸母。

有人認為這是由於他們缺少和我們同等強烈的宗族意識。這只是一部分原因。另一部分原因是在人倫觀念上，他們把男女看得一樣。我母親的兄弟和我父親的兄弟對我來講，應該是完全相同的遠近。因此，祖父和外祖父都是 grandfather。每一個人都有兩位 grandfathers。

瞭解了 grandfather 的真意義，我們才能懂何謂 cousin(s)。

和我同 grandfathers 的男女親戚都是我的 first cousins：包含同祖父的堂兄弟，堂姊妹，也包含和我同外祖父的表兄弟，表姊妹。

和我同 great-grandfathers 的男女親戚都是我的 second cousins：包括與我同曾祖父而不同祖父的「遠房」堂兄弟、堂姊妹，也包含和我同外曾祖父而不同外祖父的表兄弟、表姊妹。

2-47

現在最長的英文單字是那一個字？共25個字母的 antidisestablishmentarian如何翻譯？

問題中所問的字和尋覓最長英文字對於學英語並無用處，但我們在學英語的過程中，人人都會對這類問題有興趣。因此我才回答。

establishment 如果寫作 the Establishment，在英國是指「英國國教會」(the Church of England)*，在英國的蘇格蘭還有 the Presbyterian Church of Scotland 的意義。

來信所問的長字的意義產生於「英國國教會」，因爲由它產生了 disestablish 與 disestablishment，解釋是「免除政府對一國之國教的財務支援及正式批准」。反對這種運動的人，「可以」用 antidisestablishmentarian 來表示。

這樣的字非自然形成，因此也難說哪一個字最長。上述的字尾還可以加上"ism"，代表那種反對思想、主義或立場。

---

* 舊譯「安立甘會」，因爲它又名the Anglican Church；傳到美國以外的地區稱「聖公會」，英語叫the Episcopalian Church(有「主教」的教會)。

如果翻譯是值得檢討的事。首先我們看一看把一個無人譯過的英文字譯成中文，要遵守什麼條件。

第一，方塊字必須用已有的。除了化學元素以外，新造方塊字不能被人接受。（物理學上還有一個「熵」，是譯 entropy 時所造的新字。）

第二，若想讓這個英文字在中譯以後能成為一個「詞」，所使用的方塊字就要少。最好是兩個，最多恐怕也不能超過六個。

第三，音譯的辦法不大行得通。從前 telephone 有「德律風」和「電話」兩種說法，後來意譯就占了優勢。翻譯「物名」還勉強可以，有時候也讓我們懷疑。請看 virus 這個字。它所指的是真正的一種「怪」物，身居生物與非生物之間；它是複雜的蛋白質（有些 virus 的結構包含核酸、酵素等），而能夠「繁殖」，但是它的「繁殖」限於與活的細胞在一起的時候；它能在動物體內產生疾病，也能在植物體內產生病害；多類的 virus，但非全部的 virus，都小到可以通過細菌無法通過的過濾裝置。現在 virus 通用譯名是「濾過性病毒」。它比音譯好嗎？

意譯的原則帶來了翻譯的最大困難，因為它等於是說把英文涵義不論如何複雜深奧的單字，用少數幾個方塊字來作簡明的解釋甚或定義。這是時常不可能的。

antidisestablishmentarian 是我譯不出的。

2-48

*Business Week*雜誌中一篇報導美國旅館餐館連鎖"Howard Johnson"文章裡，提及Burma Shave signs三字，不知何意？

諸如此類少見之詞彙，有何字典可以查到？

很抱歉，大概不會有這樣的字典。不必講新詞或新的解釋

隨時問世，英文字典從來沒有「一網打盡」的。

Burma Shave signs 剛好是我知道的，只是答不完全，因為我想不起來任何一組實例來。

Burma Shave 是美國最先上市的「剃鬚用的軟膏」（shaving cream）。這家公司在美國各地的公路旁邊豎立廣告板，但是不直接作廣告，而是把幽默的「打油詩」節分，使每個看板出現少數幾個字，讓開汽車的人從容地欣賞下去，非常受歡迎。Burma Shave 字樣甚少出現。來信問的 Burma Shave signs 就指這些廣告板，以及上面出現的字。

高速公路的普遍化影響了這種廣告板的使用；1965年美國國會通過的「公路美化法案」要求各州在州際公路660呎以內，如非商業地區就要把廣告板拆除，使得 Burma Shave signs 絕跡了。懷念的人一定不少，因為我看見過這種打油詩選集的廣告，只是手頭緊，沒有去買。

來信引起了我的好奇心，大下工夫去查了一下到底有沒有文獻記載。結果只在 *Listening to America*（Stuart Berg Flexner 著，Simon and Schuster 出版）裡，看到講美國人剃鬚子歷史時談到那些廣告板在1926年開始出現。（附帶知道了為什麼美國出的剃鬚軟膏跟緬甸有關係，原來那家公司的更早年產品是一種有強烈香味的油膏，內含產於緬甸的原料，所以叫作 Burma-Vita）。

2-49

在閱讀外國報章雜誌時，常遇到一些複合字和外來語，諸如kiss-and-tell(?)，tit-and-tat(?)，gung ho，mea culpa等等，而在字典上常又找不出其意義，請問以下諸點——

1. 這些複合字、外來語是否必須強記？
2. 應該查那些字典才能查出其意義？
3. 這些複合字、外來語其來龍去脈如何知曉？

　　在討論你的各問題以前，我先澄清幾個觀念。「複合字」（compound 或 compound word）是指英語中一種由兩個或更多單元組成的「單字」，而其中每一單元都有可見的實義，例如 loudspeaker 或 babysitter。有些「複合字」是使用已久，被公認是一個整體；有些是在文章裡隨興編組的，使用者不多，未被字典收列，而且可能不會被字典收列。

　　信中所說的 kiss-and-tell 是我沒有見過的，也沒有在字典裡見過；它的意思卻是可以推論出來的。kiss and tell 是用於口語的一個片語，意思是作了鄭重承諾以後食言，或是洩密；用連號串起來造成的 kiss-and-tell 大概會用為形容詞，修飾如上述行為。至於 kiss-and-tell 會不會變為一個恆定的複合字，是無從預料的。

　　tit-and-tat(?)也是我沒有見過的，而且無法推測其意義。不知會不會是 tit for tat 的誤傳。後者的意義是「一報還一報」的報復行為；根據我前述的邏輯，這三個字也可能偶然被人用連號串起，作形容詞以及名詞使用——它的存在壽命也是難測的。

　　現在談你的問題。

　　1. 什麼字該強記是難於確定的，因為「不知」因素與「未知」因素甚多：我不知道你的英語、英文程度；不知道你在什麼讀物裡遇到這些字；不知道這種讀物對你的重要性如何；不知道你為什麼閱讀它；不知道你能用多少時間進修英語、英文；你也不知道將來會需要使用什麼字。「強記」的觀念也要澄清。孤立的字硬背，效果較弱。就好像觀察動物的最佳方法是在其自然生態環境裡，次一級是在動物園裡，再下級的是看標本。

　　2. 美國出版界的習慣是把收列被解釋項目在15萬上下的字典，稱為 college dictionaries。（這種字典的全名裡，都含 college 或是 collegiate 字樣。）我們查閱英英字典通常最多只能使用 college dictionaries；更大的字典查起來比較麻煩。但是你要知

道，沒有任何字典蒐羅了全部英文單字，更不必談臨時串起的複合字，和偶然引用的外國語。

3. college dictionaries 都有「字源」之解釋。若是字查得到，字源也會查得到。

來信所說的 mea culpa 是較常見的。它是拉丁文，字義是「我的過錯」或「過錯在我」，現在也這樣用。拉丁文曾是歐洲受過良好教育者都會讀的文字，雖然各國人的讀音有頗大的差別。

gung ho 是二次大戰美軍從亞洲戰場帶回去的「口語」新詞，意思是熱心合作的。其來源據美國字典說是中國話；不過我們一看就知道靠不住，因為他們說是來自中國話的「工合」二字，而硬指「工合」的意義是「在一起工作」（work together）。

2-50

常常有機會遇到一些新英文字，目前擁有的字典中無法將它譯為中文，遇到複合字總希望能先清楚其字根，請介紹幾本字根、字源的書籍。就像crownomatic（一種製造牙冠的粉狀物）這個單字如何譯為中文？

專門談字源的書用途不大，因為有些字源固然極有趣味，知道字源並不就能瞭解字的使用；而且大多數字源並無趣味，更有一部分字源和字的今日解釋斷了關係。

先談最後一種的實例。photo-來自希臘語名詞 phos（光，光亮）之屬格 photos；而-genic 是來自希臘語的字根-genes，與「出生」有關，但是今天的英語 photogenic 和「光所產生」無關，而有「上相；照出相來好看」的解釋。這是因為 photogenic 中的 Photo-產於現代字 Photograph（相片）或 photography（照相術），而其中的-genic 現在有「適合於」的新意義，因此這個字變成了「適於照相的」。

專讀字源的書不會講這麼多，而好的英英字典會講的。

這裡能買得到的所謂案頭型英英字典（英語叫 college 或 desk dictionaries，收列項目12-15萬字）裡，我最喜歡用的是 *Webster's New World*。其中對字源，包括 prefixes（所謂字首，如 "un-"，"neo-"等）和 suffixes（所謂字尾，如"-ness"，-"ish"等），都有很好的解說，可以前後互相參照，而且隨時可以讓我們看到用法。

當然專讀字源（etymology）的書可以告訴我們有趣味的故事，例如 to tantalize 意謂對某人許諾或者示以他所願得的事物，但是又讓他得不到，這樣地讓他失望或是徒勞無功。其字源來自 Tantalus，後者是希臘神話中宙斯大神的一個兒子，因罪被貶於地下世界站在一個水池裡。當他渴了要喝水的時候，水就下降不讓他喝；在他餓了要吃頭頂上方樹木所結的鮮果，樹木就變高讓他吃不到。但是這樣的字並不很多。

有些字源（包含「字首」和「字尾」）很複雜。例如上面講 photo-之希臘字源的時候，提到它與希臘語 phos 及 photos 都有關係。這是必要的知識，因為那兩個希臘字都進入了英語：phosgene 是化學作戰中使用的「光生氣」（也是染料製造及有機物合成所用的化學劑）；phosphorus 是「磷」或「發燐火的物體」；photic 是「與光有關的」；photograph（照片）的本意是「用光造成的圖」。

您問到的 Crownomatic 是另一種現象，是現代人完全不顧英語字源發展過程而造出的新字。美英廣告業的例子最多，日本人的任意運用英語也在這一方面有許多出奇的發明。

顯然地 Crownomatic 是一個商品的名字。商品的名稱常常不含任何意義。這個「牌名」推想是 crown（齒冠）加上了-omatic。雖然我並無證據，我相信這種「粉劑」是能快速硬化凝固的，造這個字的人（是日本人吧？）大概用了 automatic（自動的）來描

寫其使用之省事，然後就把 automatic 的前三個字母切除了。

當然這是荒唐的舉動，因為在 automatic 之中，auto-是「自己」，-matic 是「思想的、行動的」。（至於 auto-與-matic 的字源就更為複雜，因為牽涉到完全憑科學推理而再造出來的古代「印歐語」。）

不過把 automatic 斷頭為-omatic 而仍要它含「自動」之意，始作俑者不是東瀛的商人而是美國人。美國有一種電動並且不用手扶的開罐頭機器，問世已久，叫作 Can-o-matic。

軍事家也犯過類似的罪。「兩棲作戰」稱 amphibious operations。後來空降部隊的加入又造成了「三棲作戰」的觀念。不知是美國或英國人拿了當了「三」講的字首"tri-"，插到 amphibious 這個字裡去替換了其中的"am-"，而造成了 triphibious 這個字，讓認識英語字源的人毛骨悚然。

原因是 amphibioius(兩棲的，在兩邊都能生存的)的字源是"amphi-"(在兩邊的、屬於兩邊的)加上"bious"；後者的字源是希臘字裡當「生命」講的"bios"，（biology, biography 等都和它有關）。

不管怎麼樣，triphibious 與 triphibian 都變成了英文字。

2-51

英國人和美國人在拼字上有什麼不同？為什麼產生這種差別？

拼字確是有些不同，但要注意美國式的拼字法並不是每一個美國人都如此，而是大牛如此。

差別的產生主要原因是一個人的提倡：美國字典的初始編輯者 Noah Webster(1758 - 1843)。他認為許多英文字的拼法無道理(包括留在英文裡的法文拼字)，大力鼓吹合理化。

一個差別是把如英制的 theatre 之字尾改爲與發音一致的 -er(即 theater)。這一類有 centre →center 與 fibre →fiber 等常用字。

另一個差別是把英制的字尾之-our 簡化爲-or，常見字有 colour →color，honour →honor，humour →humor，vapour →vapor 等。

英國拼字制度裡把 travel 的衍生字中的一個-l-重複爲-ll-，如 traveller, travelling，美國習慣保留單-l-，如 traveler, traveling。另外的常見例子有 jeweller →jeweler，marvellous →marvelous。這裡我們可以看到一個英國也兼用美式拼字法的例子，動詞 to bus 的過去式在美國一律拼作 bused，而英國今天是 bussed 與 bused 都可使用了。

我能想到的還有兩個字尾原爲-ce，而在美國被改作-se的例子：defence →defense 和 offence →offense。

2-52

電梯在英國話稱lift，在美國話稱elevator，這是大家都知道的不同。請敎以下幾點：

1. 不同的用法多不多？如果不太多可否刊出來共饗讀者？
2. 有人說英美語的差別逐漸減少，正確嗎？
3. 英美語的差別是否會產生彼此溝通的困難？

名詞使用的不同不甚多。最早列表比較的是美國學者 H. L. Mencken(在他的不朽傑作 *The American Language* 裡)以後大家都是拿他的調查作出發點。

美國	英國	
apartment	flat	(公寓)
baby carriage	pram	(嬰兒車)

broiled（用於肉類）	grilled	（炙烤）
candy	sweets	（糖果）
cookie	biscuit	（甜餅乾）
daylight-saving time	Summer time	（日光節約時間）
installment plan	hire-purchase	（分期付款購物）
second floor	first floor	（二樓）
sidewalk	pavement	（馬路兩邊專設的人行道）
suspenders（men's）	braces	（男用吊褲帶）

　　以上是 H. L. Mencken 書中所舉的例子。很多字至今仍是英美有別的。但是界限並非絕對的，例如 grilled 與 pavement 在美國也有人使用。

　　差別確實在減少，但是仍存在，尤其在汽車名詞上。例如擋風玻璃有 windshield/ windscreen 之別（美國用法在前，以下相同）。引擎蓋有 hood/ bonnet 之別；汽油有 gas(gasoline)/ petrol 之別；汽車電瓶有 battery/ accumulator 之別；保險桿有 bumper/ fender 之別。

　　在特定的場合（例如美國人在英國需要修護汽車的時候），因為使用名詞的不同，至少會造成一時的困難。

　　寫到這裡又想起來一個妙例。如果你去英國或是使用英國出版的日曆、日記簿，會發現英國有好幾天遵奉的 bank holidays。不要驚異英國人何以那樣重視銀行，原來它相當於美國的 legal holidays：法定假日。

2-53

　　下面對白中出現兩次 grey houndstooth，字典中查不到，問了幾位外國人也不知道，提出來您看看：

　　S：Woods, What do you think of the grey houndstooth this

morning？

 W：I'm not paid to think, sir.

繼續兩句對白之後又再出現：

 W：Sir, you are restless.

 S：Am I？

 W：You only ask for the grey houndstooth when you are restless.

您的來信有三點要先澄清，然後再答覆。

第一，是何「對白」你未作說明，想像是電影腳本、電視節目腳本裡的對白。

第二，若把 grey houndstooth 當作一個詞去查，當然什麼字典都沒有，也不該有，因為此二字的連用只是偶然，跟 blue sweater 或 hot day 是相似的。

第三，問幾位外國人也不知道並不一定就是 grey houndstooth 罕見或難解。他們不知道可能是因為你拿 grey houndstooth 當作一詞去問的，並沒有給他們看前後文；也可能是這幾個人想像能力較差；也許可能（其或然率頗低）他們都不認識 houndstooth 這個字。

houndstooth[*]在《大陸簡明英漢字典》裡就有。作名詞用的時候，其基本意思是衣料上織出或印染的碎密格子，像似西洋象棋盤上的圖案，只是小而且碎；衍生的意義是這種衣料，以及用這種衣料做的衣服。

在來信所抄列的兩組對白中，houndstooth 是指衣服，可能是指便服上衣，也可能是上衣加褲子的一套衣服。

灰色在美國幾乎人人拼作 gray，在英國是人人拼作 grey。

---

 * 也作 hounds' tooth，或 houndstooth check，或 hounds' tooth check。

根據 grey 字的使用以及兩組對白所顯示的可能情節，我推斷是兩個英國人說的話。W(代表 Woods)是僕人，而 S 是雇主。這位僕人的職務是為男雇主照管衣服，而且服侍男雇主穿衣服，以及服侍他與家人及賓客的用酒和進餐；他是英國有錢人家的 Valet(請注意此字的讀音以及衍生的新解釋)。男雇主對這種受有長時間特殊訓練的 valet 會有相當的信任，包括後者對於選配衣服及配件的眼光。

第一組對白告訴我們，W 不喜歡他的雇主穿那一套或那一件灰、黑、白色小格子的衣服，所以用不討好的口吻 I'm not paid to think：「我的工錢裡沒有『要用思想』的錢」，去回答雇主的"What do you think…"。S 呼叫 W 的姓氏，而 W 稱 S 為 sir，顯示兩人的主僕關係。

看清楚這些話，第二組對白就沒有困難了。restless 的解釋可能是感覺無聊、不滿意而想找旁的事情做，也可能是無法停頓而一直在動。

valet(跟班？)對雇主都敢如此不順從嗎？不一定。這是沿襲英國幽默作家 P. G. Wodehouse(1881-1975)數十本小說之傳統而寫的，他書中的 Jeeves 是受雇主敬畏的一位有名的 valet。

第三章
用英語怎麼樣說

3-1

請問「斜對面」怎麼說？例如「他家在我家的斜對面」。

cater-cornered; His house stood cater-cornered across the street.

正宗的拼法是 cater-cornered(adv., a.)，其讀音有很多種，因為這是說話的時候常用的字，所以古音有人保持，也有人是依照字的拼法來讀音[*]。常用的美國人讀法包括/'kæti-kɔrnəd, 'kætə-, 'kætə, 'kɪti-/。

因爲有這些讀法，拼法也有別體：catty-cornered。

另外 RHCD 還列舉了幾個無-ed 的以訛傳訛拼寫：

cater-corner/ catty-corner/ kitty-cornered/ kitty-corner。

---

[*] 看了字母再推測讀音的現象在語言學上被稱爲morphological pronunciation(根據形態的讀音)，也稱爲spelling pronunciation，很受重視。許多英國字曾有的傳統特別讀音都被它打垮了。例如在前一個世紀裡sandwich不讀 /'sænwɪtʃ/ 而是讀 /'sænɪdʒ/；format從前不讀美國式的/'fɔrmæt/或英國式的/'fɔmæt/，而是讀 /'fɔmaɪ/；respite在英國從古音的/'rɛspɪt/變成了/'rɛspaɪt/，但在美國卻是保存了古音。(我國的「念白字」被一部分人堅持說是應該寫作「念別字」，也是morphological pronunciation的一種。)

3-2

電子顯微鏡的英文說法是 electronoic microscope 抑或 electron microscope？

教科書上寫的是 electronic，而教師手冊卻特別更正爲 electron。《大陸英漢字典》是 electron，而東華書局《牛津高級雙解字典》卻是 electronic。

您認爲何者正確呢？

在美國和英國都是稱 electron microscope；其中產生如透鏡作用的部分是 electron lens。電子望遠鏡是 electron telescope。

東華《牛津雙解字典》的原文是 ALD 之第2版，錯誤是 ALD 之原文；ALD 第3版(1974)也沒有改正此點。

但是《牛津雙解》的革新版(1984)跟著 ALD 一起修正爲 electron microscope。

3-3

「晚飯」英語是 dinner 還是 supper？

dinner 是一天裡的主餐、正餐。美國人從前多半是指午餐，現在多半是晚餐。

美國家庭習慣在聖誕節和感恩節這兩天，把一天最豐盛的一頓飯，放在午餐，但是很晚吃，可能晚到下午三點。這一頓飯分別叫作 Christmas dinner 及 Thanksgiving dinner，並不叫 lunch。

如果一個家庭的主餐是午飯，晚飯當然就是 supper 了；美國鄉間仍是這樣叫。

請人家吃晚飯，如果要強調場合的隨便以及餐飲的簡單，

也可以說請人家來參加 supper；若非如此就該叫 dinner。

3-4

貨物之包裝要求「防濕」及「防震」，英語作damp-resistant
及shock-resistant正確否？

防濕可寫爲 damp-resistant 或是 moisture-resistant。防震作
shock-resistant 正確。

上述的情形用-resistant 比用-proof 妥當。因爲-resistant 只是
等於「相當地防……」，而-proof 是「充分地防……」。

手錶的標誌就是一個好的例子。刻了 water-proof 字樣的手
錶可以戴著游泳；（好一些的還可以戴著潛水，而且錶上會註
明，可以耐得起多少呎或公尺深的水壓），刻了 water-resistant
的手錶只是可以戴著洗手、洗澡而已。

3-5

「我們班上有五十幾位學生」這句話裡的「五十幾」，英
語怎樣說才最正確？

說more than fifty覺得不太對，因爲六十、七十都是more than
fifty。說fifty or more也不對，因爲那是「五十或五十以上」。

用some fifty students可以不可以？說fifty odd students呢？
fifty and odd students可以用嗎？

如你所說，more than fifty 可能比「五十幾位」更多，而 fifty
or more 不但有同樣的缺點，還包括了原句無的「五十」。

fifty odd students 是正確的說法。《大陸簡明英漢字典》在
初版中有一條說明，認爲應該加用連號寫作 fifty-odd，避免產生

odd 之「古怪的」解釋。英國的 ALD 有 thirty-odd years 之用例。美國只有 HDCU 作此主張，其他字典都沒有提起。

談話中用到如 fifty odd students 的時候，讀音確實要注意勿強調其中的 odd，免得讓讀者認爲是「五十位古怪的學生」。

至於 fifty and odd 的構造最好不要再使用，因爲它已經廢用頗久。《大陸簡明英漢字典》在初版中有此項，早在增訂版已經把它刪除了。（作其藍本的日本三省堂 *New Concise English Japanese Dictionary* 之第二版[1985]至今仍未修改此點）。

COD 對 odd 一字在此解釋之使用，說明最爲詳盡，說是「在加於數目、金額、重量之後的時候，表示還帶有『較低單位』的什麼」，例如 forty odd , between 40 and 50和 twelve pounds odd, between £12 and £13。

特別值得注意的是 COD 舉例的 sixty thousand odd ≠ sixty odd thousand。（請你暫時要把 sixty thousand 想成「60個千」。）前者是說「60個千加上不夠千的數目」，後者是「60多個千」。現在再看 COD 的原文: sixty thousand odd, with some extra hundreds, tens or units: sixty odd thousand, between 60 and 70 thousand.

3-6

請問「一個和尚挑水吃，兩個和尚抬水吃……」中的「挑」與「抬」，英文如何譯？

日前與青年會數位美國教師談天時，欲表示此成語不知用字，繪圖以示之問其用字，亦皆不知，只說可用 carry, lift。

無法表示。

關鍵在於說英語的民族不知有扁擔，更不知道扁擔的妙

用，及其在人力運輸時代與地區裡的重要性。扁擔無英語，「挑」
與「抬」也就不會有簡單明瞭的英語說法。

即使示範使一位美國人認識了，他也無法用簡單的話解釋
給別的美國人。

如果詳細說明，並且畫圖，原成句的簡練、生動都大減損。
原有的幽默更是不見了。

英國作家王爾德(Oscar Wilde 1854-1900)曾說：「解釋之破
壞幽默，有如幽默之能破壞戀愛」(Explanation is as deadly to
humor as humor is to romance.)──當然他筆下的 humor 是寫為
humour。

3-7

先生說什錦炒飯根本沒有適當的翻譯辦法，而且說常見的
assorted fried rice 的叫法會令外國人看了以為是「數種炒飯的集
合」。

我認為中國菜聞名世界。美國舊金山、紐約等數千家中國
餐館不可能沒有什錦炒飯。難道他們都不能找到好的譯名嗎？

「什錦」一詞用於拼盤可以用 assorted appetizers/ assorted
hors d´oeuvre 表示。此處的「什錦」是指各種不同食品的匯集。
assorted 之本義是「各不同種類的」。

用於「什錦炒飯」裡，「什錦」是特指炒進飯裡之配料的
不只一種，在美國各華埠的中國餐館也沒有找到妥當譯名。大
部分中國餐館把「什錦」依照廣東話音譯訛為 sub gum。這個 sub
gum 或 subgum 竟然被收進了英語字典。

據 WBD 解釋，subgum 讀/səb'gəm/，是形容詞。

3-8

> 暑期裡我們四位高中英語教師到加州參加短期講習，在蒙特利公園市的一家中國菜館的英文菜單上，看到把「招牌炒飯」譯作Signboard fried rice甚感詫異，恰值鄰座美國顧客也詢問其意義為何。請問「招牌菜」的正確說法是什麼？

在美國報紙雜誌的餐飲評鑑文章 food review 裡，看到過 signature dish 的說法，意義是說「該店最得意的菜」，雖然字典裡尚無此用法的收列。

美國餐館裡多半在這種菜名之前加上如 house specialty 或是 specialty of the house 的修飾文字。

另外還有「半」個可能說法，因為這種說法多半指不時改換的菜；在菜名之前加上 The Chef* recommends（本店主廚推薦）字樣。使用這種說法的時候多半包括數個菜。

3-9

> 香菜(芫荽)有沒有英文名稱？

有的。香菜的種子是西菜的調味料，叫 coriander 或 coriander seeds（用於西點、麵包、沙拉、咖哩等）；因此香菜應該叫 coriander leaves 或逕稱 coriander。

西洋有一種調味的青菜，叫 parsley，葉子顏色大小略似香菜，而味道大不相同。（其實葉子形狀也大不相同，香菜的葉子是扁平的，parsley 的不是）。因此也有外行的人把香菜叫做 Chinese parsley；正如同 parsley 在我們的菜場上被喚作「洋香菜」一樣。

---

* 讀如'shef。

香菜另一個名字是多數英語字典未列的，叫 cilantro，原爲西班牙語。

3-10

百貨公司等售貨附送的換贈品的「點券」，英語叫什麼？

通用的名稱叫 trading stamps。

另外一個名稱是 premium stamps。

在美國個別的名稱很多，如 S & H Stamps, Gold Bond Stamps, Green Stamps 等。

3-11

1. 近視與遠視的度數英文怎麼説？「他近視五百度」能不能翻成He is 500° nearsighted.？

2. 「他戴三百度的遠視眼鏡」是否可以譯爲He wears 300° glassses for farsightedness.？

不可以。兩個都不可以。

我不知道我們所説的三百度、五百度是怎樣來的。在驗光的處方箋上，表示視力需要補足的深度時，使用 diopter(譯作「折光單位」)爲單位。1個 diopter 的折光能力，相當於焦距爲1公尺的透鏡(lens)。

近視眼鏡的「度數」是「負幾個 diopters」；遠視眼鏡是正的。我們所説的三百度近視是「負3個 diopters」的球面像差。(處方箋上並沒有寫300，而是-3.00！)

「他近視三百度」怎麼説呢？我問了好幾個人都搞不清楚。最後我去問一位驗光師，還是沒有找到辦法。

他告訴我，「他眼睛近視」可以說，He is myopic.或 He is nearsighted.

我問他，如果是在談天的時候談到一位朋友的眼鏡，我已知的資料包括他是 nearsighted，他戴的鏡片是 minus 3 diopters，而且他沒有散光（因為散光的補正也用折光單位計算而且也有正負號）；那麼我們用談天的字彙該如何用一句話說這個情形。

他用力地想了一想之後，反問我 Why do you want to talk about that?

3-12

我知道twenty-twenty vision 的解釋是正常視力。請問 twenty-twenty為何用於表示正常？

如果視力低於正常也是用數字表示嗎？

twenty-twenty 通常寫為20/ 20；後者雖為分數，讀音仍是 twenty-twenty。

站在20呎距離（6.096公尺）可以清晰辨識高度為1/3吋的字母（0.847公分）；在說英語的世界裡，這是正常視力的標準。

說某人有20/ 20 vision 的意思，是說他在20呎之遠（分子的20）可以清晰地看到視力正常人在20呎距離所能看到的字母。

如果說某人有20/ 40 vision，就是說他在20呎的距離，只能清晰地看到視力正常人在40呎就能看到的字母。如果某人有20/ 70 vision，他要走到20呎之距離，才能清晰地看見視力正常人在70呎遠就能清晰看見的字母。

20/ 20是標準視力。20/ 40之視力仍是有用的視力；有些人配眼鏡只能補正到此程度的視力。有20/ 200的視力的人在美國屬於法定盲人。

使用如此標準的視力檢定(在英語系國家裡是最適用的)叫作 Snellen test；所用的視力檢查表叫作 Snellen's chart。(Hermann Snellen 是荷蘭的一位眼科醫師)。

3-13

地址(如街、巷、弄)的英語翻譯應如何表示？另外我們的「縣」在英語有沒有可以表達的字？或者就像「臺南縣」一樣，三個字全用音譯作Tainan hsien？

我們地址之英譯是依照郵局的習慣，「路」譯作 Road，「街」作 Street，「巷」作 Lane，「弄」作 Alley(也有人用 Sub-lane)。

這些字是硬性規定的。與英語原字無直接關係。(例如 lane 與 alley 用於指街道的時候，在今天的美英語裡並無區別)。

我們的地址作英譯要注意的，是怎樣使外國寄來的郵件能被我們的郵局，依照上面的拉丁字母地址正確地寄到。

因此「縣」如何譯，也要看我們郵局的習慣。譯音為 hsien 當然可以。美國的 county 是每一個州之下的行政劃分，與「縣」大致平行。(例外是 Louisiana 州之下的行政區分叫作 parish，Alaska 州的叫作 borough)。

3-14

枇杷、蓮霧、芭樂、楊桃的英文名字是什麼？

枇杷是 loquat。從華語轉去的：是古語「櫨橘」的廣東讀音。

蓮霧大概沒有英語名稱。

芭樂是 guava。是巴西方言經由西班牙語傳入了英語。

楊桃在美國的 Florida 州有，叫 carambola。美國農業部曾特

別從台灣引進含維他命甚高的品種。

3-15

英語中怎麼説「補習班」？所謂prep school或extension school 的性質與我們的以升學、托福考試或專學英語的補習班有何異 同？美國各地是否有此類機構存在？

1. 美國的補習班隨便自取名稱。我見過的包括前加修飾字 的 School, College, Institute。如果說明是爲了升學或升級的臨時 抱佛腳學校，往往用 cram school；to cram (v.i.)是匆忙地在最後 一刻死背，以應付考試。

2. prep school 是 preparatory school 的簡稱，在美語裡指收費 頗高的一種私立中等學校，在課程方面特別注重幫助學生進入 著名的大學。

3. extension 指大學裡爲非正式學生舉辦課程之部分，可能 包括函授。當然有些補習班會把這個字用在班名之內。

4. 大一些的美國城市都會有技能、職業訓練班(學校)，包 括本國文字的進修。外國語文的補習班也很多，例如由法國政 府資助的 Alliance Francaise 在美國的大城市都有，有些像以前美 國新聞處在台北、台中、高雄等地教英語那樣。

3-16

我們有人説「感謝您的同情心」，但説英語人似乎對同情 的反應不説Thank you for your sympathy.

究竟英語中對同情的應對有何種回答方式？如有人在台灣 受颱風的侵襲而致多處受損以後，來信表示同情，請問應如何 回答？

他們的習慣說法是謝謝來信的「同情之表示」，如 I deeply appreciate your expression of sympathy...，如 Your message of sympathy is very much appreciated by all of us...(如果信的內容是以此為主)。

3-17

英語如何問「第幾」？例如怎樣說「林肯是美國的第幾任總統」？

英語裡缺少問「第幾」的單字或片語。

「林肯是美國的第幾任總統？」這一句如果想保持原來的構造，我翻譯不出來。英語裡沒有這樣的說法。

如果在翻譯當中遇到這句話，我會把它翻譯成 How many American presidents were there before Mr. Lincoln?——不過此問題的回答是 Fifteen.還要加上1才是中文問句所要的數。

3-18

1.「布希是美國的第幾位總統？」在英語可否說成*What number is President George Bush?

2.「布希是美國的第幾任總統？」在英語可否說成*In what term does Bush serve the United States as the President?

兩個都不可以。

因為怕自己學的英語文在這一方面有疏漏之處，我又請教了兩位美國人，他們都說這兩個問句無意義，而且都承認英語裡沒有能「詢問第幾」的簡單句子。(不像法語有 quantieme 以及限用於口語的 combientieme。)

在來信所講的兩個問句之前方，我加上了*符號。這是表示
該句在英語裡不能成立。

3-19

> 說英語的時候怎麼樣問「第幾」？例如怎麼樣問「蘇門答
> 臘是世界第幾大島？」

說來你可能難於相信。沒有辦法問！

至少是沒有直接的問法，沒有簡單的問法。

你可用猜測的方式來問，Is Sumatra the fifth largest island in
the world?知道正確答案的人會告訴你，No, it's the sixth largest.

3-20

> 曾聽吳老師舉了一例：No, it's the sixth largest.請問在「計數
> 第幾大(或高或長……)」的時候，可以使用最高級嗎？

可以。這是經常使用的說法。請看以下各例。

1. The Republic of Ireland is situated on the second largest of
the British Isles...(見*1983 Hammond Almanac*, P. 594.)

2. The third-largest island in the Mediterranean, Cyprus lies 44
miles...(同上)

3. The fifth-largest nation in the world, Brazil is bordered
by...(同上)

4. The second-largest in the world in land area, Canada...(見
1985 Reader's Digest Almanac, P. 517)。

上面例1中 second 與 largest 二字之間並無連號，因為 largest
在此處是當作名詞使用，是 largest isle 的省略說法。在例4中就

使用了連號，因為 largest 是形容詞，與例2、3相同。

　　這種用法從古來就有。

　　寫福爾摩斯偵探小說的 Sir Arthur Conan Doyle 在 *The Return of Sherlock Holmes* 裡，有這樣的句子：

　　5. It is the second most interesting object that I have seen in the North. （這個是我在北部所見到第二個最引起我興趣的東西。）

3-21

　　According to the tax law of the Repulic of China for foreign supplier/ contractor, business income tax shall be levied on service income incureed in the R.O.C.

　　上句中 incurred 之中文原意為「發生」，如改為 occurred 是否對？

　　這兩個字的區別及不同用法請惠予解釋。

　　又全句如有其他錯誤亦請賜示。

　　雖然來信沒有完全說明，這一句話大概是我國稅則的英譯。

　　我先揣測原意：因為對於中美兩國的稅捐法則都外行，這裡只能用「白話」表示。原意大體是「根據『適用於外國供應商以及承包商的中華民國稅捐法則』，凡在中華民國境內發生（所賺）的服務收入，都要課以 business income tax。」（稅名大概不會錯，就不去花時間查問漢文名稱了。）

　　incur 在此處不能使用。它的意思是「招致」，但所招致的只有壞事（如債務、費用、危險、責難），不能招致如「收入」的好事。

　　occur 並沒有錢被賺到之「發生」的意思。中文的「發生」是一種專門用法（利得之「發生」），實在是我們說白話時用的「產生」。因此 occur 也不能用。

receive 或更抽象的 generate 在此地應該適用。(不過美國的稅則是以英文不清楚為人詬病的,說不定他們另有常人不識的用字法。)....service income generated(或 received)in the Republic of China 是誰看了都可以懂的說法。

信中英文另外還有可以改得更簡明的地方。

稅則的名稱可以把首字母改為大寫,可以把 for 改為 governing(管理……的)。

句裡不要說兩次「中華民國」;即使一次用 R.O.C.也不好。

supplier/ contractor 應該改為多數形。

結果可以是這樣的,According to "tax law governing foreign suppliers/ contractors", business income tax shall be levied on service income generated in the Republic of China.

3-22

我的一位教授説,英文在正式文字裡要表示「畢業於某大學」時,應該使用be graduated from的構造,而graduated from只能用於較隨便的場合;因此,《大陸簡明英漢辭典》把He was graduated from Yale.列為與He graduated from Yale.相同,乃是不正確的。請問先生認為如何。

簡約辭典的主要功用是在閱讀的時候可以查字,在寫英文的時候可供應急的參考,隨手翻閱可以得到若干啓示,但其篇幅不容許作詳細的說明。

He was graduated from Yale.(句1)和 He graduated from Yale.(句2)在過去曾有辭書與教科書作來信所說的主張。在今天的英美語,句1的構造已甚少見,逐漸被忘記使用了——假若我們不用淘汰字樣,而句2的構造是被普遍應用,無論任何場合。

　　我想就此說明一下，一切字典的難於「趕上時代」的問題。大陸辭典裡仍說英國人用 graduate at，不用 graduate from。從前確是如此情形。今天有沒有改變呢？我沒有確實把握它已非如此，只能指出在1974年第3版的 *Oxford Advanced Learner's Dictionary* 裡，只有 graduate from，已無 graduate at 的形式，例如 He graduated from Oxford.；另外一個例句是表示在何種學識方面取得學位，He graduated in law.。而1976年第6版的 *Concise Oxford Dictionary*，也是只有 graduate from。

3-23

> 請教美國各城市的居民之名稱，有無法則可以依循？
>
> 　　例如我們知道芝加哥的市民是 Chicago → Chicagon，紐約市民是 New York → New Yorker，波士頓市民是 Bostoan → Bostonian。

　　城市及州市的居民名稱都略有法則可見，當然仍有例外。

　　如來信所說的 Chicago，市名或州名結尾為 "-o" 的，加 "-an"，如 Idaho → Idahoan [1]。

　　來信所說的州及市名 New York，其字尾是子音，其居民的名稱是加 "-er"；但是也可能是加 "-ite"，如 Michigan → "Michiganite [2]。

　　來信所說的 Boston 之字尾是 "-on"，其市民的名稱就加 "-ian"；又如 Henderson 市民稱 Hendersonian。（注意原字尾之 o

---

1　但 San Francisco 的市民稱 San Franciscan。

2　Michigan 的名稱一直很多，而且相持不下，有 Michigander, Michiganer, Michiganian, Michiganite。在1979年州議會應各報紙編輯人的請求，投票決定以 Michiganer 為州民的正式名稱。至今尚無定文的，仍有 Connecticut 以及 Massachusetts 兩州。

變爲強勢，而且讀如 No 字中之 o。）

　　地名之字尾是"-a"的，是加"-n"，如 Iowa →Iowan；Santa Clara →Santa Claran。

　　地名之字尾是"-i"的，加"-an"，如 Hawaii →Hawaiian。

　　地名之字尾是"-ia"的，加"-n"，如 California →Californian。

　　地名之字尾如果是發音的"-e"，就加"-an"，如 Milwaukee→Milwaukeean；如果是不發音的"-e"，就加"-er"或"-ite"，如 Scottsdale →Scottsdalite。

　　地名之字尾是"-y"的，通常變爲"-ian"，如 Kentucky → Kentuckian。

　　地名之字尾是"-olis"的，變爲"-olitan"，如 Minneapolis → Minneapolitan。

　　開頭我就說有例外。例外都是居民（或居民的有學識的領袖）自己堅持要用的。

　　洛杉磯(Los Angeles)的人願意被稱爲 Angeleno。鳳凰城(Phoenix)的居民自稱爲 Phoenician(與腓尼基人同用一個字)。South Carolina 州的人自稱爲 Columbians(與哥倫比亞國民同字)，因爲州的首府是 Columbia。Utah 州民不願意使用 Utahan 的名稱，而自稱 Utahn。

　　英國市民名稱也有例外，其所根據有些是所居古老城市的羅馬時代名稱。例如 Manchester 市民稱 Mancunian(來自 Mancunium)；Oxford 的市民稱 Oxonian(來自 Oxonia)。

3-24

　　涼鞋有一種是用一條皮革或其他材料帶子夾在腳趾之間的，以前在美國讀書的時候聽說是叫thongs，可是在幾本美國字典裡都找不到這個字的此種解釋。

不錯，是 thong，其多數形為 thongs。這個通用的字直到1980年代的字典裡才有此種解釋；*Random House College Dictionary*（1984版）及 *Webster's New World Dictionary*（College, 1894版）還沒有收錄它。

原因是美國人在編字典的時候，主要以出版物為其調查、分類、註解的對象，像 thongs 這樣的「家常」字往往就會漏掉。1930年代哥倫比亞大學 Edward L. Thorndike 主持單字使用頻率調查，然後建議小學幾年級的教科書該使用何種頻率的單字；施行以後被小學老師發現，有極需早日學到的單字被排除於低年級課本之外，例如 poison 就是一個，而美國法律規定入口有害的洗濯劑，殺蟲劑等在容器上要明顯地標出 POISON 字樣。

thong 的基本意思是皮革製的條帶。

3-25

明信片到底叫 post card 抑或 postal card？如果兩者皆可用，有沒有區別？

在美國郵局的術語裡，postal card 是郵局發行已附郵資印記的明信片；其他明信片無論式樣只要是需貼郵票的，都叫作 post card（也寫作 postcard）。

美國人往往兩者混用，不加區別。

英國人只用 post card（分寫為兩字），不論種類。

3-26

美國郵政局的 Special Delivery 郵件，相當於我國何種郵件？

相當於快遞。我國的快遞使用法文 exprès 的名稱。這是美

國以外的國家通用的。

美國另有一種 Express Mail，相當於我們的限時專送。

3-27

美國有沒有「土雞」？叫做什麼？如果沒有，請問應該怎樣譯成英語？

要看「土雞」的定義是什麼。

如果土雞的首要條件是「純中國本有的雞，並無外國血統」，美國大概不會有；除非是有專門養各國特有之雞的研究所。這種情況之下的英譯，可以說 chicken indigenous to China。不過我想這不是你所問的。

如果土雞是指大概為土種的雞，並非在大量生產型工廠裡飼養的(二十四小時的人工照明、飼料配合防疫的藥品以及低量的抗生素……)，美國倒是還有；叫作 free-range chicken。range 的意思可能是 a wandering or roaming(走動的行為)，也可能是原來指馬牛等牲畜可以自由活動並且吃草的大塊土地。

美國的真正 free-range chicken 很貴[1]，因為這樣的雞吃的飼料是無藥品的穀類[2]，白天要讓雞在戶外的籬圈內走動，夜晚在戶內睡覺。

一般的 free-range chicken 不只是飼料高級(玉米和黃豆)，並且不摻抗生素[3]，雞種也是成長較慢的，所以雞肉確實比肉雞好吃。

---

1 我只知道一家店賣這種雞，一隻4磅重適於烤的要美金33元(其中21元是特快運費)。

2 飼料仍是有花樣，例如用黃玉米可以使雞皮呈黃色。

3 有一類抗生素是許可使用的，它只停留在雞的腸道裡，不被吸收；洋人反正不吃雞腸子，所以不在乎。

土雞蛋在 health food store(保健食品店)裡有得賣，叫 free-range eggs，或簡稱 range eggs。

3-28

下面是一個改寫句子的習題，要學生根據a句的意思把b句的缺字填出。我的問題是第一個空白處的數字應該是three還是four？我的美國朋友(學歷不高)說應該是three，我們都覺得應該是four，因為「大三倍」應該是「等於四倍」：

　　a. Their school is three times bigger than our school.
　　b. Their school is ＿＿ times ＿＿ big ＿＿ our school.

你問到了一個很重要的問題，是多數中國學生對英語共有的誤解！

在 b 句裡缺少的三個字是 three, as, as。你的美國朋友說得對。

以英語為母語的人都會認為 a 句的意思是「等於三倍」。看成「四倍」是我們的誤譯。英語裡 three times bigger than/ three times as big as/ three times the size of 都是一回事。

我推想以英語為母語的人構成 a 句的程序是這樣的：

Their school——our school.→

Their school is bigger.→

Their school is bigger than ours [*].→

Their school is (how much?) bigger than ours.→

Their school is three times bigger than ours.

最後句中的 three times 在意義上是修飾 bigger 的。

---

[*] 自然的英語在此處多半會用ours代替our school，除非另有前後文的影響。

你可以不接受我的推想，但是一定要相信我說 b 句必須用 three 的回答。因為到處都可以找到實例。

例如1986年的 *Reader's Digest Almanac and Yearbook* 在577頁裡說：Indonesia's islands cover an area about five times larger than that of California.我們來算一算看，印尼的土地面積到底是「約為加州之面積的5倍」呢？還是「約為加州之面積的6倍」呢？

同書在557頁說印尼的面積是788,622方哩；在880頁說美國加州的面積是158,760方哩。以後者除前者所得的商是4.9693！正確的解釋是「約等於加州之面積的5倍」。

3-29

我有一個問題是關於時間的說法。例如五點三十分，我們可以簡述為It is five-thirty.。但是1點1分，2點2分，3點3分等，我們是否也可以說It is one-one...。說起來怪怪的。

如果有簡述之需要的時候，是說 one-oh-one, two-oh-two, three-oh-three 等。

但比較自然的說法是 one after one/ two after one/ three after one 等；自「十一分」以後就自然地改用 one-eleven/ one-twelve/ one-fifteen 的說法了。

3-30

請先生幫忙解決一個爭執。

number one有沒有作「小解」之用法？

我在美國讀書的時候聽到過，但是在美國及英國字典都找不到此解釋，雖然《大陸簡明英漢字典》裡有它。

有此用法，跟我們學生說的「上一號」相似。我有文獻作證據。

1977年加州大旱，許多地區限制用水。水費超過基本量以上價錢提高到驚人的程度，金門橋以北的馬林縣有些餐館因為付不起每月逾千元的水費而歇業。一般家庭在抽水馬桶的水箱裡擺瓶子，使每次沖水量減少，而且多半提倡在小解以後不沖水。

舊金山一家報紙 *San Francisco Progress* 的專欄作家 Jim Eason 有一篇專論，根據法令抗議對家庭用水的限制，以下是該文的開頭三句，文中所說的 Golden State 是加州的別名：

Okay, you know about the drought. California is bone dry: grass, trees, shrubs, flowers, all dead. Citizens of the Golden State don't flush（放水沖馬桶）for Number One anymore.

為什麼美英字典裡不見有此解釋呢？

這是美英字典編集方法「進步」的一個結果。現在蒐集字義以及決定字的取捨，幾乎完全靠指定文獻中的選輯（citation file），很少再有人去依憑本身的學問見識來檢查有無不該遺漏之解說。

我並不是說 citation file 並非一大進步，而是說它會有所遺漏。舉一個例子來看：1966年出版的 *The Random House Dictionary of the English Language*-The Unabridged Edition 是收到26萬多條的一本大字典，但在 crystal 一字之解釋裡，漏掉了甚為常用的一個意義：用高級玻璃製的杯盤等飲食器的集合名稱——並不一定是所謂水晶玻璃。

3-31

談談幾個大學的英譯名稱。

在台灣，幾個國立的學校譯名有時很難有妥善的翻譯。韓國的「國立漢城大學」的英譯為 National University of Seoul 是沒語病的，英美的人可以一看就懂是說在漢城（Seoul）的國立的學校。「國立臺灣大學」譯為 National University of Taiwan 就有我們自己的困難，因為那樣會讓人覺得在臺灣只有這一所國立大學。把它譯成 National Taiwan University 就是很怪的英文，（雖然一向都是如此譯），不過人家還能懂。

「國立成功大學」譯為 National Cheng-kung University 是令人不明其理的英文。當然我們的習慣是已經沿用就不會考慮修改。要把這個校名譯為合理的英語，要先決定「鄭成功」該如何變為拉丁字母，一個是用我國郵局的拼字制度寫為 Cheng Ch'eng-kung；一個是沿用西方史書從閩南語「國姓爺」拼出來的 Coxinga，然後再譯為如 Coxinga Memorial National University 之類的話。

最好的辦法是在校名的英譯放棄「國立」、「省立」字樣。「國立政治大學」的傳統英譯名是 National Chengchi University，是個非常奇怪而且無由改善的英譯，除非放棄 National 字樣。

附帶地講一下，各國學制的不同是要特加注意的。美國是凡校名中有 University 一字的，必然可以頒授碩士或以上學位，沒有例外。（有幾個校名為 College 的，如天主教耶穌會所辦的 Boston College，又如歷史已有兩百多年的 Dartmouth College，都有研究所，可以頒授 Ph.D.學位；它們的名稱沿用舊名稱為 College，而其性質是 university。）

3-32

「企業」英文為enterprise，那麼請問「企業化」應如何英譯？

　　如果問題只是關於一個字的英譯，我就不回答了，但是這個問題背後藏有亟待澄清的大家共有的錯誤想法。

　　先談 enterprise，本身它果真是「企業」嗎？

　　enterprise 的意義，為了易於瞭解，可以分為三項。第一項是基本的解釋，指一種 undertaking（包括下了決心要做的事，同意要做的事，或承諾要做的事）；或是指一件 project（有計劃有組織的 undertaking，也可能是一項企劃）；尤其常指以下兩種情形：1. 大膽的、困難的，或重要的 undertaking，2. 工商業的 venture 或團體（包括公司行號）。（venture 可以指投機、投資等對象或行為，但是同時仍保存了這個字的「冒險犯難」的意義。）

　　enterprise 的第2項意義，指一種心情和態度，肯於或樂於從事新的或冒險性 projects 的心情和態度；也指活力，和主動自發的精神。

　　enterprise 的第3項意義也是衍生的，指在一種 project 中的積極參與。

　　看完了 enterprise 的解釋。我們就知道「企業」與 enterprise 並非相等的東西。當然也可以推想，所謂的「企業化」，不可能是在 enterprise 字尾做什麼「-ization」之類的變化。

　　到此為止，我們只討論了英語的那一半，還沒有考慮中文的這一半。請仔細檢討一下，「企業」的定義和「企業化」有直接的關係嗎？

　　「企業」可以指一切以生產為目的的事業；這裡的生產一詞所包括的範圍也是越來越廣。後來大家默認地又把「企業家」看成工商業裡資本、營業、規模宏大的從業人。「企業化」從字面上講是無意識的話，但是在當作口號來用，是說把原來規模小、或是家庭經營式的工商業，變為像大公司行號一般地經營；甚至於這個口號裡還含有「使用科學管理、重視成本會計、

採用新式人事制度等等」意思。這樣的口號如何會剛好有一個英文字等在那裡備我們使用？

3-23

若要說某地有高120呎的塔狀建築，應該說a 120-Foot tower 還是a 120-Feet tower？

應該用單數形的 foot。

表示數量的名詞（如上述的 foot），若是在「數詞」（如「120」）之後，而且兩者合起來當作一個形容詞用，並且是放在被修飾名詞之前的，叫 attributive adjective（限定形容詞），這個被修飾的名詞使用單數形。如以下各例的斜體字都是：

- a twelve-*inch* ruler（長十二吋的尺）
- a ten-*pound* turkey（重十磅的火雞）
- a three-*day* journey（三天的旅程）
- a sixty-*dollar* lunch（用六十塊錢的午餐）

像"day"一樣，有些並非真正表示數量的名詞也會被如此使用：

- a five-*man* committee（五人小組，五人委員會）

請注意，老式的原則是在文章裡遇到一位或二位數字的時候，不印不寫阿拉伯數字，而要像以上各例那樣地寫出全字（用字母拼出）。但是近年來許多出版商已經不再遵守此項原則，而常會印出 a 12-inch ruler，a 3-day journey，a 5-man committee 的形式。

所謂的 Arabic numerals 實際是印度所創，後來被阿拉伯帶到了西方，因此又稱 Hindu-Arabic numerals。

3-34

> 1. May I help you?
> 2. What can I do for you?
> 上面兩句話可否以Yes或No回答？
> 究竟「Yes/No答問句」與「非Yes/No答問句」有何明顯界限？

問句1應該用「Yes/No回答」，因為問句1是要求你對其內涵加以證實或否定，是能以點頭或搖頭回答的，並不是向你索取資訊。

因為對話還有面部表情動作、手勢及身體其他動作可以輔助，Yes/No可能不用說出來，對問句1也可能省略Yes/No的口頭回答，而直接作進一步談話。例如在商店裡你能聽到如下的對話：

A：May I help you?(1)

B：I'm looking for white socks.(3)

問句2不能用點頭或搖頭回答，因為問者要求你說出需要他為你做什麼事；用句3的話回答是正常的。

3-35

> 1. May I help you?以及同類型的問句，可否以Yes或No回答？
> 2. Yes/No問句與非Yes/No問句之間有無明顯界限？
> 3. 美國人回答Yes時，是否真正會有「同意」或「應允」的意思，或者有時只是順口而出而已？
> 4. 問句What can I do for you?如果回答Yes, I need a loaf of bread.是否有不妥之處？

　　來信的讀者對於 Yes/ No 似有頗多的迷惑，而無法把問題的主旨說清楚。在求知的過程中，我們會發現：如能把問題明晰列出的時候，距離解答就很近了。

　　你的問題實在有兩個。一個是 Yes/ No 問句的特性爲何；另一個是 Yes 在獨立使用時的作用爲何。

　　使用 Yes/ No 問句時，是要求對方證實或否定你所提出的情況：如用邏輯學術語是你提出的「命題」。例如你問別人 Does Mary know my age?的命題。對方回答此問句的時候，只要作此證實或否定：方法可以用　點頭/ 搖頭；　說 Mary(She) does./ Mary(She) doesn't.，或　Yes, Mary(She) does./ No, Mary(She) doesn't.；　Yes./ No.。

　　對方並不需要另外報出你的年齡來。

　　非 Yes/ No 問句要求對方供給資料。如果你問 How old does Mary think I am?，說話的對方就要答出一個年齡來，而不能使用上述的三種回答方式之任何一個。如果對方回答 I don't know.，仍是對問句供給了資料，雖然句子改變了。

　　來信第4項所提的 What can I do for you?之問句要求答話人提供資料，用 Yes/ No 都無道理。回答 I need a loaf of bread.是正確的。

　　從這一問一答來看，應該是發生在食品雜貨店裡。What can I do for you?出自店員或店主之口，意思是「我拿什麼給您？」或「請問你要什麼？」，答話是「我要一條麵包」，當然用不上 Yes 字樣。

　　綜合起來講，「Yes/ No 問句」要求對方證實或否定問句中包容的命題，而「非 Yes/ No 問句」是要求對方提供資訊。

　　來信第1項的 May I help you?問句，是 Yes/ No 問句。如無「活」的語言環境，是要用 Yes/ No 或點頭/ 搖頭方式回答的。

在「活」的語言環境裡，還有其他可能。

什麼情況裡你會說 May I help you?呢？一個很自然的情形是，你看見一位老人抱提著幾個包裹在推門（當然是在說英語的環境裡），你要幫忙而先問此話徵求他同意。他很可能很感激地說 Oh, thank you.——這樣的話裡也就包含了 Yes 的含意。

美國店員招呼顧客也習慣說 May I help you?的話。顧客可以說 Yes, I need a loaf of bread.之類的話，也可以向店員點頭、笑一笑說 I need a loaf of bread.，而以點頭表示回答了店員的招呼問句。如果你不要買東西，你可以用笑一笑及搖頭作有禮貌的回答，可以說 No, thank you. I'm just looking(或 browsing).。

來信第3項的問題要從以上所說的道理來看。在對話的時候，Yes/ No 雖可孤立使用，但並無獨立的意義，它是和前文相呼應的。

如果前面問句所包容的命題與承諾有關，如 Will you come tomorrow?回答的 Yes 應該是承諾——除非說話的人無誠意。這是跟說話人的國籍沒有關係的。

Yes/ No 在我國語言裡沒有同地位之說法。使用起來要特別小心。

3-36

虛線在英語叫什麼？

…… 叫作 dotted line。

- - - - 叫作 broken line。

3-37

像買火車票之類的排隊時，有人想插進隊來，英語有沒有

現成的説法？我記得看到過to jump queue，但是在字典裡查不到。

　　查得到，例如在 *Advanced Learner's Dictionary* 裡，包括吳奚真先生主編的英英與英漢雙解本。

　　不過雖然它是英國的説法，英國很少有人懂，而且美國字典，完全沒有收列它。

　　英國還有更為簡練的 to queue-jump 之説法，是不及物動詞；作這種行動的人稱為 queue-jumper。美國的字典裡只有 *World Book Dictionary* 收列了這兩項，並且標明是英國説法。

　　若是在美國遇到這種情形，隊中人會向企圖插隊的人說 Don't cut in!或者 Don't cut into the line!

3-38

美國的街道以數字排列時，比較正式函件的信封上應該用阿拉伯數字，還是要把英文字寫出來？

　　大多數美國人寫所謂的阿拉伯數字(阿拉伯人寫數字跟我們用的並不一樣)，規矩的寫法是把一至十的街名寫文字的序數，如：

430 Second Street

5822 Eighth Avenue

　　而十以上的街名就用數字，且要用序數才不致與門牌混淆，如：

235 25th Avenue

417 103rd Street

　　附帶提一下，在考究的信件上，如果是門牌「一號」要用

文字寫出來，尤其在自己的信封與信紙上，如：

One Market Street

One Franklin Square

3-39

week何以譯爲「星期」？「禮拜」的名稱是何緣起？

要先看一個 week 裡各天的英語名稱，這些都是從拉丁語譯成古代英語轉變來的。

Sunday 在古代英語裡跟今天的形式相近，意思也是一樣：「太陽的日子」。是拉丁語的翻譯。

Monday 的意思是「月亮的日子」，也是從古代英語翻譯拉丁語變來的。

Tuesday 的意思是「火星的日子」；在古代英語翻譯拉丁語時，用 Tiwes(=Tiu's)代替了拉丁語的 Mars(火星)。

Wednesday 是「水星的日子」；在古代英語翻譯的時候，以自己用的 Wodnes 替代了拉丁語的水星名稱 Mercurius。

Thursday 是北歐神話戰神 Thor 之日；在古代英語從拉丁語翻譯時，用 Thor 替代了原來羅馬神 Jupiter。後者又是木星的名稱。

Friday 來自古代英語 frigedaeg，意思是北歐神話中女神 Frig 之日。這是在翻譯的時候，用 Frig 替代了羅馬神話中的女神 Venus。後者又是金星的名字。

Saturday 是「土星的日子」Saturn's Day 之轉變。

日本學者在一百年以前翻譯以上各日之名稱的時候，把 Sunday, Monday, Tuesday…依次一律依天體名稱翻譯：「日曜日，月曜日，火曜日，水曜日，木曜日，金曜日，土曜日」。

「星期」之稱是從這裡來的。

　　「禮拜」的名稱是基督教會人士所創用的。民初梁啓超先
生等大不以爲然，提倡用「來復一，來復二，來復三……」替
代，沒有行得開。

3-40

> 　　一個week 從何算起？有人說是從Sunday算起，好像一般的
> 西洋月曆都是如此表示；有人說是從Monday算起。請問您的見
> 解爲何。
> 　　另外，last week和the last week有沒有什麼不同？

　　假定今天是2004年3月17日，星期三。（請看下文的月曆。）

March

S	M	T	W	T	F	S
	1	2	3	4	5	6
7	8	9	10	11	12	13
14	15	16	17	18	19	20
21	22	23	24	25	26	27
28	29	30	31			

　　正如來信所說的，一般西洋月曆都把 Sunday 排在每週之首。
　　這種計算法有其歷史的原因：古猶太教的一週之末(即安息
日：Sabbath)乃是今天西曆中的 Saturday。從猶太教背景萌生的
宗教(英文稱 Christianity：包括中文說的天主教、基督教、東正
教)爲了明白昭示並不依托於猶太宗教，將「安息之遵守」斷然
移後一日到今天西曆中的 Sunday＊。以後在教會各項節日編排教

＊ 在法語、西班牙語等拉丁系語言裡，Sunday的名稱都是「主的
　日子」。

會曆的時候，就以 Sunday 為每週之始，仍保持原來的 Sabbath 在末尾。

　　但是在現代西方人的生活裡。非宗教活動占比例極大。每週上班的第一天自然被算作一週之始。weekend 無論如何計算都把 Sunday 包括在內，也就是被列入一週之末了。因此而有來信所舉的兩種看法。

　　last week 的意思是「本週之前的那一週」，所以是指3月8日到14日。

　　the last week 的意思是「剛過去的七天」，指3月10日到3月16日。week 在此處的意思是「連續七日的一段時間」。

3-41
「小學要讀幾年？」英語怎麼說？

　　假定（只是假定）小學是 primary school，可以說 How many years does it take to finish primary school?因為是小學，這種問法有些不合情理，不如說 How many grades are there in primary school?（小學有幾個年級？）

　　primary school 是我國「小學」慣用的英文名稱。但是在美國話裡，它指小學的1-3年級或1-4年級；有的時候還包括幼稚園。（美國並無統一規定的學制。）

　　美語裡跟我們的「小學」最近似的是 elementary school，通常跟我們的小學一樣的有六個年級。但是也有八個年級的，也就是包括了我們的國中兩個年級。（美國人通常把中小學的十二個年級合起來計算，而有 the seventh grade，tenth grade 等說法。）

　　英國在1944年頒佈的新教育法簡化了學制，規定5-11歲兒童就讀於 primary school。但是幾年級稱為第幾 form（如 the sixth form)。美國少數私立中小學也把年級稱爲 form。

3-42

primary與elementary意義一樣嗎？

兩個字的字義涵蓋只有少許相同的地方。我只談這兩個字的最常見用處。

primary 作形容詞用的意義是1. 主要的：IIis primary reason for studying was to get a better job.(他念書的主要理由是獲得更佳的工作)；2. 在次序、位置、時間上排在最前的。小學叫作 primary school 是使用第2種意義。

elementary 的意思是與一種知識學問之基本或最簡單事項有關的，I am looking for an elementary textbook in chemistry.(我在找一本化學的入門教科書。)小學也叫作 elementary school。

第四章
類似意義字的辨別

4-1

duty/ responsibility/ obligation三字有其共同意思：責任、義務。但如細究，其區別何在？用法如何？

這三個字涵義的共同點是都表示在行為上或抉擇之自由上的約束，都指義務。

嚴格地區分起來，duty 是產生於道德或倫理顧慮的持續性的約束，指一個人認為自己該做的事、該盡的義務，如 duty to our country；my duty to tell the truth。

obligation 是出於法律、社會習慣的約束或要求，或契約、合同、條約的約束，比較具體，且往往是一時的，如 financial obligations，如 They are under obligation to care for their mother. 等。

responsibility 是一個人要負責的一件任務、工作，如 The garden is her responsibility.

4-2

phrase, idiom(成語或慣用語)，proverb, aphorism, slang, collocation, colloquialism到底有什麼區別？請給予定義並舉出實例。

Phrase

　　phrase 在文法用語上被譯爲「片語」已有頗長的歷史。在文法上它指兩個或兩個以上單字的連列，或用來表達一項概念，如 an old and trusted friend，或是構成一個句中的一部分，如 in case of 但不包括主詞＋敘述部之構造。

　　因爲 phrase 還可以指「短而生動或有力文句」，它與 idiom 及 proverb 都有相同之處。

Idiom

　　idiom 也是廣義的字。來信特別指出的意義，在 RHCD 裡有它的最明晰解釋：an expression whose meaning cannot be derived from its constituent elements, as *kick the bucket* in the sense of "to die"（一種〔意義特別的〕措辭、語法，其意義是從其各構成部分不能尋找、推論出來的，例如以 *kick the bucket* 表示「死去」）。

　　COD 在這個定義之下還增加了一項重要的說法：peculiarity of phraseology approved by usage（其措辭的特別經過長久使用已被接受）。

　　idiom 一名詞的漢譯如果推敲起來就很成問題了。因爲不論「成語」或「慣用語」，都不能示明「全語之意義與字面所見者不同」的特性。

　　（請注意 idiomatic usage 往往被用來指字與字在連接上的習慣，如 impatient with 某人／ impatient at 某人的行爲／ impatient for 所望之事物。這些習慣的組合也被稱爲 idiomatic expressions。兩種說法都和來信所問 collocation 之一部分定義相同；而兩種說法中的 idiomatic 字都和上述的 idiom 之定義無關。）

Proverb & Aphorism

proverb 指大家熟知的、有效地表達一項普遍真理或有用觀念的短句，如 A penny saved is a penny gained.（節省一分錢就等於多賺一分錢）。譯爲「諺語」是妥當的。

aphorism 與 proverb 並不完全相同；它雖然也是表達一項真理或道理，通常還表示內容有深度以及措辭的精彩，如 The only way to have a friend is to be one.

還有一個區別是 proverbs 的來源多半已不可考，而多數的 aphorisms 的作者是知名的。

Slang

雖然 slang 時常被譯爲「俚語」，其正確性大有問題，因爲它並非都是「鄙俗之語」。

有關 slang 的爭論很多。幾本收集 slang 的專書在談理論方面的意見，並非英語學者共同接受的；因爲那些編者有意或無意地高估了 slang 的重要性，尤其是普遍性。

談 slang 一定要先認識許多美國人、英國人心目中的 levels of usage 的觀念。在外行人心目中的 levels 是指上流語言、中層語言、市井語言之類的等級，這種想法無道理並且無根據。在學者心目中的分等方式很多，無法統一，並且有些 level 之觀念與其他 level 不能等同並列。

名英語學者 Charlton Laird 對英語 levels of usage 的理論，我認爲最有道理。他依照「莊重」程度所分的四級，從高到低是 formal speech/ standard speech/ informal（又稱 familiar）speech/ vulgate。我們看一看四級的解釋，不要考慮如何作漢譯，因爲這是美國學者對英語的看法。

Laird 教授說 formal speech 是一種文體，適合於政府及法律

文件、和以專家爲對象而寫的學術與科學論著,也是作正式宣告使用的語體。

standard speech 是讀書識字、有教養的人,在審慎使用英語,而又認爲不需使用 formal speech 時候,所習慣使用的文體及語體。

informal(or familiar)speech 是同一階層的人彼此較隨隨便便使用的英語。

vulgate 是讀書識字人之社會所不接受的英語。

Laird 教授在說明四階層英語的界線模糊以及不時變動之外,很正確的指出 colloquialism 與 slang 不容易安放在這四級英語裡。

兩者都不是 formal speech 裡常見的,兩者都在 standard speech 裡出現不很多,但並非沒有。兩者在另外兩級英語裡都是經常出現的。

關於 slang 的第二點需要先認識的,是它有一個歷史上的意義,和我們所談的 slang 已經是兩回事。

WNWD 說「從前,slang 指黑社會、流浪行乞人等所使用的特別的字或話,其使用之目的是使外界的人不懂 他們說話的意思;這種字和話現在通常被稱爲 cant。

另外也指同職務、同行業、同身分的人所特別使用的字或話;這種字和話現在通常被稱爲 shoptalk, argot, 或 jargon。」

其他字典如 WNCD、AHD、RHCD 都有類似而較簡略的解釋。

slang 的今日意義是什麼呢?

我們以 COD 的解釋作出發點來看:slang:words or phrases, or particular meanings of these, that are in common informal use, but generally considered not to form part of standard English, and often

used deliberately for picturesqueness or novelty or unconventionality.
（"slang"是一些時常用於 informal 英語而通常不被視為 standard 英語的字及片語，或那些字及片語的特殊意義；它們時常有意地被用於造成令人可喜之不尋常之效果，或新奇性、或獨創性）。

這個定義缺少兩項重要因素：其一是 slang 是否新造的？另外，slang 是否耐久？

在各字典的解釋裡，WNWD 是最清楚的：(1)slang 包括新造的字或片語，也包括對已有的字或片語賦予新定義或將其舊義延伸(both coined words and phrases and of new or extended meanings attached to established terms)；(2)slang 通常淪於廢用，或是逐漸取得較為莊重地位，變為 standard 英語使用，而不再是 slang(generally passes into disuse or comes to have a more formal status)。

關於 slang 本身的特色，RHCD 說它比普通的語言較富比喻性、較幽默或風趣、較簡練、較生動、較不耐久。WNCD 與 AHD 有類似的說法，而後者特別提到的性質是自然、新鮮、爽快。

slang 的例子很多，如以 flatfoot 指 policeman，以 groovy 指 exciting，以 to shoot the works 指毫無保留地做任何事(像把錢花光或把所知道的情形全部說出來)。

Collocation

Collocation 是 Harold E.Palmer 使用的英語教學名詞，指 a succession of two or more words that must be learned as an integral whole(必須當作一個整體學習的，連用兩個或更多的單字)。

他用這個觀念來教外國學生(非自幼說英語的)記憶好幾類所謂「連語」(collocation 的日譯)：(1)字與字必定的接連，如 an introduction to/ free from/ on a farm/ hold a meeting (2)省略冠

詞的構造，如 at night/ by train/ go to school (3)從各單字無從推測整體意義的字群，如 leap year/ off-hand/ come across/ give up (4)英語裡的「公式話」，如 How do you do?/ Thank you (5)構造公式，如 so (warm, expensive, easy...)that。

　　從所舉的範例你可以看出，collocations 裡有些是片語，有些是 idioms，有些是 two-part verbs(二部動詞)。

　　collocation 還有另外一個意義：配置、配列、字在文章裡的配置。

Colloquialism

　　colloquialism 是「日常談話(或像日常談話)的語體、文體、用的字、用的話」。

　　這種字常見的例子有以 yep 代表 yes，以 tough 代表 difficult，以 awfully 代表 very。

　　Eric Partridge 認為它的「分級」尊卑應該在 standard English 之下；他把 slang 也排進行列，認為更該在 colloquialism 之下。這種排法比不上前文所記的 Laird 教授的分析觀念。

4-3

ensure和insure在美國話裡有沒有差別？在英國話裡呢？

　　to ensure 作「確保、確使、使安全」之解釋在兩國是一樣的。

　　當作「保險」解釋，兩國都使用 to insure。

　　但是英國的字典說(如 COD)，把 to insure 用於「確保、確使、使安全」的解釋，是「主要為美國的用法」；也就是英國人很少用，甚至不用。

　　美國字典向來說 to insure 可以替代 to ensure，只是後者無「保

險」之使用。新刊的如 WNCD 之1985年版仍是這樣講。

　　但是近年來美國的報刊書局編輯先生們改變了態度，要求把 to insure 專用於「保險」，跟英國習慣一樣。這種區別在推廣中。

4-4

　　potential當名詞用的時候，是否和potentiality同義？可是potential似乎較爲常用，是否其涵義較深？

　　看完來信之後第一個反應是認爲兩字的意義相同。然後又想起來兩個字的意義有若干區別，以及用法不完全一致。細想一下又不能判定究竟區別何在。（當然不包括 potential 作物理學名詞、數學名詞，以及英文法名詞的專門意義。）

　　「類義字字典」都沒有講到這兩個字。（類義字字典的用處很有限，因爲所講解的字並不多，作比較之處更少，有幾本是根本不作比較的。）

　　有的字典把 potential 和 potentiality 視爲不能區分的字：

　　COD 根本不解釋 potentiality，只說它是名詞而且是由形容詞 potential 或其來源字所衍生出來的。

　　其他字典想把兩字分開，但又用了如 A=B 的安全說法：

　　WNCD 說 potential（不包括上述物理、數學及英文法術語的解釋）是 something that can develop or become actual（能發展或「實現」的事、物、情況）。說 potentiality 有兩個解釋，一個是 the ability to develop or come into existence（發展或「實現」的能力），一個是= potential。

　　WNWD 說 potential 是 something that can, but has not yet, come into being（能夠而尚未成爲實有的事、物、情況），又說是

= a potentiality。對於 potentiality 的解釋是：(1)能成為事實、實有的狀態或性質；潛在的性質；「實現」、發展的可能性或能力；(2)= potential。

AHD 與 RHCD 的情形也相似。ALD 從字面看似是把兩者作不同的解釋，而涵義並無區分。

兩個字在字典裡所列的使用實例，也不能幫助我們的了解。ALD 似是有意地做了單多數的比較。He hasn't realized his full potential yet/ a country with great potentialities。但是 AHD 有 have excellent potentials for the future 的舉例；RHCD 有 is a grim potentiality 的舉例；美國中學通用的 *The Holt Intermediate Dictionary* 有 a potentiality for violence 的舉例。

看完了這些書以後，我又回復了最初的印象。這兩個字通義甚難區分。

potential 是否比較常用？我以個人的觀察而言確是如此。其原因我推測是音節較少。

4-5

restful/ restive及respectful/ respective這兩組字僅因字尾不同而意思相差甚遠。是否此類字尾亦有固定意義之型態？

這是很有趣味的問題。關鍵並不在於字尾(不如稱尾綴：suffix)的不同，而竟然是巧合。

restful(寧靜的，使人能感覺寧靜或得到休息)與 restive(難於控制的，拒絕前進的)之不同在於字源，而不是尾綴-ful 與-tive 之區別。

restful(充滿 rest 的)來自 Old English 的 rest(休息)。restive 卻是來自 Old French "restif"(意思是停留)；此古式拼字 restif 之

形式至今仍被保存在 COD 裡。

尾綴 -ful 被用來表示「充滿、具有、以……爲特徵」（如 cheerful, painful），表示「有……之能力或趨向」（如 helpful, harmful），表示「有……之性質」（如 manful, masterful）。

尾綴 -ive 被用來「與……有關，屬於，有……之性質」（如 active, substantive, massive），或表示「有……之趨向」（如 creative, destructive）。

這兩個尾綴並無相衝突的意義。respectful 又和 respective 來自同一字源。那麼何以前者的意義和「表示敬意」有關，而後者的意義是「分別的、各個的」？

原因是它們的共同字源和它們的英語字義還有一段距離。同一個拉丁語經過兩種過程的演變，造成了 respectful 和 respective 的意思大不同的字。

respectful 是「充滿 respect，有 respect 之特性」；respect 來自拉丁語的 respectus，是「再看」的意思。逐漸的演變使 respectus 有了「審視」、「重視」與「尊敬」的意思。

同一個拉丁字 respectus 在「再看、審視」的意思之下，經由 Middle Latin 的 respectivus 形式變成了英語的 respective。它的意思變爲「在數個……之間，一個個地看」。（respective 從前也有過「值得尊敬」的意思，現已廢用）。

4-6

conference, council, counsel 這三個名詞譯爲中文都是「商議，會議」。查字典找不出它們的區別來。

如果作「商量、商議」解釋，三個字都很抽象，不是常用的。conference 指鄭重商談，用於 in conference，如 The doctor is in conference with the Head Nurse。council 是一種名爲 council 的集會裡進行的討論或議事。counsel 指意見之交換,尤其指有關可能進行程序的。後二字在日常生活中使用不上。

作「會議」解釋時,就淘汰了 counsel。

conference 指若干人的集會、開會,它的份量比 meeting 正式、隆重;但是也可以指兩個人爲某問題所作的洽商。(assembly 必指人數多的集會,而且通常是事前有舉行之計劃的)。

council 多半指政府或政治團體的會議,參加者往往是「代表」;它也指一個大團體中的人數少的代表人之會議,例如「亞太國會議員聯合會」的大會稱 General Assembly,其「理事會」稱 Council。

用於地方機關或國家的時候,council 往往指一個特別約聘或派任的顧問組織,如美國的 The President's Council on the Fine Arts;或指一個民選的行政或立法組織,例如有些市議會稱爲 the city council。

4-7

> rust inhibitor是「防銹劑」的正確名稱嗎?anti-rust dope是否也指防銹劑?
>
> 又「劑」在英文中有agent, reagent, compound等說法,請分別說明。

compound 是任何化合物。

agent 是能產生效果的力量或物質。如果指產生化學變化效果之物質,並且連同其性質說明字一起使用的時候,我們習慣上可以把它譯爲「××劑」;如 a cleaning agent(洗潔劑),a reducing agent(還原劑);但是 chemical agents 該譯化學劑還是化學藥品

就要看情形決定了。（這裡用的「劑」字，並非漢文原有的意義，而是科學名詞翻譯時選中的一個字。）

reagent 是試藥、試劑。

to inhibit 是抑制。rust inhibitor 是可以減低銹之產生的東西，是防銹劑的一種說明字，也是比較真實的說法，因為完全防銹是很難做到的。

儘管很難，很多製造廠商仍舊使用 rust-proof（不會生銹的）以及 to rust-proof（加以防銹處理）與 rust-proofing 字樣。

anti-rust 是「抗銹的」。dope 是任何黏稠的塗敷物，用來滑潤或作吸著物的，也指如飛機機翼所使用的塗料。anti-rust dope 是我沒有見過的說法。

4-8

> 1. wine, liquor, spirits有何不同？
> 2. 「我不喝酒」英語該怎麼說？

wine 的嚴格定義指用葡萄汁發酵而未經蒸餾所造的酒[*]；較寬的定義也包括用其他含醣（碳水化合物）汁液發酵而未經蒸餾所造的酒，如 dandelion wine；我國的紹興酒可稱為 rice wine。

liquor 有數種解釋，在與酒有關的解釋裡指經過蒸餾程序製造的酒，其酒精含量高於 wine 的，通常譯為烈酒，如高粱酒、白蘭地、威士忌等都是。（但 malt liquor 是用麥芽製的一種啤酒。）

spirits 在與酒有關的解釋裡與 liquor 同樣，在英國比較多用。在英國它另外還指酒精，但作單數形。

能問上面的問題，來信人當然是已經知道英語裡沒有一個

---

[*] 同時也不添加酒精，如果添加就有專有名詞稱為 fortified wine。

單字相當於中國話裡的「酒」。

「我不喝酒」有很多說的方式：

· I don't drink.或 I never drink.——drink(vi)的一個解釋是「喝酒」，並且有喝酒過量的解釋。如果是人家斟酒給你，是要為你點叫，當然你還要先加上 No, thank you.的話。以下各句的情形也是如此。

· I don't drink anything alcoholic.或 I don't take anything alcoholic.——alcoholic 是「含有酒精的」。

· I am a teetotaler.——「我是滴酒不飲的人」；「我是完全禁酒的人」。

4-9

以下幾個字在一般字典中所見之翻譯均為「譏諷的」或「尖刻的」。請教在用法上是否有所分別：

ironic/ sarcastic/ satiric/ cynical/ sardonic/ biting/ cutting/ caustic

「類義字」(synonyms)的辨別不是容易的事。有些情形只有主觀的看法，並找不到更為可靠的依據。

所謂的類義字字典分為兩型。有一型收字極多，例如在 ironic 一項之下列舉 mocking, sarcastic, sardonic, facetious；insincere, pretended；derisive, biting, cutting, sneering, caustic, abusive[1] 而不作任何講解。另外一型作講解，但是收列的類義字甚少，例如 Merriam-Webster 公司的 *Pocket Dictionary of Synonyms* 裡只比較了 ironic, sarcastic, satiric, sardonic。

---

1 見 Reader's Digest 出版的 *Family Word Finder*。

來信所問是可以回答的。答不出的時候我會討饒。

首先要講清楚，這些字只有一部分意義是相類（或共有）的。例如 ironic（亦作 ironical 較常見）有一個「與正常情形所預期之結果相反的」[2] 之解釋，和來信所舉其他各字毫無關係。（嚴格地講起來，英語裡很少有意義及使用全然相同的字。）

biting（如咬的），cutting（如削切的），caustic（如鹼之侵蝕的）都是「借用」的，用其原義來形容語言或文字的傷人性質。

就「譏諷」的意味來看，ironical 是說反面的話來造成諷刺或幽默，（後者也是其他各字沒有的意義），例如老師對遲到的學生說「你今天好早啊」。

sarcastic 是用譏笑、嘲諷等造成傷害，例如對那個遲到的學生說，「你可能不記得是八點鐘上課」。

satiric 常作 satirical 的特點是在目標上：揭發或攻擊對方的短處、過錯等，其手段是嘲笑或諷刺。

sardonic 用於指人的不接受（或懷疑）某種價值觀念，而表現於其輕蔑或嘲諷的態度、言辭、如某人的 sardonic smile, sardonic laughter。

cynical 和上述各字相距甚遠。它形容的是對人性之良善或誠懇持不相信之態度，而且是帶了輕蔑的不相信。例如某人丟了手錶，不相信能找回來，因為他不相信人性有誠實的美德，而且因此看不起人性；英語裡可以說 He is cynical about recovering his watch.（出自 *Webster's New World Dictionary of Synonyms*）。

2　例如 It was ironical that he was bitten by his own dog.（被自己的狗咬了）。

4-10

consequent與subsequent有何區別？

這兩個都不是常用的字，都是「鄭重」語氣的字。

consequent 有比較多的意義，可能被與 subsequent 混淆的解釋是「後來發生的」。區別是 subsequent 僅僅表示「發生在後」，如例句1所示：

1. The earthquake and the subsequent day of rain caused great damage to the roads. (地震與後來的多日下雨把道路破壞得很厲害。)

consequent 表示因為前述事物而發生的，如例句2所示：

2. The typhoon and the consequent flood caused great damage to the roads. (颱風與它所引起的淹水把道路破壞得很厲害。)

負責的字典都會把這兩個字的區別講清楚。

4-11

location/ position/ situation有何區別？

類義字的辨別，如我以前說過的，是件困難的事；有些時候我們只知道某二字之間應該是有區別，而無法確實判別區別是什麼。辭書能給我們的幫助也往往有限。

location/ position/ situation 三字分別都有獨有的意義，與其他字的意義範圍並無重疊部分，例如 location 有「選定位置之行為，選定位置之條件」的獨有解釋。重疊的部分才是「類義字」的辨別問題。我們這裡只談這三個字的意義重疊部分之區別。

location/ position 都有「位置」的解釋。location 指如「地點」

的那種位置，如例句1所示：

1. The Bank of Taiwan is in a central location.(台灣銀行的
   地點適中。)

position 可能跟 location 作相似的使用，但是通常指比較抽象或暫時的空間位置，如例句2所示：

2. I was not in a position to see the face of the speaker.(我所
   在的位置使我不能看到演講人的臉。)

Situations 在指位置的時候不能作如例句1的用法。它講的空間位置通常是與環境有關連的，見例句3；但是 location 也作類似的使用，所以把例句3中的 situation 換爲 location 並無不妥。

3. The situation of his house gives it great views in three
   directions.(他的房子的位置使它在三個方向上有很好
   的風景。)

在「工作、職務」的解釋上，position/ situation 是類義字。

situation 通常指「事求人」或「心目中想得到的工作」。前者的用例有求才廣告裡常見的 Situation available。後者的用例如求職廣告裡寫的 Situation wanted as salesman。

position 在指工作、職務的時候是比較鄭重的字，在今天通常指白領階級的工作，如：

4. She has a good position in a bank.(她在銀行裡有好工
   作。)

4-12

我在一本會話教材中，看到如此兩個句子：

I heard that northbound traffic is at a crawl. (1)

I hear those Ivy League colleges are tough to get into. (2)

請問在會話中，hear與heard的使用不知有何區別。

句1與2內容不同，用來比較 hear/ heard 不容易看清楚。下面另造一個句3，使用同一動詞，拿來和句1比較：

I hear that northbound traffic is at a crawl!——(3)

句1與3報導同樣的消息：「我聽說北上的交通甚爲遲滯(似爬行，如蝸牛)」。但是句3只有字面可見的意思。

句1的主動詞 heard 是過去式，但是名詞子句的動詞 is 是現在式。使用如此的句子是表示在說話的時候，說者認爲「北上的交通目前仍是很慢」，是他在以前某未指明的時間聽到的。

說者選定了句1的原因有兩種：現在發現所聽的話並不正確；發現所聽的話是對的。在兩種情況下說者都需要提供更多的「資訊」才能把含意表達清楚，如：

• I heard that northbound traffic is at a crawl, but it is moving smoothly.

• I heard that northbound traffic is at a crawl, and it is worse than I expected.

句2跟句3同樣是用 hear，只做字面解釋：「我聽說 Ivy League 的各大學是難進去的。」

league 的一個解釋是由數個球隊(棒球、足球等)聯合組成的競賽「圈子」，爲了確保參與競賽者有相似的水準，各成員只在「圈子」裡互相競賽。通常也譯爲聯盟。Ivy League 的成員是美國東北部8個著名的大學的球隊：Brown, Columbia, Cornell, Dartmouth, Harvard, the University of Pennsylvania, Yale。「球賽聯盟」以 ivy 爲名，是因爲這些大學歷史悠久，建築物都爬滿了常春藤。(college 是大學，我已在答問欄中解釋過。前述8個大學的校名裡個個都有 University 字樣，除了 Dartmouth；但 Dartmouth 可授博士學位，是不折不扣的 university)。

4-13

chin與jaw如何區別？

jaw 的基本意義是上顎骨或下顎骨，也包含在此二骨附近的臉部。

chin 是 lower jaw（下顎）的前端；下巴。

4-14

請問freeway/ expressway/ highway/ turnpike的區別是什麼？又台灣的高速公路譯稱freeway是否適當？

highway 是主要的公路（公用而非私有的道路），現在專指城市與城市之間連接的路。另外還有別的意義不去管了。（美英都用此字。）

expressway 的定義是 a multilane divided highway（多線行車而且來往行車車道隔離），with no crossing on the same level（而且沒有交會路面──因此沒有紅綠燈）。（也是美英皆用的。）

turnpike 的定義是要繳費才能通行的道路；pike 指早年架在收費道路邊上的有尖刺的如「拒馬」之類的設施，收了錢就被移轉開（turn）。本字在美國若干地方用它指收費的高速公路；英國僅指收費的普通道路。

freeway 有兩個定義：第一個與 expressway 相同，第二個是「不收費的 expressway」；前者之 free 指通行無阻滯，後者還包含不要錢。（只有美國才用此字。）

請注意以上各字我都是用小寫字母，因為都是通用名詞（common noun），用於固定名詞的時候就有地域的區別：

‧ Turnpike（如 New Jersey Turnpike）主要用於美國東部。

・Freeway 主要用於美國西部。

・Expressway 與 Highway 全國都用。

附帶介紹一個 Parkway：這個名稱是指美國路程較短而且不許載重卡車行駛的高速公路。

因爲 freeway 有兩種解釋（見上述），把台灣的高速公路譯成 Freeway（而不用更普遍的 Expressway）並非錯誤，雖然我不覺得安當。

4-15

> except for與except的用法有何不同？
>
> 以下例句a與b之差別，以及c與d之差別爲何？
>
> a. He answered all the questions except the last one.
>
> b. He answered all the questions except for the last one.
>
> c. Everyone was tired except John.
>
> d. Everyone was tired except for John.

except 作介詞時之意義已在前一問題解釋過了。

World Book Dictionary（WB）說 except for 有兩個解釋。第一個與 except 無混淆之虞，它是指「若非因爲……」，等於說 were it not for 或 but for，見下面句1與句2*。

1. Except for your presence I would have been bored to death.

---

* 請注意用except for表示「若非因爲」必須在主句裡使用假設語態。*Comprehensive*裡舉了下列的例句；except for在例i中是「若非因爲」，但在例ii中就變爲「除……以外」了。

i. Except for John, they would all have died.（若非因爲有John，他們都會死掉了。）

ii. Except for John, they all died.（除John以外，他們都死了。）

《大陸簡明》（若非因你在場我就會煩死了。）

2. I would go with you except for my headache.(WB)（若不因為我患頭痛我就會跟你去。）

第二個解釋與 except 一樣地指「除……以外」，如例句3、4、5所示：

3. Everyone came to my party except for John.(WB)
（除了John，所有的人都參加了我的派對。）

4. It is right except for the omission of accents.
（COD）（除了遺漏強音符號以外，它是正確的。）

5. Your essay is good except for the spelling.
（ALD）（除了拼字有錯以外，你的作文甚好。）

到底作其第二解釋的 except for（由二字構成、強音在第二音節的複合介詞）跟 except 的區別何在呢？

Oxford Advanced Learner's Dictionary（ALD）說有區別，說「在 except for 之前的對象（如例5中的 essay 必須不同於 except for 的受詞（如例5中的 spelling）」。它說的話比這個複雜得多，意思就是如此。它說完以後並且解釋例句5，說 except for 所比較的一方面是不佳的拼字（…spelling, which is not good），另一方面是其他令人滿意因素如思想、文法等。然後，ALD 還特別舉了一個例句作比較：

6. All the essays are good, except John's.
（所有的作文都好，除了John的。）

說是在例6中前後比較的 all the essays 與 John's（essay）同類，故此用 except 而不用 except for。

ALD 的此項高論不見其他美英辭書的支持。在文學著作以及新聞文字裡，也是不遵此「規定」的情形居多：下面例句7出自當代英文法之最重要鉅著 *A Comprehensive Grammar of the*

English Language(以下作 *Comprehensive*, Longman, 1985)例句8
出自歐威爾的 *Animal Farm*。

    7. Except for me, everyone was tired.

    （除了我，人人都累了。）

    8. Except for Mollie and Snowball, no other animal had ever left
       the farm.

    （除了Mollie和Snowball，沒有別的牲畜離開過那個農場。）

那麼為什麼在表示「除……以外」的時候，有 except for 或
except 的兩種選擇呢？

我認為其選擇是基於修辭(廣義的)之考慮，包括聲音的悅
耳。

一般說來，我認為在 except/ except for 所引領之文字之前如
果有逗點或宜於加逗點或可能加逗點的時候，英美人士會選用
except for；如果在句首也會選用 except for；與主句相離頗遠的
位置也會選用 except for。

來信所問四個句子裡，句 a 與 b 都可使用，並且沒有任何可
見區別；句 c 是自然的句子；句 d 雖然無錯（其意義與 c 無區別），
但是我不會用它，因為它不好「聽」。

出我意料，解釋 except for 的英美字典極少，把它兩種解釋
都講出來並且舉例的只有 WB。

4-16

except與besides的用法有何不同？

    1. Nobody is *excepted* from the regulation.
       （人人無例外都要遵守此規定。）

    2. The library is open every day *except* the first Sunday of the

month.

（除每月的第一個禮拜天以外，圖書館每天開放。）

3. We brought her books and many flowers *besides*.

（我們帶給她幾本書，另外還有很多的花。）

4. She bought nothing *besides* a small handbag.

（除了一個小手包以外，她什麼也沒有買。）

先從文法的立場來看。except 可以用爲動詞（見例句1）及介詞（見例句2），besides 可以用爲副詞（見例句3）及介詞（見例句4）。二字會產生使用區別之疑惑的地方，一定是在作介詞的場合。

用於肯定敘述句裡，介詞 besides 在意義上相當於 in addition to（在……以外尚有），如在例句5中所見；此解釋是介詞 except 所無的。

besides 能有「除……以外」之解釋，只限於用在否定句裡（如例句6）或詢問句裡（如例句9）；介詞 except 就不受此限制（見例句7，8，10）。

5. He speaks Japanese besides English.

（英語之外他還會說日語。）

6. She speaks nothing besides English.

（除了英語她什麼語言都不會說。）

7. She speaks nothing except English.

（意義同句6）。

8. She speaks almost all Western languages except English.

（除了英語幾乎各種西方語言她都會說。）

9. Does she speak any language besides English?

（除了英語她會別的語言嗎？）

10. Does she speak any language except English?（意義同句9）。

4-17

都是指哭泣，cry/ sob/ weep有何區別？有某字典說weep是不
出聲音的，cry是出聲音的，sob是大出聲音的，是否如此？

沒有那樣清楚的區別。

sob 是出聲音而且呼吸緊促地流淚。

cry 包括不出聲音與出聲音地流淚。

weep 有人認為是不出聲音地流淚，有人說只是 cry 的比較
斯文說法。

4-18

請解釋each other與one another的異同。

1. 有字典說each other應該使用於表示二者，如They helped
each other.是指兩個人互相幫助；而The three helped one another.是指
三個人或更多人的互相幫助。此說正確嗎？

2. 如果不正確，each other是否完全可以和one another換用？

這個說法我也見過。如果我們遵守，當然不會有錯。但是
從今天的用例以及英美辭典來看，在表示「相互」之意味的時
候，each other 和 one another 已經是一樣的東西。each other 絕對
可以用於「三人」，如 The three sisters loved each other.

不過 one another 可能用於表示「一個又一個」，如 Members
of our English Club meet weekly in one another's home.（我們英語
社每週輪流在各社員的家裡開會）；此時就用不上 each other 了。

附帶提醒兩點。

• each other 及 one another 都不能作主詞。

• 有些學生把 another 讀錯，因為音節部分的不對：它是/ə

+'nʌðə/，並不是/æn＋'ʌðə/。（如果你覺得/ʌ/與/ə/難於區分，不必擔心，一律作/ə/讀一定正確，詳見我的《英語發音》）。

為什麼會有這種錯誤的音節劃分呢？因為英文字典裡單字的分節，並非全部是依據音節劃分的，例 another 被分為 an・other 就是一個例外。

4-19

請問painting與drawing都是畫，有何不同？

drawing 是「線條畫」，包括用鉛筆、鋼筆、蠟筆、木炭等所畫的。國畫中用毛筆作的 drawings 很少，不過也有叫作「白描」。

painting 是用「塗抹」之動作所作的畫，包括油畫、水彩畫，也包括「白描」以外的國畫。顏色並非必要條件。國畫中的水墨畫屬 painting。

pictures 可以概括兩者，而且也包括照片和電影。

4-20

請問hesitation和hesitancy這兩個字的用法有何差異？（前者是動詞hesitate的名詞，後者是形容詞hesitant的名詞。）

除了 hesitancy 罕見使用之外，我找不到兩字使用有何不同。（另外還有名詞 hesitance 更加罕用。）

對我們學英語的人來說，罕見使用就是應該避免使用的理由。

4-21

英語裡確實沒有意義完全相同的單字嗎？

有是有，但意義完全相同的單字[1]（也就是可以自由互換使用的單字）確實極少。我見過的希罕例子是同一物的不同名稱，例如 furze 和 gorse，歐洲荒地生長的一種豌豆科植物或其花的名稱（而且兩個字都來自 Old English）。

有些字被稱為 synonyms，只是意義幾乎相同，但不完全一樣，所以不能被自由互相替換使用。

例如 mist 與 fog 是 synonyms，都是指空氣裡含水滴所形成的霧，但是仍有不同之點，前者的密度只造成視線的朦朧，後者的密度足以遮斷視線。

synonyms 譯作「類義字」或「同義字」[2]不能完全互換使用的另一個原因，是語言之使用往往有「階層」的不同。雖然英語不似日韓語那樣有嚴格的階級之別，還是有不同程度的鄭重與隨便之分。to live 與 to dwell 在純指居住的意義之內仍有區別，前者可用於任何場合，後者只作文藝上的使用，如果談話的時候用上它，至少會讓聽者有片刻的錯愕。

純粹的「同」義字（可以自由交換使用的）為什麼不存在呢？有一個理論認為，如有兩個單字在意義和用法完全相同，其中一個就會被淘汰。

有一個實例是十六世紀裡作條件連接詞的 if 與 an，有完全

---

1 這是指單字，不包括字群，後者的實例很豐盛；例如蜻蜓叫作 dragonfly，也叫作 darning needle，也叫作 devil's-darning-needle，也叫作 horse stinger，也叫作 mule killer，也叫作 snake doctor，也叫作 snake feeder。

2 譯為「類義字」較妥，不過「同義字」的說法被使用較普遍。

相當的意義和功能，後者逐漸被淘汰，到1600年已經罕見，在1623年出版的《莎士比亞戲劇集》裡只見此 an 出現一次而已。

　　另外一個實例的情節略異。wench 一度是和 girl 意義完全相同的字[3]，到了十六世紀之末，它就專指農家或勞動家庭的女兒或年輕婦女。

4-22

　　請就以下所舉的文句回答new found與newly found的問題：

Those who apply all that is learned will truly understand and garner great appreciation for their new found knowledge.

　　1. new found的文法地位為何？

　　2. 若改為newly found時，對以英語為母語的人士而言，有何種不同感覺？

　　那句話的大意是「把學來的東西都運用的人對自己新得的知識才真正了解，才充分欣賞（或充分敬重）」。

　　new found 是一個由「副詞＋形容詞」構成的形容詞片語，修飾名詞 knowledge：新得的、新找到的、新發現的知識。

　　new 與 newly 是一樣的副詞，前者以作形容詞使用為主。

　　美國人、英國人以及其他以英語為母語的人作 new/ newly found 之間的選擇是根據什麼呢？

　　美國文法學者 George O. Curme 和英國文法學者 Harold E. Palmer 的著作都討論過類此的問題；他們不認為 new/ newly 之間有可確認的差別，而是書寫的英文往往會用 newly，而口說的英語往往會用 new。

　　3　英國仍有方言如此使用。

　　那都是幾十年前的看法。在今天的英文出版物裡，new found 的使用比比皆是，所以我認爲 new/ newly 的差別不復存在於文章與口語的相異。其間的選擇我認爲完全在於使用者認爲孰者順耳。順耳性質（euphony）是極重要的條件——請問讀者，在學校裡讀過〈陋室銘〉的人會不會完全忘記？讀過的〈原道〉有幾個人還能背誦？

　　new found 所修飾的如果是多音節字，或是跟了長串的字，大概就遜於 newly found，例如 encyclopedia 或 four-wheel drive diesel truck。反過來說 My new found friend. 就是較 newly 順耳的。

　　我讀過英國語文學者 Edward Adolf Sonnens-chein 的一篇老論著，談到英語往往在用字有「輕快對穩重」的選擇。他用音樂術語 allegro 形容前者，用 andante 形容後者，描寫得很生動。雖然他所舉的例子*在今天已經無效了，用此觀念辨別 new/ newly found 仍是正確的。

　　你問「以英語爲母語的人士」對兩者之區別有何感覺？因人而異。大多數的人都對語言不敏覺，不認爲有什麼不同。

---

* 他用 He looked out the window. 說明 allegro 語體，用 He looked out of the window. 說明 andante 語體。他認爲英國人只有後一說法，而美國人能夠根據表達需要任選其中一個。今天此話已不正確：大多數美國人已無選擇，只會說 He looked out the window. 了。

第五章

讀 音

5-1

請問x:y＝a:b在英語應該怎樣讀？

可以讀作 x is to y as a is to b.

同一式子如果寫作 x/ y＝a/ b，讀作 x over y equals a over b.

x 與 b 是「外項」，叫 extreme(s)；y 與 a 是中項，叫 mean(s)。

5-2

請詳細説明「分數」(如1/2，1/2)的英語讀法。很多人念書的時候都沒有弄清楚。

爲什麼英文的「分數」用多數形，如two-fifths，three-tenths，five-sevenths？

1/2讀作 one half；1/3讀 one third 或 a third；1/4讀 a quarter，或 one fourth，或 a fourth，或 a fourth part。

從1/5以次，讀法是規則的：先讀分子 one(或 a)，後讀已經從「基數」變爲「序數」的分母。(基數是 one, two, three, four 等；序數是 first, second, third, fourth, fifth, sixth 等。)

1/5讀作 one fifth，1/6讀 one sixth，1/7讀 one seventh，……，1/12讀 one twelfth，1/13讀 one thirteenth，……，1/20讀 one twentieth⋯⋯。

　　如果分子大於1，讀到分母的時候不但要變爲「序數」，而且要加 s 使成爲多數形。如2/3讀作 two thirds，3/4讀 three fourths，4/5讀 four fifths，2/11讀 two elevenths，5/32讀 five thirty-seconds。

　　爲什麼加這個 s 呢？道理很簡單。3/4在說英語的文化裡被看作「三個1/4」，所以讀作 three fourths；2/7被看作「兩個1/7」，所以讀作 two sevenths。

　　如果分母是二位，三位或更多位數字的時候，用上述原則的讀法當然可以，如33/100仍可讀作 thirty-three hundredths。但是也可以把它當作一個比例來讀，聽起來會更清楚：如33/200可以讀作 thirty-three over two hundred。

　　讀較繁複的分數時，（可以說是分母大於一位數字時），最重要的一點是在分子與分母之間，聲音一定要頓一頓，這樣會更清楚。

　　帶分數(如2⅔)的讀法，是在整數與分數之間加 and，無論整數本身含不含 and。例如(如2⅔讀作 two and two thirds，303⅔讀作 three hundred and three and two thirds。(後者被讀出的或然率極小，只是用它說明法則。)

5-3

　　5×4＝20應該讀作 five times four equals twenty？抑或 four times five equals twenty？

　　要讀作 five times four is twenty.。

　　times 在此地是介系詞，表示 multiplied by(乘以)。

　　所以不用 equals 而用 is。

5-4

在字典裡我時常發現有些註音不知如何發音才算是正確的。例如enable這個字，在Daniel Jones的註音方法而被誤認是應該專稱爲萬國音標的註法是作/i'neibl/，而在(所謂的)K.K.音標的註法是作/ɪn'ebl/。我知道這個字的「重音」(強勢)是在第二個音節，但是我卻不清楚子音/n/到底要跟哪一個母音併在一起念？

根據Jones的註音，好像/n/與它後邊的母音要併在一起念，可是據K.K.的註音來看，卻像是/n/與它前面的母音應該併在一起念。到底是哪一個對呢？

另一個例子是description；這個字被Jones註作/dis'kripʃən/，而K.K.是註作/dɪ'skrɪpʃən/；其中的/s/音應該放在哪一個音節裡才是正確？

enable在字典中印成en·a·ble。請問字母與字母之間的"·"符號是表示何種意思？在發音上應該有何注意之處？

這是一個很有趣的問題，也是許多人在學英語過程中曾經感覺困惑的，尤其是讀書喜歡知其究竟而且注重自修的人。

首先有一點說明。爲了避免有如「Jones 之/i/與 K.K.之/ɪ/是否相同」之類的無益疑問，我們把來信所抄的音標，一律換成本書使用的音標符號(也就是簡化了的 K.K.制度)。他的第一個問題是到底 enable 該讀作/ɪ'nebəl/？還是/ɪn'ebəl/？還是兩者無區別？

第二個問題是 description 的讀音究竟應該是/dɪs'krɪpʃən/？還是/dɪ'skrɪpʃən/？還是兩者無區別？

以下是音聲學家楊其銑先生(曾任東吳大學教授、校長)的解說。

用「重音符號」(stress symbol)這標示音節的起點或迄點，

對於學習英語發音並不重要。這種看法至少有三個理由：

1. 實際上我們往往無法確定一個音節的起迄點何在。音節的劃分大都遷就早年尙無音聲學認識時代之英語字典慣例。如 extremety 這一個字，習慣被分成/ɪks-'trɛ-mə-ti/；不過其中/m/這個音（或它的一部分）也很可能與/ɛ/音屬同一音節。許多英語教師根據字源，將 astray 分成/ə-'stre/，雖然就音聲學的「響亮度」（prominence）之觀點而論，/əs-'tre/是較好的分法。（參考 Daniel Jones, *An Outline of English Phonetics*, 9th ed., pp.55-56.）

2. 除了複合字（由兩個或兩個以上的單字所合成）中的少數例外，如 night-rate（飛機票的夜晚飛行票價）與 matter-of-fact，字中的前一個音與後一個音之間的轉接並無聲音停頓或斷離的現象。例如 aboard/ə'bɔrd/一字的發音，並不因其中藉重音符號標示的音節迄點而有所不同。即使是 a broad 兩個字，在說話時自然形成一個詞組單位，其發音與 aboard 一字並無不同。不過有些複合字中單字間的界限卻不可不標明，否則發音時因無停頓就會混淆。例如 night-rate/'naɪt-ret/（夜間價格）就是一個與意義爲硝酸鹽的 nitrate/'naɪt-ret/含有同樣的音，音的出現次序亦同，可是兩者的發音卻不同。其區別在於/t/與/r/之間的轉接方式。前者第一個/t/與/r/之間有停頓，但後者則無。前者第一個/t/只把舌尖抵在「齒莖」（alveolar，也有人譯作「齒齦」）的位置，閉氣於口腔，但不出氣，經刹那停頓，即接發/r/。後者第一個/t/與/r/之間無停頓，/tr/是一個子音群，其發音就如 tree/'trɪ/或 try/'traɪ/中的/tr/一樣。（參考 Cynthia D.Buchanan, *A Programed Introduction to Linguistics*, pp.239-246.）在 night-rate 一字裡，單字間界限亦即音節間界限。

3. 音節界限之標示對於發音幾無影響一事，我們可由 Clifford H. Prator 重音（強勢）位置標法之與眾不同而獲得證明。（見其所著 *Manual of America English Pronunciation*, 3rd ed.,

p.17)。因為母音為音節之核心，所以重音(強勢)符號就標在母音符號的上方，如：become 作/bɪk'əm/。至於音節界限問題則不予理會。(多數英日字典的註音都用這個簡明的辦法)。

因為上述的理由，enable 一字的發音並不因 Jones 把/n/放在第二音節，或 K.K.放在第一音節而有所不同。發音時，只要使音與音之間沒有停頓或斷離的現象，並且知道重音(強勢)在那一個音節就夠了。

K.K.可能是根據字源 en-+able 而把 enable 的 n，歸於第一音節。不過說英語時，如果一個字最後一個音是子音，下一個字的第一個音是母音，通常子音與母音就連讀——也就是說，上一個字的末尾子音歸於下一個字的第一音節(作為其開始)。例如：the car on the street 讀如/ðə-ka-ran-ðə-strit/，find out 讀如/faɪn-daut/。同理，一字之中，一個音節與下一個音節有同樣情形時，也是一樣。也許是因為這個緣故，Jones 把 enable 的/n/歸於第二音節。既然音節界限難斷，孰是孰非，自為見仁見智之事。

enable 一字在字典裡有不同的排印法，例如：en‧a‧ble 或 en-a-able 或 en a ble 等。其中在字母與字母間的符號為"‧"或"-"或空格來分割。這些符號對實際發音並無多大用處，只是在打(或寫)字時，如果一行所餘空格不夠打一個字，就可以作為參考，俾決定該字中那幾個字母應打在下一行。這是屬於尺牘、編排體例的習慣規定。

至於 description 一字中，/s/歸屬有所不同，其情形與 enable 相似。

5-5

renaissance這個字，我聽到native speakers念的時候，都是「重音」在第一音節。可是我查過的字典上，此字的重音都是標在

最後的音節上。

這是不是大家以訛傳訛，以致積非成是？就像中文裡，大家明知道念滑(ㄍㄨˇ)稽，卻仍念滑(ㄏㄨㄚˊ)稽？

單字的讀音標準是難於確定的。在 Webster 3問世以前，英語字典的編輯多半持教師的態度，告訴讀者字該如何讀(以及該如何使用)，雖然時常缺少可以說權威話的理由；Webster 3出版以後，至少在讀音方面，字典的編輯都變成了報導者。

renaissance 一字的讀音在今天的美國 college dictionaries 裡(就是收列 entries 在15萬左右的)，都列舉了不只一種。「第一重音」(primary stress)有放在最後音節上的，也有放在第一音節上的。

例如 WNWD 裡列舉了五種讀音：/ˈrɛnəˌsans, -zans; ˌrɛnəˈsans, -ˈzans/以及主要是英國人才用的/rɪˈnesəns/。這五種讀音的排列是不是代表常聽得到的次數多寡？字典並沒有說明。在序裡只是提到，「……在大多數情形下，根據已獲得的資料來說，所舉出的第一個讀音是在一般受有良好教育的使用習慣中，最常見的」。字典並沒有說每一個字的數種讀音皆是如此排列的。

WNCD 列舉了上述的五種讀音，但其次序變為3-4-1-2-5。另外還列舉了我從未聽見過的兩種：/ˌrɛnəˈsants, -ˈzants/。

AHD 只列了 WNWD 的3-4-5。

RHCD 和 WNWD 所列相同，但是依用3-4-1-2-5的次序；另外還有一點小差別，就是其中所有的/ə/音都被解釋為「變化於/ɪ/到/ə/之間」(RHCD, p.xxiv)。

renaissance 本是法語。WNWD 的第三讀音是與法語最接近的。

WBD 列舉了 WNWD 的四個讀音，其次序是1-3-4-5，依該字典的編輯方針看來，第1讀音是最普遍的。

5-6

有一位教授把sure讀作和shore無區別的音。質問之下，他説是跟美國人學來的，有這種可能嗎？

有此可能。

sure 在美國話的讀音是/ʃur/；其他的讀音根據 Webster 3的記載，還有/ʃuə, ʃor, ʃoə/(最後兩個以南方爲主。)根據 John Samuel Kenyon 等的調查，東北部濱海各州還有/ʃuə, ʃoə, ʃɔɔ, ʃɔə/的讀音。

其中的/ʃor, ʃoə, ʃɔə/都是 shore 一字的可能讀音。

英國的情形也相似。A. C. Gimson 在他的 *An Introduction to the Pronunciation of English* 裡(1970年出版)，特別指出有許多英國人已經把 sure 和 shore 讀作同樣的聲音了。

5-7

音標/h/屬無聲輔(子)音，/w/屬有聲半元(母)音；when, where, which, what等字中的/hw/究屬無聲或有聲輔音呢？

三本書有三種説法，無所適從。

我們要從兩個不同觀點看這個問題。

如果 when, where...等字中的 wh 部分已經被註作/hw/，而且註音的人是可靠的權威，而且他並沒有在字典中說明他使用的音標符號與大家所認識的有所出入，我們可以清楚地說，/hw/是/h＋w/的一個「輔音群」(子音群)。先讀無聲的輔音/h/，再轉爲有聲的半輔音(也就是半元音)/w/。——這是那位註音人使用/hw/符號要告訴我們的話。(上述的有聲〔voiced〕指聲帶震動。)

從另一個觀點來談，是美國人如何讀那些字中的 wh。

有些人在有些場合把它讀作/hw/。有些人把其中的/w/變成無聲輔音。有些人不讀其中的/h/，而以有聲的/w/作那些字的開

頭。

英國人讀這些字多半讀/w/，少數讀/hw/。

5-8

cluster可以讀作/ˈklʌstʃə/麼？聽到過美國人這樣讀。

先要把來信使用的註音譯爲本刊所使用的符號：/ˈkləstʃə/。我認爲/ʌ/與/ə/可以不作區別，因此把前者省掉。

雖然英語的讀音甚不規則，-ster 卻一向很穩定地保持/-stə/的讀音。cluster 只有一個讀法：/ˈkləstə/。

-ster 所以保持這同一種讀音的原因，是它本身還可能是一個「尾綴」(suffix)，被用來造字。一種字表示做什麼事的人，如 teamster(職業性的卡車駕駛)；一種字表示參加某團體或與某團體有來往的人，如 gangster(幫派 gang 的一員)；一種字表示有某種習慣、性向的人，如 punster(喜歡用雙關語 pun 的人)，如 prankster(喜歡搞惡作劇 prank 的人)；一種字表示具有某性質的人，如 youngster，如 oldster。

另一個的原因是非強勢之/-stə/或英國南部的/-stə/沒有什麼好變的音。/-stʃə, -stʃə/甚或/-stʃ/都是較吃力的。

如果聽到過美國人把 cluster 中的 t 讀作/tʃ/，那只是他個人的習慣，甚至是毛病。

5-9

像call up, call off, back out等以動詞爲核心的慣用片語，其動詞讀輕音，而後邊的介詞(或副詞)讀重音，是否一定的？有什麼依據？

這些「二部動詞」的讀音在正常情形下，在自然說英語的

環境下，在以英語爲第一語言的說話人口裡，一定都作「前輕後重」的讀法。

依據不是建立在理論上的，而是從觀察獲得的結論。

如果我們跟美國人說話把二部動詞誤作「前重後輕」讀法，會使他們慢幾秒鐘才會懂我們的意思。Martin Joos 在 *The Five Clocks* 裡舉了一個可參考的例子；他說在「美國人」演講中把 pine tree 念成明顯的「前輕後重」讀法，而且把 tree 的聲音讀得很大，會使「美國」聽眾發生「六個字時間之長久」的迷惑；雖然 pine tree 並非二部動詞。

與二部動詞之讀音有關連的一個現象，是有些二部動詞會變爲名詞使用。例如 to call up 是打電話給(某人)，是召集入營，而名詞 call-up 是召集命令；call up 的讀音是前輕後重，而 call-up 的讀音是前重後輕。

又如 get away(二部動詞)是逃走，離開，或在競賽中的起步、發動等；而 getaway 是逃脫的行爲，或在競賽中起步、發動的行爲。前者讀作/ɡɛtə'we/，後者讀作/'ɡɛtə͵we/。

至於二部動詞裡的核心動詞究竟該作「輕音」來讀，還是作「次強勢音節」(也就是一般所說的次重音)來讀，就大有商榷之餘地了。

若是要我來註記，爲了自己的站得住，我一定使用「次強勢音節」符號，也就是 call off 作/͵kɔl'ɔf/, find out 作/͵faɪnd'aut/等。

無疑問地，強勢確是在第二個音節。但在第一音節是「弱音節」嗎？

據我個人觀察所見(只能稱觀察，不能稱爲硏究)，不是。在習慣於使用「第二強勢」讀音的美語裡，那些二部動詞的第一個字是作第二強勢讀法，例如 call off 作/͵kɔl'ɔf/, call up 作/͵kɔl'əp/, find out 作/͵faɪnd'aut/作分隔使用時(如…call my father up…)更是如此。

在語氣或意義有特殊要求的時候，第一強勢還有擺在第一個字上的可能。

與此問題起共鳴的，還有幾封信問到數年以前大專聯考問的 apple pie 之第一強勢音節之位置。

這個問題是頗不簡單的，不知當時出題以及閱卷的標準答案是什麼。

為求討論的簡化，我們以ˊ代表第一強勢音節，以ˋ代表第二強勢音節，如無標示代表弱音節。

在用名詞修飾名詞的組合裡，如 bus station 或 phone booth(電話亭)，通常讀音強勢是ˊ ˋ 或是ˊ ＿。這種構造大多數都遵守這個原則。

但 apple pie 是一個例外。它的最常用的讀法是作ˊ ˊ(兩音節同等強勢)，例如 Have a piece of apple pie。在有數種「派」可挑選的時候，apple pie 的讀法會成為ˊ ˋ 或 ˊ ＿。在有數種以蘋果為主要原料之甜點可挑選的時候(如有 apple pie, apple turnover 以及 apple strudel 的時候)，apple pie 的讀法作ˋ ˊ。

5-10

數次聽您在演講和廣播中說didn't不但可以讀作我們容易學會的、憑空增添了一個母音的/ˈdɪdənt/，而且應該那樣地讀。apple 您也說是可以讀作/ˈæpəl/。

但Daniel Jones的《英語發音字典》以及John S. Kenyon等的《美語發音字典》都不是這樣註記，都沒有憑空增添原字中沒有的母音。apple的讀音被註記為/ˈæpl/，didn't之第二音節被註記為/-ṇt/。

/l̩/，/n̩/以及在prism一字之讀音中的/m̩/，被稱為「成節子音」。我同意它對許多中國學生構成困難，但不充分懂您認為可以不教、可以不學它的道理。

其他英漢字典和您的想法都不一樣。

「成節子音」是 syllabic consonants 的中譯(《遠東英漢大辭典》譯爲「音節性的輔音」),它指的是「子音而擔任音節之核心」的。

在 Jones 的英語發音字典,apple 的註音確是/'æpl/。但是請你注意去查看該字典的序說裡,在解釋/l/的時候,特別說明,如 apple 一字有/'æpl/及/'æpəl/ 兩種讀音,只是後者較少聽到(Jones 所紀錄報導的是英國南部的讀音)。因此用一個/l/代表了兩種讀法。同樣地,didn't 裡的/n̩/有人讀/-n̩-/,有人讀/-ən/。

Kenyon 的《美語發音字典》有類似的情形,也是音標只註記 syllabic consonants 而在字典使用說明裡解釋,有人不使用 syllabic consonants 而把它讀成/-əl, -əm, -ən/。

那兩本發音字典說,syllabic consonants 無論在美國或英國並不是人人都使用的。

對我國學生來說,/-l/比/-əl/難學,/-m̩/比/-əm/難學,/-n̩/比/-ən/難學。

所以我不贊成勉強中國學生學 syllabic consonants,所以本書不使用其音標。(當然我也不反對中國學生學會其讀音方法。)需要註音的時候,我會把 apple 註作/æpəl/*,把 table 註作/'tebəl/,把 button 註作/'bətən/,把 didn't 註作/'dɪdənt/*,把 prism 註作/'prɪzəm/*,把 rhythm 註作/'rɪðəm/*。(以上附有*號的註音裡,都含有你說的「憑空增添的母音」。)

我還有更進一步的理由這樣作:今後 syllabic consonants 會漸漸勢衰。(換句話說,美英人士把 apple 讀成/'æpl/的人會減少,而讀/'æpəl/的人在增加。)爲什麼會如此呢?因爲電視及廣播界在要求、並且訓練播音人員要這樣讀;緣故是 syllabic consonants 經過播音系統以後會不夠清楚。

Kenyon 的《美語發音字典》是1943年完稿，1994年出版的；其後有1949、1951、1953的幾次印刷，並無增補、修改之舉。

近幾十年來美國的主要字典對 syllabic consonants 持何態度呢？

RHCD(1982版)對 prism, rhythm 等字裡的 m 只標出了/-əm/ 的讀音，但是在字典使用說明中提到「有人讀作 m̩」；像 button, didn't 等字中的-n，在字標註記時就列出了/-ən/和/-n̩/的兩種讀法；battle, ladle, funnel 等字中的-l 被註爲可以讀/-l̩/，亦可讀/-əl/——但是 apple, people, table 裡的-l-，卻是只有/-əl/的讀音。

AHD(1982)不再承認有/m̩/的存在，而肯定地保留/l̩, n̩/在某些排列次序中的使用，規則甚多(見該字典 p.33-34)。AHD 之 1976版裡有 MIT 教授 Wayne O'neil 的專文 "The Spelling and Prounciation of English"，裡面特別說明了來信所指責(?)的「憑空增添母音」現象。

WNCD(1985)註音是最複雜的，對 syllabic consonants 亦不例外。只有逐字去查。/m̩/似乎是被淘汰了，除了一個稀罕的例外(見其 p.34)。

在 WNWD(1984)裡，單字註音時跟 Kenyon 的字典一樣地全部標示 syllabic consonants；而在字典使用說明裡，指出這些/-l̩,-m̩,-n̩/有人讀作/-əl, -əm, -ən/。

但是 WNWD 之小學生版，1979年初版並且在1983年再版的 *Webster's New World Dictionary for Young Readers*，完全放棄了 syllabic consonants 之觀念，而使用/'æpəl, 'bɔtən, 'dɪdənt/的註音。

在美國中國中小學暢銷的 Holt 系字典也是如此。最初由美國新聞處資助推廣，專爲外國學生編寫的 *Ladder Dictionary* 也是如此。(*Ladder Dictionary* 通常譯作《階梯英英字典》，最初的全名是 *The New Horizon Ladder Dictionary of the English Language*，後來在這幾個字的後面加了字，如 for Beginning

Readers 等。）

　　中小學字典所反映的讀音會是編輯專家認爲是最占優勢讀法。居美國學校字典之尖峰的 *World Book Dictionary* 也完全不再使用 syllabic consonants 的觀念！

　　World Book Dictionary（在本書裡縮寫爲 WBD）是一部特殊而且傑出的大字典。它收22萬5千餘項字詞——其中不包括人名與地名（因爲它是和 *World Book Encyclopedia* 並用的），不包括古字、廢字、罕字，也不包括過分專門技術字。主編者是 Clarence L.Barnhart，此人主持在美國學校系統裡稱霸三、四十年的 Thorndike-Barnhart 系列字典；系列中的 *Comprehensive Desk Dictionary* 在1950年問世的時候，被 *LIFE* 雜誌用五大頁的篇幅介紹，讚譽它在英文字典之編輯上的多項革命性發展。

5-11

　　美國人說話的時候，can字裡的母音是讀/ə/？還是讀/æ/？還是兩者都可以讀？如果是兩者都可以讀，是隨意挑選，還是有什麼原則？」

　　好一些的字典告訴我們，在一句話裡，can 被強調的時候，母音作/æ/，而不被強調的時候，母音作/ə/。

　　這樣的解釋不夠。我們來分類檢討一下。

1. Yes, I can. /æ/
2. I think I can. /æ/
3. We know you can. /æ/
4. Of course he can. /æ/

　　以上四個說話的例句中的 can 都是以縮簡方式代表了說話人與聽話人已經討論過的事情，例如「誰能去？」一類的話。例1至4的 can 都是在意義上要被強調，因爲它代表更多的話；這

裡的母音都要讀/æ/。

在以下的說話的例句裡，can 是不被強調的；其中的母音讀/ə/。

5. I can go. /ə/

6. John can do it. /ə/

7. Mary can sing. /ə/

例句5至7中的 can 是不可能被強調的嗎？難道說話的人就不能任意強調一個字嗎？

不會被強調的，因為說話的美國人感覺到此字在此構造中的柔弱無力。如果他想強調「去」、「做」、「唱」的能力，他會很自然地改用例如下列的說法：

8. I'll be able to go.

9. Of course John can do it.

有的時候，（這就是一般字典沒辦法講清楚的，因為篇幅不許可，因此我們很需要一本詳解的供學習用的英漢字典），雖然can 不被強調，其中的母音可以讀/æ/。如下列的例10、11：

10. We can understand one another. /kæn/

11. They can almost be sure（that）they will be late. /kæn/

為什麼呢？因為在 can 之後的動詞，並非全句之尾，而且後邊還有許多字。

我的意思是：可以讀/kæn/，也可以不讀/kæn/而讀/kən/。

前者的讀法比較清楚，屬於隆重、謹慎的語言；後者欠清楚，講不重要的話的時候，往往有人這樣讀。

我們最要知道而且記得的，是在如例句5、6、7之構造中的can，必須要說成/kən/。否則會被美國人聽成相反的意思。請看例5與例12的比較：

5. I can go. /kən/

12. I can't go. /kænt/

　　表面上觀察起來，例5的「能」和例12的「不能」之區別，是在於「can 和 can't」的字尾的有沒有 t。實際說話的時候不是那樣。實際的區別是在母音。

　　為什麼還發生這種現象？因為 can't 之字尾的 t，有難於被人聽見的時候，如例(13)中 can't 的尾音受了後邊 do 之字頭子音的影響：

13. John can't do it.

6. John can do it.

　　例13與例6的唯一可靠的讀音區別就是把 can't 讀/kænt/，放任字尾的/t/的弱化[*]，而把 can 讀/kən/。

　　屬於例13的情形不少；例14裡有/t/ +/t/ 的情況：

14. She can't talk. /kænt/

15. She can talk. /kən/

　　例14在說話略快，或稍不清楚，或週遭有雜音的時候，極難讓人分別是/kænt'tɔk/還是/kæn'tɔk/。因此，你若把例15的 can 讀作/kæn/，對方一定會認為你是說：「她不能說話」。

5-12

> 　　beat 在 *Advanced Learner's Dictionary* 裡註 /biːt/，在 *A Pronouncing Dictionary of American English* 裡註/bit/，在 *Ladder Dictionary* 裡註/biyt/。第一本字典所用的音標符號是俗稱的「Jones音標」，第二本字典用的是俗稱的「K.K.音標」，第三

---

[*] "can't+do"或 "can't+talk"的發音，是改變了/kænt/中之/t/的讀法，並不是不再去管它。如何改變的理論不止有一種。簡單地講，是在讀完了/kæn/時，使舌前部抵到上牙牙根後方的隆起的那一道岡子，作要讀/t/的準備，而不讀/t/；也可以說是不把舌前部放鬆，不放空氣外逸。然後就在這個位置讀次一字的字頭子音。並不是不讀那個/t/。

本字典是略經修改的「Trager Smith註音符號」。但是beat的讀法只有一個，那麼就是說Jones音標的/i:/；等於K.K.音標的/i/，又等於Trager-Smith註音制度的/iy/嗎？

先告訴你驚人的回答：不相符。

原因是無論英國人 Daniel Jones，或是編第二本字典的美國人 John S. Kenyon 與 Thomas A. Knott，或是美國人 George L, Trager 與 Henry Lee Smith，都是使用「國際音標」。三組人對於 beat 一字的母音，有三種不同的認識，所以使用了三種不同的「國際音標」之符號。

「國際音標」(簡稱 IPA)是一組符號，用來分別表示各種語言的各個聲音。所謂各個聲音，是根據聲音的可能形成位置[1]，參與形成的發音器官[2]，以及可能有影響的發音器官之臨時姿勢[3]或鬆緊情況。

當初制定 IPA 的學者們認為他們的一套辦法具有高度精密性，確實能做到「一個符號只代表一個聲音」。後來發現離目標相差甚遠，才改變辦法把原來的一套 IPA 叫作「概略標誌」(broad transcription)另外在各符號上另添標誌作「精密標誌」(narrow transcription)。

概略標誌的 IPA 的符號有六十幾個。我們在各種英語字典裡只會看到三十幾個。

Daniel Jones 用/bi:t/表示 beat，是因為他認為此字中母音是 IPA 之/i/的延長。 在 IPA 符號裡，/:/代表其前方之母音的延長。(從現代的觀點來看，如果 beat 的讀音是/bi:t/，bit 的讀音不會是

---

1 例如是在口腔的前、中、或後部。
2 例如兩唇、或是上唇與下牙。
3 例如嘴唇是扁平還是圓撮。

/bit/；這是 Jones 的制度的致命傷）。

Kenyon-Knott 制度中用/bit/表示 beat 的讀音，是因爲認爲 beat 中的母音是 IPA 的/i/，而不是/i:/。（請注意/i/永遠不能說是等於/i:/）。

Trager-Smith 制度是把 beat 中的母音制定爲「雙母音」：/i/＋/y/。/y/也是 IPA 的符號之一，只是 Daniel Jones 及 Kenyon 等人沒有看作英語母音而已。

5-13
在句中 to 怎麼讀？

這是一個不容易精密說明的問題，更難於建立標準。大致說來，to 在美國話裡有三種讀法。在被強調的時候，它和 two 發相同的音；在不被強調的時候，其中的母音所發的音和 look, book 中的母音一樣，在更不被強調的時候可以發/ə/的音，（如 about 中的"a-"）。

什麼地方的 to 應該被強調，什麼地方不被強調，要看個人說話的語氣，以及場合是莊重還是隨便的。雖然找原則很難，仍有兩個靠得住的。

從構造上講，to 如果在一句之末尾，或在一個思想單元的末尾，就不會讀/tə/。在例1、2、3裡的 to，讀如 two，但也有人把母音讀如 look 的母音：

1. What show are you going to?

   （你去看那一個電影？）

2. He is coming to.

   （他甦醒過來了。）

3. What business did he go into?

   （他做了那一行生意？）

從後讀之音來講，在子音之前的 to，普通說話的時候都讀作/tə/。

4. He went to the church.

（他到那個教堂去了。）

5. He went to church.

（他去做禮拜了。）

6. He went into the church.

（他進了那個教堂。）

to 在母音之前，就不讀/tə/，而作其他兩種讀法。至於究竟把其中的母音讀如 two 抑或 look 的母音，各人習慣有異：

7. He went to a church.

（他到一個教堂去了。）

8. I want to open it now.

（我現在要把它打開。）

也有美國語言學者認為例7、8的 to 不是那樣讀，而認為 to 中的母音轉變為/w/（因觀點不同而或稱為「半母音」或稱為「半子音」），然後與後續的子音相連。

5-14

Germany為什麼會譯成德意志？

歐洲有若干地理名詞在不同語言裡有不同的名稱。

Germany 是「德國」在英語中的叫法。（法語有另外叫法。）其字源是拉丁語，羅馬人的語言。「日耳曼」的譯名是從這裡來的。

德國在德語稱 Deutschland；Deutsch 讀如/ˈdɔɪtʃ/，所以有「德意志」的譯名。

5-15

> 多少年來John始終譯爲「約翰」，兩者似乎毫不相干，不知原因爲何？

原因是在於英語的 John 是古代希伯來人名的縮減形。John 來自拉丁文中的 Johannes；後者是來自希伯來文的 Yohanan，所以有「約翰」之譯音。（今日德語作 Johann）。

John 在希伯來語裡的起源解釋是被神所喜愛的。

5-16

> 我買了「吳炳鍾英語教室」系列《英語發音》一書，很用心地研讀了三次以上，已經有相當的收穫，唯獨對「音節」的形成依然未能開竅。

從實用的角度來看，音節是容易了解的。它可以解釋「構成單字之因素的一個連續的聲音；此因素可能就是整個單字」。（此解釋來自一本爲美國小學三年至初中三年學生編註的 *The American Heritage School Dictionary*: syllable: a single uninterrupted sound forming part of a word or in some cases an entire word.）。

爲了說明的方便，以下用 V 代表母音或雙母音，由 C 代表一個子音。

就國語單字的讀音而言，每一個單字就是一個音節，因爲每個漢字的讀音都是一個連續聲音，無論其組成是 V（如「愚」字）、或 CV（如「徐」字）、或 VC（如「雲」字）、或 CVC（如「尋」字）。說話的時候，有兩個漢字形成一個音節的可能，例如在北平話裡，可以聽到把「怎麼樣？」讀成兩個音節的時候，因爲「麼」字的 V 被省略，而它的 C（相當於/m/）與「怎」字合爲一個連續聲音。

英語單字有很多是只含一個連續聲音的；有 V 型的(如 ah)，有 CV 型的(如 see)，有 VC 型的(如 or)，有 CVC 型的(如 dog)這些字都是只有一個音節。和漢文單字讀音有顯然不同的，是單音節的英文字可能有多個子音連用，例如 tree(CCV)，spread(CCCV)，texts(CVCCCC)。

在音節之構成上，雙母音與單一母音有相同的性質，因爲雙母音也是無中斷的連續發音：例如 I(V)，boy(CV)，ice(VC)，sprays(CCCVC)。

現在我們看一看多音節的英文字。dog 只含一個音節，但 dogma 在發音的時候產生的並非一個連續聲音，而是有中斷地讀爲 dog‧ma 兩部分——我們說它有兩個音節。

dogma 斷分爲 dog‧ma 是初學英語者也不會猶豫的，因爲 gma 或 dogma 都是英語裡沒有的發音。dogmatic 一字的三個音節該怎樣分呢？是 dog‧mat‧ic？抑或 dog‧ma‧tic？

這是初學英語者難於判斷的。如果我們聽過人家正確地讀這個字，或者已經了解/t/之發音在這種情形下有「閉鎖」與「放開」兩階段動作，自然會知道該分作 dog‧mat‧ic。更簡單可靠的辦法是去查字典，查可靠的字典。

有沒有無母音的音節呢？我在這裡持很謹慎的態度，謹慎是要避免引介對「學」英語無大幫助的觀念與術語。

每一個音節至少含有一個比較響亮的聲音。以上所說的各種音節裡，比較響亮的聲音都是 V。有些場合裡，有子音會產生類似效果，有一個例子是 sh-sh-sh——這是在漫畫或連環圖畫裡常見的符號，說話的人把食指豎於嘴唇發出「噓」的長聲表示「不要吵」或「不要作聲」。

另外的一個可能是像 button 這個字的第二個音節，許多英國人和美國人不把它讀作/-ən/，而使 n 產生一個可以聽到的、爲時較長的聲音。書上叫這個聲音爲「成節子音」，其形成比較

複雜(包含下嚥的動作),如果不是一聽就會的人學起來也比較困難。bottle 之第二音節的 l,也有類似情形。

關於音節是什麼,我想已經說夠了,雖然沒有談(也不必談)學理上的問題,但是對於「成節子音」我還要講幾句話。

如果你是一聽就會發出成節子音的人,當然可以使用它。(如 button/ˈbʌtn̩/, bottle /ˈbatn̩/);如果你們學起來有困難,就不必去學,button 可以讀作/ˈbʌtən/, bottle 可以讀作/ˈbatəl/。

這裡我可以補充報導兩個徹底不用成節子音的美國字典:一個是1982年版的 *World Book Dictionary*;一個是1983版的 *Webster's New World Dictionary for Young Readers*。後者特別值得注意,因爲它與美國 college dictionaries 之中享譽最盛的 *Webster's New World Dictionary: Second College Edition* 是同一系統,同由 David B. Guralnik 主編的;在同一系統之中它出版最晚,是第一個完全放棄成節子音的。

在這兩本字典裡,button 只註作/ˈbʌtən/,bottle 只註作/ˈbatəl/,didn't 只註作/ˈdɪdənt/,而且 isn't 只註作/ˈɪzənt/。

5-17

(一)在如speak一類的字裡,/p/在/s/之後何以發音變爲「有聲子音」之/b/?

(二)open中之/p/何以也會變音成/b/?

(三)在如distinguish一類的字裡,/t/在/s/之後何以發音變爲有聲子音之/d/?

(四)在Patio之/t/何以也會變音成/d/?

(一)請仔細比較 peak 與 speak 兩字的讀音。你自己讀起來也會發覺,兩字中的字母 p 之讀音並不一樣。

在 peak 裡，字母 p 的讀音送出的風比較強，而在 speak 裡的 p 之讀音送風軟弱很多。

早年的聲音學研究者認為在 speak 中，子音 p 在形成時受了前面子音/s/的影響，所以送風減弱。現代的聲音學研究者有了更深入的發現，（此發現是可以應用許多其他子音的），認為 peak 之 p 之所以送風強，是因為它的前面有「靜默」，而且為此「靜默」制定了一個符號。

根據這個被大家接受的新理論，speak 的字母 p 之讀音是正規的，而 peak 的字母 p 是特殊的讀音。在需要用比較精密之符號的時候，peak 中之 p 的讀音用/p′/表示，稱為：aspirated p「送氣 p 音」。也有學者不用/p′/而用/pʰ/標註。

我很高興你聽出了 speak 中之/p/的弱化，但是它並沒有讀為/b/。/b/是「有聲子音」之一，在發音的時候，要使聲帶震動。

有人認為，像 speak, spin, spell 等字中的 p，在說話的時候其送風程度會弱化成為聲帶不震動的/b/。如果需要比較精密的符號，可以用/ ᵇ̥ /，標注。請注意國語注音符號中的「ㄅ」是「無聲子音」，是聲帶不震動的/ ᵇ̥ /，而不是/b/。

（二）open 中的字母 p 和在 speak 中的情形一樣，只是「非送氣 p 音」，絕對沒有變為「有聲子音」的/b/，也有人認為它被弱化為/ ᵇ̥ /。

（三）distinguish 中之字母 t 的讀音，情形和為（一）項所談的 speak 中之 p 相似。因為它的前面不是「靜默」，它沒有成為「送氣 t 音」（Aspirated t）可以用/t′/或/tʰ/來代表；不像 tip, top, two 等字中之 t。

但是 distinguish 中之字母 t 的讀音，絕對不會變為「有聲子音」之 d。無論說話如何輕，如何快，如何不清楚的美國人，讀 latter 和 ladder 仍有明顯的區別；如果有人寫出，說這兩個字在

說話的時候不能分辨，那是因爲他的耳朵有毛病。

也有人認爲像 distinguish, latter, matter 等字中的/t/音會被弱化成爲/d̥/——一個「無聲子音」。/ d̥ /近似國語注音符號的「ㄉ」，只是舌前部不觸牙齒，而觸上耳後方的隆起部分。

(四)patio 中的字母 t 也是「非送氣音」，道理和第(三)項所說的相關。它不會變化爲/d/。也有人認爲它會被弱化爲/ d̥ /。

5-18

頁數的319, 548, 1322用英語該怎樣唸？

唸作 page three-nineteen, page five forty-eight, page thirteen twenty-two。

5-19

不能用點頭或搖頭回答的問句，其句子末端的語調除使用下降調外，是否亦可使用上昇語調？如可以，那麼兩種語調使用法有何區別？如：

1. What do you want?
2. What do you want?

以上兩種讀法我都曾聽美國老師唸過。

假定你聽到的是美國老師「說話」。我來答覆你的問題。

讀法1是正常的說法。這個問句不是要求對方作證實(confirmation)，是要求對方提供知識、消息、資料(information)；所以句子的末端要讀成「下降調」。

讀法2有被使用的時機：可能是驚異，(例如你說了要借他的腳上的鞋子一用)；可能是不耐煩；也可能是因爲問了一兩遍以後，認爲你沒有聽清楚 want 這個字。

沒留心而讀出來的。

5-20

> sixth這個字末尾的兩個子音連在一起念，十分難念。

sixth 裡的 x 所代表的子音是/s/，後面接的子音是/θ/。無論/s＋θ/或/θ+s/（後者如在 she takes two baths a day.一句中的 baths），都不真是困難的音，我們學生讀起來感覺困難自有其原因，我在下文中說明。來信中所說的「唱片、電視上美籍老師念時，一溜就是滑過去了」，是很正確的描寫。

我們感覺困難的原因，是大多數老師教學生的時候，只辨認到/θ/的發音的兩種形成方法之一。是表演性的發音，獨立的發音。若去請教美國老師，（在台灣能碰到的美國老師，百人中不會碰到一位是做過音聲學研究的；正如同美國人若請教我們國語或閩南語的讀音，一萬個人中不會找到一位做過音聲學研究的），他也會只表演一種發音法。

講英語音聲學的專著裡，也很少提起/θ/的第二種發音法（指音聲的如何形成）。特別專門提到這一點的也有，例如紐約大學的 Bronstein 教授。

當然在紙上讀發音是自找麻煩的事，但也只好談。

/θ/的第一種發音方式，是大家都會的，是把舌尖放在上下牙之間的。我認為在教中國學生的時候，如果發現學生不能憑聽覺就會模仿老師的示範，就該教給他如何使舌尖放在上下牙之間，並且看學生放得對不對。一旦等他學會以後，就該帶他做多次的練習，讓他能聽得出這個/θ/音的特色。以後，至少隔夜，在證實他確已認識/θ/音，並且確實能讀這個音，就該教他第二種發音方式，並且在他學會了以後，鼓勵他再也不要使用第一種方式。

　　第二種方式是舌尖不放在上下牙之間，不接觸上牙的牙尖，只接觸上牙的後側，（再高一些也可以，可以接觸到上牙的後側上一半，包含一部分觸及牙肉）；舌尖觸到上牙的後側，其他動作都跟第一種方式一樣。

　　第二種發音方式是美英兩國人通用的，在連續說話時候的發/θ/音的方法。

　　用第二種方式讀/s＋θ/毫無困難，（如 sixth）。但請注意英語的/s/在形成的時候，氣息不該吹到牙尖上，而應該吹到上牙牙肉的後邊，也就是隆起那一道 tooth ridge(齒莖，或稱 alveolar)的前緣。從/s/(和國語的「ㄙ」略有不同)變為第二種方式的/θ/，是很容易的，略加練習就好。

　　用第二種方式讀/θ＋s/，（如 baths, mouths）也是毫無困難。

　　附帶地說明一下，字母 th 所代表的/ð/和/θ/的形成位置完全相同，只是多要求一個聲帶震動而已。我們讓學生學會/θ/的第二種發音方式，就要教學生在第二種方式(舌尖觸到上牙內側)發/ð/的音。

　　用第二種方式讀/ð/，就會很容易地讀/ð＋z/，如"bathes, lathes"，不會感覺困難。

　　美國人有許多讀「懶音」的情形，雖然我們不該學，卻是該知道，不然就聽不懂他們說話。和本題有關的是該讀/θ＋s/的，有人會讀為/t＋s/。

　　至於 clothes(名詞，作衣服解釋)的讀/klouz/是正規的讀法，有長久歷史的讀法；讀為吃力的/klouðz/，乃是後來添加的新讀法。

5-21

　　s在th之後，讀音不易清楚。如months常被美國人讀如/mʌnts/，對否？

從我們教英語的立場來講，我們不可以主動地教學生這樣念，但是要讓高中以上的學生知道美國有這種讀法。

美國一方面在小學裡固然有老師努力在改正這種發音，語音學者認為是攔阻不住的自然現象，無法統一發音。（美國無標準口音；英國也沒有。）

eighths 與 hundredths 的字尾也有美國人讀/ts/；tenths 與 thousandths 也有美國人讀/nts/。

5-22

> apples中的s應該讀/z/，但從美籍老師口中念出變成了/s/，而且小聲、模糊。

不錯，apples 中的 s 應該讀/z/。但是請你注意，英語的/z/和國語的「ㄗ」並不一樣。在紙上討論發音十分困難，只能簡單地說讀「ㄗ」的時候，口內氣流吹到門牙的內側，甚至吹到牙的尖端；而讀/z/的時候，只吹到「齒莖」*及其前緣，因此輕些。

另外一個大區別是/z/在形成的時候，聲帶要震動，（因此叫

---

* 「齒莖」不是中國話，是英語tooth ridge所指部位的新造詞，而且是借用了日本語言學者的譯名。它的學名叫alveolar，也就是上牙略後方隆起的一道「嶺」（所以常叫ridge）。說國語的時候只有發/ㄋ、ㄌ/等聲音的時候會偶然碰到它，而不是有任何聲音必須在它那裡形成。

我們若想把英語讀音搞好，必須找到這個部位。第一個重要性是/t/、/d/必須是舌在這裡與上顎相觸，（不像國語「ㄊ、ㄉ」的要碰牙齒。第二：/s/、/z/、/θ/、/ð/、/tʃ/、/dʒ/的準確與否也和它有關。第三，把/t/、/d/兩子音學對了，能促成許多母音的從國語聲音很順利地變為英語聲音。討論英語讀音的書都會有圖指明這個「齒莖」的位置。

作一個「有聲子音」),而/ㄗ/是不震動的。因此來得「模糊」些。

因為/z/與/ㄗ/有那樣的差別,你在聽 apples 的時候若是在找類似/ㄗ/的聲音,自然找不到了。即使在把/z/讀得很清楚的時候,(如在 doze, dozen, maze, zoo 等字裡),它也比/ㄗ/輕許多、模糊許多。

5-23

英文number的簡寫為什麼是"No."?它應該怎麼讀?

"No."仍是讀 number。它的來源是拉丁語 numero(=in number)。

Numero 及"No."在西班牙語、法語、義大利語中都使用。

英語中"No."的第一個字母也有人不用大寫。我們最好大寫。它的多數形是"Nos.",讀 numbers。例如在下句中:Nos. 3, 5,and 7 on this street are apartments.(這條街上的三、五、七號是公寓房子。)

5-24

高雄的英文拼為Kao-Hsiung。為什麼把Sh顛倒為Hs?

高雄用拉丁字母拼寫為 Kao-Hsiung(或 Kao-hsiung 或 Kaohsiung)以及台北寫為 Taipei 都與英文沒有關係。

這一套把漢字讀音用拉丁字母表示的制度是 Thomas Francis Wade 設計的。他用 sh 表示「ㄕ」,用 hs 表示「ㄒ」,用 p 表示「ㄅ」都有語音學上的道理,雖然對外行是不方便的。

事情超出英語研究範圍,只談於此。

5-25

> leg/egg兩字的母音在《大陸簡明英漢辭典》及《遠東英漢大辭典》都註爲/ɛ/。但是我清清楚楚地聽到不少的美國人把它讀如lay/may中的母音，包括彭蒙惠老師在內。

你說得很對。確是有美國人把 leg/egg 中的母音讀如 lay/may 中的母音。雖然沒有數量的依據，我可以說這樣的美國人爲數不少。

奇怪的是，美國字典很少有把 leg/egg 的兩種讀音都標註出來的。我看見過的只有 *Webster's Third New International Dictionary*，以及"Merriam-Webster"系統各字典，其他字典都沒有。

5-26

> (一)從前學校的美籍會話老師是華盛頓州的人，他念What's new?中的new時，母音部分不是和few的母音相同，而是和food的母音相同。我翻了很多字典，都沒有註記這種發音。
> (二)這種發音是不是美國某一個地區的方言或土音？
> (三)英國人及澳洲人有沒有這樣讀？
> (四)我們學英語時要不要這麼念？
> (五)美國人是否有把這種音全部作這種改變的趨勢？

(一)這個讀音在字典都註記的，包括大陸書局的《簡明英漢字典》。有些字典沒有，是因爲根本不註記美國讀音。有些英漢字典是註記美國讀音，在抄錄美國字典之註音的時候，卻任意地從數個讀音挑選一項出來。更有些自稱註記美國讀音的英漢字典，只懂得抄錄一本美國出版字典之單字部分的註音，而不知要參考字典前頭的使用說明，所以沒有真的認識那些符

號，所以產生了遺漏。

我以《簡明英漢字典》為例來說明此點。該字典使用的是 Daniel Jones 制的國際音標，馬馬虎虎地也可以註記美國音。在 new 之後註的是/nju:/nu:/。這一組符號根據「用法說明」解釋是在告訴讀者：「這個 new 有英美讀法的不同；英國音是/nju:/；美國音是/nju:/或/nu:/。」

（二）、（五）美國話沒有標準音之說。（英國話過去倒是有人提倡，現在也行不通了。）把 new 讀/nu:/的是很普遍的現象。至於能否全國風行，無從預測。許多在英國字典中註記該讀/ju:/的字，都變成了/u:/和/ju:/兩用的。但也有幾個全國都保留/ju:/之讀音的字，如 view, few。

（三）英國人有沒有這樣讀是我答不出的問題。英國的讀音非常複雜。我們通常認為只有美國人才有的母音之後的軟 r(如 for, car, her)，在英國都有。像美國紐約州北部和波士頓地區的一種很特別的把 wash 讀成 warsh，把 idea 讀成 idear 的怪習慣（也是「軟 r」），就是從 England 北部接近 Scotland 地方帶到美國的。我對英國讀音的認識不夠。

澳洲人大概沒有。因為澳洲的口音較少，可以明確地認出是來自英國某幾個地方。

（四）我們學英語的時候讀/nju:/或/nu:/都可以。我們都受初學時期的老師的影響，可以聽其自然。

5-27

美國老師讀million時，省略中間l的音。這是怎麼回事？你是最主張讀美國音，這就是你所謂的美國音嗎？若是，是不是我們模仿的音？

我不能同意你的觀察，除非那位老師有口齒不清的毛病。

有些美國人當我們的美語老師，恐怕是學校或家長「飢不擇食」的成果。我們也不是人人能夠教外國人學我們的語言。

我想你聽到的，是 l(L)的未完全形成，或是太輕。那樣的聲音不可模仿。

讀英國音是不可能，而且做不得的事。

不可能是因為我們不易聽到英國人說話，是因為「英國話」夠資格的教師要比「美國話」夠資格的教師更難找。有些人把 park 裡的 r 不念出來，就自命是用英國音，對於其他條件如聲調、句子構造，以及如 Wherever 之讀音並非 Where＋ever 之讀音等等，根本不知道。

做不得是因為我們社會上使用的英語是美國話而不是英國話，因為我們看到的主要英語書刊是美國的，因為美國和英國語言時常有很大的區別，（請問我們通常把 a billion 看為10億還是1000億？），還有因為英國音的讀音原理就比美國的複雜。

5-28

加拿大使用的英語與美國話和英國話有什麼不同？

在美國獨立[*]以前，加拿大的英語跟在英國本土是一樣的。後來在英國英語發生許多改變並沒有影響加拿大，所以今日的加拿大英語有保守的因素。

一方面有保守因素，一方面由於新環境之應付（例如使用了不少的印地安語）而產生新字及新說法，加拿大英語被英國人覺得像美國話，而美國人覺得像英國話的中間英語。美國的獨立使得加拿大與其南方的英語世界之間劃出了界線，更加強了兩國語言的異途發展。

---

[*] 如以憲法批准手續之完全為據，獨立是在1790年。

　　跟大部分美國人的發音相似，有教養者的加拿大英語保存了十八世紀的英國話特色：(1)字尾的-r發音，(2)子音前側的-r-發音。(多數英國人都不再讀出這兩個字母的音。)

　　加拿大英語的母音跟美國的母音相似；但是 cot/ hot/ not/ rock 等字大多數念起來是與 caught 押韻，而多數美國人把前面4個字的母音念成與 father 一字的第一個母音相似。

　　他們的特點之一是很多人把跟在-n-後邊的-t-囫圇吞掉，因此 winter 變成與 winner 同音字，而 Toronto(多倫多)從/tə'ranto/變成/tə'rano/了。

　　最大的特點我想是在「雙母音」方面。

　　下列各字的讀法跟美國人無區別：bile/ dive/ fine/ guide/ hide/ ride，字中的母音都是讀/aɪ/。但是下列各字因為尾音是「無聲子音」，加拿大人多半不再把字中母音讀作/aɪ/，而是讀作/əɪ/：bite/ dice/ hike/ right。

5-29

美國出版之WNCD、RHCD與WNCD字典都不採用目前台灣所教之K.K.音標來標誌其發音。為何？

　　我們應該問的是：「為何我們採用所謂的 K.K.音標？」

　　我特別加上「所謂的」，是因為國外沒有人把那本 Merriam 公司 Kenyon-Knott, *A Pronouncing Dictionary of American English* 所用的註音符號叫作 K.K.音標。

　　所謂 K.K.之符號，都是萬國音標(IPA，或譯國際音標)的符號。

　　說英語的國家沒有任何包含字義的英文字典使用 K.K.那一套東西。

　　嫌它無道理的複雜是一個原因。我認為至少有三個符號該

廢除：詳細解說請看我寫的《英語發音》。

有很容易學的辦法。當局不用，奈何。

5-30

The New Horizon Ladder Dictionary of the English Language (《階梯英語字典》)所使用的音標是我沒學過的。

學習上述的字典裡的音標並不困難。

美國出版的英語字典各有一套「音標」，學起來都很容易。

除了很差的，美國字典裡很方便地安排了辦法，讓你查各「音標符號」所代表的聲音是什麼。

從專門理論上來講，各種不同字典對於美國話的聲音會有不同的見解。但從實用方面來講，各字典對於美國話裡的聲音之認識，可以說是一樣的。

打開《階梯英語字典》，在第1, 5, 9, 13, 17, 21, 22, 29, 33, 37, 41……各頁的下方，你都會看到一個表；這個表叫作Pronunciation Key(讀音解說)。表裡列三行符號單字裡有一部分是用黑體。例如：

ey, late；

這一組符號及單字是告訴你，在該字典裡，註音的音標符號 ey 所代表的，乃是單字 late 中的 a 所發的聲音。只要你學會了 late 的正確讀法，你就會讀音標符號 ey 所代表的母音。

像 late 這類的「代表字」，編字典的先生叫它做 Key Words。你想很迅速地瞭解一本英語字典的音標符號都代表什麼，只要查到 Key Words，學會 Key Words 的讀法，問題就迎刃而解了[1]。

---

1 當然僅指單字的讀音而言。成句的時候就有很多音調和音與音間相互影響的問題產生。

可喜的是編字典的人一定選擇最容易辨識記憶的音標符號，並且選擇很常用的單字作 Key Words[1]。所選的 Key Words 也是不會同時可作好幾種讀音的。

若要學會《階梯英語字典》的音標，你只要知道(或學會)23個 Key Words 就不會再有問題：far, am, get, late, in, see, all, go, put, too, but, ago, fur, out, life, boy, ring, think, that, measure, ship, edge, child.

這不是很容易的事嗎？

反應很快的讀者會已經反應到，英語的音標符號應該不止這23個吧？

不止。你在這本字典裡查一下 late 這個字，立刻就會暸解其他的符號是什麼樣子的。late 的註音是/leyt′/。原來在第1, 5, 9等頁下示的 Pronunciation Key 裡，只列了兩類音標符號；一類是母音(如上述的/ey/)，一類是子音裡用非英文字母之符號所代表的(如以/θ/代表 think 之開頭的子音)。

其他的子音是用字母作符號；換句話說，這種子音就是其字母所經常代表的音，如/leyt′/中之/l/與/t/。

這一組符號和 Key Words(在這本為初學的「外國人」所編的字典裡，叫 examples 而不叫 Key Words)，在字典之開頭的 p.xi 也完全列出了[2]。

我曾說這本字典所使用的是簡化的 Trager-Smith 標音制度，並且說它比「所謂 K.K.音標」優越很多。在這裡簡單地談

1　大一些字典為了使用者辨識一個音可能發生於字頭、字中、字尾等不同位置，所選Key words就會有不太常用的。註外國字音的時候，自然另有困難。

2　這裡又列了17個Key words，但其中far, go是已經列過的，加起來只不過48個而已。未學會一兩百單字以前就學查字典，是沒有道理的。

兩點。

無論是英國話或美國話，若作詳細的區分，都有兩個類似注音符號「ㄚ」的聲音。一個是舌前部調音產生的，在「國際音標」(IPA)裡用/a/代表，(如 light 之/a/)。另一個是舌後部調音產生的，在 IPA 裡用/ɑ/代表(如 father 中之/ɑ/)。「所謂 K.K.音標」就是如此用。

但是 IPA 的/a/和/ɑ/在說話的時候往往有互換的現象，互換時不但不會改變話的意義，不會產生誤解，而且不會造成瞭解的任何障礙，甚至於不被聽的人發覺。因此，不必勉強作這種區別。

但《階梯英語字典》裡就不作此區分，只用一個符號 a；Pronunciation Key 所列：

a, far; **ay**, laid;

同表裡還有一個值得矚目的是：

ə, but, ago;

這是說 but 裡的母音用/ə/代表，ago 裡的第一母音也用它代表。我們知道「所謂 K.K.音標」裡用/ʌ/代表前者，用/ə/代表後者。許多學者認為兩者之區別僅在於強調和不強調，而且兩者的互換不產生誤會或困難。

為了學和教的簡便，我們實在該選用這一套標音制度。

第六章
標點符號

6-1

> 　　遇到複合名詞時，我們何時該加、何時不必加連線（hyphen）？又何時須合寫，何時須分開來寫？是否有一定的規則可循？
>
> 　　例如bedroom, bathroom合寫，而dining room, living room卻分開寫；rain-water有些字典加連線，有些則分開寫成rain water; post office在舊教本裡曾見加連線的寫法。實在令人費解！
>
> 　　市面有無專門討論這方面的書籍或字典，也請指教。

　　來信所說的這些問題屬於英文出版印刷事務上稱爲 style 的範圍。這裡的 style 不是文體，不是風格；WNWD 說它在這種場合是印刷名詞，是 a particular manner of dealing with spelling, punctuation, word division, etc., as by a specific publisher, newspaper, etc.(某一出版者、報紙等，對拼字、標點符號使用，單字的截分等之特定處理方式)。

　　美國對於 style(編排體例)的最著名參考書有 University of Chicago Press 出版的 *Chicago Manual of Style*，其中所述原則是幾乎被一致公認的。《紐約時報》、美聯社(Associated Press)、《洛杉磯時報》以及《華盛頓郵報》都自有其編排體例手冊，

而且都出版發售。另外還有許多爲大學編寫的。

　　來信只說了複合名詞(compound nouns)。其實，全部 compound words 都令人困惑。來信所舉各例都是正確的，除了最後所舉的在 post office 兩字之間也加連線的例子。

　　WNWD 對於「複合字」作了很簡單的說明：

1. 複合修飾字如果是放在被修飾字的名詞之前，當中就加連線，如She was a well-dressed woman.

如果該複合修飾字裡含有帶-ly的副詞，就不使用連線，如She was a smartly dressed woman.

2. 放在名詞之後方的複合修飾字，通常不使用連線，如The woman was well dressed.

3. 關於其他複合字的是否使用連線，請分別查字典。用連線接字的方式並不統一，各字典對於什麼複合字應該使用連線，意見不同。你的唯一辦法是去查閱字典，而且對於一個字的如何使用要前後保持一致。

　　RHCD除了上述幾點，還有以下有效而且有用的說明：

4. 複合名詞如含有非名詞的構成因素，就使用連線，如 editor-in-chief(總編輯)，cease-fire(停止交戰行爲)，fourth-grader(小學四年級學生)，has-been(過時的人物，不再流行的東西)。

例外情形有複合字的化學劑、軍階、若干官職名稱，如 sodium chloride(氯化鈉)，vice admiral(海軍中將)，lieutenant governor(副州長)。

5. anti, mid, neo, non, pan, pro, un七個「頭綴」(prefix)，若與固有名詞或固有形容詞連用時，當中要用連線，如 anti-American, mid-October, neo-Confucian(西洋人稱宋代理學)，non-Asian, Pan-American(全美洲的)，pro-German,

un-Chinese。

6. 上述的「頭綴」如與通用名詞複合使用，通常都不使用連線，如anticlimax（興趣的突降，虎頭蛇尾），midsummer, nonintervention（不干涉），unambiguous（不含混的）。

7. co-, ex-, self-三個「頭綴」之後要用連線，如co-author, co-chairman, co-worker, ex-mayor, self-education, self-educated。

8. 尾綴-elect之前，要用連線，（它指已經被選而尚未就職的人），如president-elect, mayor-elect。

來信問到的何以有 bedroom 與 dining room 的合與分之不同。主要的原因是 bed 與 bath 是名詞，而 dining 與 living 是形容詞。

我經常查的六本美國字典都沒有在 rainwater 一字中加連線；有兩本兼用 rain water；有一本只用 rain water。

6-2

看到美國人來信在結尾的時候以I'm looking forward to seeing you,來結束；為什麼是用comma（逗點符號），而不是用period（句點）呢？

類似的情形我也看見過。這不是正確的用法。

這項錯誤產生於不求甚解的模仿。

英文函件在收尾的時候，在簽名之上的一行寫一句客套字（稱為 complimentary close），如 Sincerely yours 之類。這一行字的末尾必用逗點，因為它是說明下面簽名者之態度的。

老式的信，在這一行客套之前，還有寫在另一行裡的 I am 或 I remain 字樣，（後面也加逗點），清楚地說明那個 Sincerely yours 是指何人。

在這個 I am(或 remain)，之前，通常還有一段「形容詞片語」的話，或是客套，或是補正信中的意猶未盡之處，其文法地位是修飾上述的 I。這個分詞片語之末尾必用逗點。

整個形式舉例如下：

Looking forward to seeing you before long, I am,
Sincerely yours,
/SIGNATURE/

後來 I am(或 remain)被淘汰了。為了節省時間，在事務函件(businese letters)裡許多人也不再用 Looking forward to seeing you,或 With warm wishes to you and your family,之類的字樣。

來信所說的情形，是模仿這種形式，而誤用了「完全句」。完全句後不該使用逗點。

6-3

請教一個標點符號的問題。

您的一篇文章裡有coffee, tea, or hot chocolate的例子。我的問題是為什麼在tea字之後使用逗點？

據我知道的規則，是遇到如「a與b與c與d」之類的平行項目時，除非全部都用and連接，應該寫為a, b, c and d；換言之，不可寫作a, b, c, and (or) d。

a, b, c and d 的標點法是較舊式的習慣。

a, b, c, and d 是新式的習慣，而且是復古的，歷史比前者悠久。a, b, c 等項可能是單字，也可能是片語；and 也可能是 or。

這種習慣（對於報紙、雜誌、出版公司而言是「規則」）被稱為 style（編排體例）。

我所用的 a, b, c, and d 的標點方式，符合 U. S. Government Printing Office 的 *Style Manual*（1973年1月版§8.44）。該手冊舉有下列的用例：red, white, and blue / horses, mules, and cattle; but horses and mules and cattle / by the bolt, by the yard, or in remnants / neither snow, rain, nor heat / 2 days, 3 hours, and 4 minutes

被美國編輯者視為一權威的 *Chicago Manual of Style* 也作同樣的規定，而且有清楚的說明：「在三個或更多單元作系列的時候，用逗點把各單元分開；如果一系列之最後兩個單元之間有連接詞，在連接詞之前用一個逗點」。

所舉的例子有 We have a choice of copper, silver, or gold. / The owner, the agent, and the tenant were having an acrimonious discussion.

RHCD、WNCD、WNWD 都作同樣的主張。

6-4

下列各符號是否都有名稱？其用法為何？*§ ‖ † ‡

1. *符號叫 asterisk/'æstərɪsk/（星、星狀符號）。在英文印刷品裡用來表示註記，特別是在使用號碼可以造成混亂或困擾的時候。

(a)*三個*號的連用，如***，是比較舊式的表示「此處有文字被省略」之標誌，叫作 ellipsis；現在多被…號所取代。

(b)*.* 或 *.* 的符號用來表示請讀者特別注意被標示的文字，叫作 asterism/'æstərɪzəm/。

(c)**（兩個 asterisks 的連用）與*的用法相同。

2. §符號叫作 section 或 section mark，用來標誌一個「節，段」(section)。它的來源有一個說法是拉丁語 signum sectionis（＝section sign)的開頭的兩個 s 字母所形成的。

3. ‖ 符號叫作 parallel /'pærəlɛl, 'pærələl/。用於英文印刷品的校樣，是要表示把兩側調整使能平行。用於數學如 AB ‖ CD 是表示 AB 與 CD 平行；讀作 AB is parallel to CD。

4. †符號叫作 dagger(短劍)。和 asterisk 一樣地用來表示註記。

兩個†號的連用，與一個的情形相同。

5. ‡符號叫作 double dagger 或 diesis。也是使用於註記。

註記如果多，而且有不便於使用號碼的原因時，使用上述符號的次序是*, †, ‡, **, ††。

6-5

一個標點符號的問題。下面《茶花女》的一句話：

Nowadays at twenty-five tears have become so rare a thing that they are not to be squandered indiscriminately.

(到了二十五歲，現在眼淚已經變成稀罕到不可以輕易浪費的東西。)

其中是否應在Nowadays和at twenty-five之後，分別加上逗點符號(comma)？

逗點符號的使用伸縮性比較大。

如果是改學生的作文，美國的老師大概會添加，至少在 at twenty-five 之後。因為意義可以一看就弄清楚。

英國老師就不一定。英國人的文字裡對於標點符號用得比較節儉。

時代不同也有差別。從前的人比較少用。

茶花女原名是 *La Dame aux Camélias*（法文），作者小仲馬是十九世紀人。來信所引的英譯本不知是何年之作。

6-6

在母音字母的上方有時候印有兩個點(¨)。請問其意義。

這個符號有兩個不同名稱和不同的作用。它叫作 dieresis，意思是「分切」，指音節的分切；也叫 umlaut，用於表示母音發生變化。在字母上下添加的符號統名爲 diacritical marks。

dieresis

1. 用於英文是從前的辦法，現在大部分被省略了。例如 zoology(動物學)一字在老式的英文書裡寫作 zoölogy。爲了表示其中的 zoö 要讀作/zo'a-, zo'ɔ-/，而不是跟「動物園」一樣的讀 /'zu-/。

根據同樣的道理，cooperate 從前要寫作 coöperate，爲了把其中的兩個 o 字母分開來讀音。

2. 法文裡經常使用它；因爲法文不時地出現於英文裡，我們比較容易看到它。例如解釋爲聖誕節的 Noël 用它標明要讀作 /'no'ɛl/。又如作「天真、愚直」解釋的 naïve，用它標明其中的 a 與 i 要分開來讀音。

naïve 不但在英文、英語裡也使用同樣的解釋，而且在英文裡今天仍有 naïve 與 naive 兩種不同的寫法。

umlaut

1. 德文字母 a 讀作/ɑ, a/，加上了兩點的 ä 就讀如/ɛ/。例如

Händler(代理商)。

2. 德文字母 u 讀作/u, ʊ/，加上了兩點的 ü 就讀如國語的「愚」(ㄩ)。例如地名 Düsseldorf。

3. 德文字母 o 讀作/o/，加上了兩點的 ö 之讀音，是我們在嘴唇作讀/o/之姿態而讀/ε/所形成的聲音。例如名城 Köln 就是英法語中的 Cologne。

(4)在不便於排印(¨)符號的時候(英文報紙都不肯使用[¨]或任何其他 diacritical marks)，德人有代用的拼字辦法，就是 ae, oe, ue 分別替代 ä, ö, ü。

6-7

A：Did John go with you?

B-1：No, he had to stay home.

B-2：No. He had to stay home.

請問上邊的兩個回答的標點方式，哪一個是正確的？抑或兩個都正確？

如果從道理上嚴格評論，B-1不好，B-2才是正確的。

因為答句中的 No 乃是 No, John did not go home with me.之縮短。No 既然是一句獨立句的縮短，後隨的標點符號就應該是句點，不該用逗點。它與後續的 he had to stay home 並無關係。

但是 B-2形式的標點今天在美國已不多見。大家都是使用B-1的寫法。

6-8

請講解英文標點符號的使用方法，以增加學生書寫文章及信函的能力，不致因錯用標點而遭誤解。

我很同意我們應該學會英文標點符號的使用，但這個題目太大了。若是你的英語有高中以上的程度，請你看一看 Webster's *New World Dictionary of the American Language* 卷末1680至1684頁的扼要介紹。當然也可以看 Random House 英文字典中的類似部分。

這裡我談一個國人常犯的錯誤：用逗點符號(comma)連接完整的句子。如 The rain has stopped, the sun is shining.是錯的，要改為 The rain has stopped; the sun is shining.或 The rain has stopped and the sun is shining.

英語名作家往往不遵守這個法則。但是他們每次違犯這個法則的時候不但另有目標，而且對於文氣是否許可也有把握。我們學英語的人沒有那種能力。不要忘記「畫虎不成反類犬」的名言。

6-9

下文裡From the above之後加上逗點或不加逗點對此句有無大影響？

From the above we can understand that not only is Chinese New Year itself an exciting time of year, but also the period prior to it, when everyone is busy with New Year preparations.

沒有重大影響，因為讀者的反應不同。

加逗點會使許多讀者看到此處略作停頓。對他們而言，逗點有讓語氣鄭重的效果。

但是也有許多讀者(美國或英國的讀者)對此逗點會視若無睹。

　　不過寫文章的人仍是該用盡心機使用已知的文字技巧。從寫者的立場來看，加逗點是為了增加語氣的鄭重性。

　　全句的意思是「從以上所說的看來，不但農曆新年本身是一年中令人興奮的時刻，年前大家忙於籌備過年的時候也是令人興奮的」。

第七章

名詞

7-1

兩雙(鞋子等)究竟是two pair of shoes, golves, socks呢？還是two pairs of shoes呢？

從前，只有 two pair 是正確的，是古語習慣；現在 two pairs 也是正確的，而且較妥，因為合邏輯。

古代 pair 這個字是單數與多數同形的。現在口語中還常保存這個傳統，在若干商業工業上也是。

附帶地講一講，如果 a pair 的意思是真正的一雙，要使用單數的動詞，如 A pair of gloves is a nice present.(一雙手套是好禮物)。如果 a pair 表示的是明顯的多數，其動詞就要用多數形，如 A pair of thieves are conspiring to rob us.(兩名賊人在計劃著偷我們的東西)。以上的例句引自 DCAU。

7-2

在某一本英文法例題裡用了two dozen of eggs。我的英語教師認為應該作two dozen eggs。誰對？另外，有沒有使用two dozens的可能？

我不是要講兩可的話以自保安全。兩方都對。

但就語言使用應該「從眾」的原則來講，你的英語教師的說法較佳。那本書上所舉的說法比較罕用。

一個 dozen 是十二個的一組，我們應音譯為「一打」，簡縮字是"doz."，主要性質是名詞。

純作名詞使用的時候，dozen 的多數形慣例是作 dozens，如 The apples are packed in dozens.(蘋果是一打一打地裝箱的)。

作「數詞」用的時候，(「數詞」是形容詞中的一類，也兼具名詞的性質)，dozen 的多數與單數同形，如 two dozen eggs, three dozen pencils。

two dozen eggs 與 two dozen of eggs 在意味上有可分辨的區別。前者是市場上使用的自然說法；後者特別注重其中的單位 dozen。

在 several 或 some 之後，dozen 變為 dozens。在口語裡，dozens of, several dozens of, some dozens of 通常都是說「幾十」(或「好多」)，而不再是講若干打。

在這裡附帶說一下 half a dozen eggs 與 a half dozen eggs。前者是以「打」為單位，後者是以 half dozen(半打)為單位。(計算時間，美國人大半都有以「半小時」為單位的觀念，而常有 for a half hour 的說法；英國人不用它，只說 for half an hour。)

再介紹幾個 dozen 的使用。

by the dozen 是「成打的，以打計算的」。如 cheaper by the dozen[*]是說「整打購買可以減價」。by the dozens 又有「好多」

---

[*] *Cheaper By the Dozen*又是一本書名，記載Gilbreth一家十四口的生活，1940年代末期的名著，曾被*The Reader's Digest*選刊，非常值得一讀。

的意思。

Baker's dozen 是十三個，據說是起源於買一打小麵包(rolls)就加贈一個。十三個也稱為 a long dozen，是仿照長噸短噸而來的。

a round dozen 和 a full dozen 一樣，指「整整的或足足的一打」。和 dozen 同情形的字很多：

two brace of pheasants（兩對雉雞）

three gross of pencils（三籮鉛筆）

four head of cattle（四頭牛）

five pair of shoes（五雙鞋）

six ton of cool（六噸煤）

seven load of sugar cane（七車甘蔗）

現在我們也能看到如 five pairs of shoes 的用法，雖然有人會認為是不該的。

7-3

time 做「時代，時期」解釋時，字典是說「常用複數」。

1. 這是不是表示「單數也可以」？而且是不是在任何情況之下都是可單可複？

2. 如果有不能互換的情形，請舉例並說明理由。

3. 又「艱苦時期」在字典上翻為 hard times。我們可否說 It was a hard time.？或 They were hard times.？

1. 字典裡寫「常用複數」是表示根據所見的資料看來大多數是作多(複)數形，但也有用單數形的例子。並不是說每一個都是「可單可複」。例如「在林肯的時代，在林肯活在世上的時候」，英語說 in Lincoln's time，沒有人用 times。又如「這一

個時代的特有現象」在英語是 a sign of the times，也沒有用 time。兩者都可用的情形也是有的，如「古代」可作 ancient times 或 ancient time。

2. 類似上述不能互換的情形無理由可找。語言尊重的是習慣。

3. hard times 的意思不是「艱難時期」而是「不景氣」；good times 是泛指「景氣」。

(a)你問的＊They were hard times.沒有人使用；They 必指可計數的對象，在這裡找不出。

在為此句徵詢美國人的反應時，有兩位說可以改作 Those were hard times.，但在聽到我的批評以後，承認這也不是自然的說法。——我的批評是此話(Those were…)是他們聽到我讀的不正確句子以後，為了幫我解決困難，想到模仿一個自然說法的 those were hard days for…而造出來的新句。

(b)你問的 It was a hard time.不是自然英語，後面還要有如 for the farmers during…的話。

(c)a hard time 是「一段難忍受的，不好過的時間」，多用於下列兩種構造裡：My family had a hard time＊ during the War./ My boss gave me a hard time today.「我的老闆今天找了我的麻煩。」

為了認識 times/ time 作相當於「時期，時代」講解時的用法，我們來看一看英語字典的解釋。(其實還應該進一步探討，我們說的「時期」與「時代」的精細解釋和使用習慣。只不過此舉不是我力所能及的。)

比較了各英語字典以後，我發現作這一個字在這方面講解

＊　往往也說had a hard time of it。

最高明的是 RHCD 和 WNWD。它們的最大優點是真講解，而不是只舉出意義相類的字(如 era, age 等)。

RHCD 的有關解釋是——

6 時常(並不是經常)作 times ①世界歷史中的一段時間，或與一位名人之生活或活動同時的一段時間：如 prehistoric times(史前時代)，in Lincoln's time(在林肯的時代)。②當前的時代，或至目前為止的時期：如 a sign of the times(時代的特徵)。③就一段時間裡發生的事情，或其主要情況，趨向、觀念等而論該段時間：如 hard times(指困難的一段時間)，a time of war(戰爭的時代，打仗的年頭)。

9 就個人經驗而論的一段時間：如 to have a good time(過了一段享樂的時間或日子)。

WNWD 的有關解釋是——

II 2 (通常作 times)人類歷史或宇宙歷史裡的任何一段時間，通常特別指一種典型的社會構造，一組風俗習慣，或當時活的一位名人等；如 prehistoric times(史前時代)，medieval times(中世紀)，Lincoln's time(林肯的時代)。

II 3 ①以主要情況或具體經驗為特徵的一段時間；如 a time of peace(和平時期)，have a good time(見前文解釋)。②(通常作 times)某一段時期內的主要情況：如 How were times?(情況好不好？日子過得好不好？生意好不好？)

來信問到「通常作多數」的情形，在上面抄譯字典解說文字裡也數度出現。

英語字典裡使用 usually pl. 或 often pl. 的標誌有兩種可能。

　　一個是解釋的話涵蓋意義寬廣，包括了被講解之名詞的單數形或多數形之使用。上面 RHCD6 ③就是一例。

　　一個是字典編者雖然覺得某名詞在這種解釋之下都是作多數形，但因為無法確定絕對不會有單數形的用法，就加上 often pl. 或 usually pl.的標籤以謀自保。

7-4

在您寫的教材裡曾提到，Straits或(Strait)of Dover，是否表示Strait在此單複數皆可？

查了字典後，發現有the Straits of Gibraltar以及the Magellan Strait的例子，為什麼又有單複數之別？

　　第一個問題的回答簡單：是的，the Straits of Dover 與 the Strait of Dover(英法之間最狹的海峽)，都對，都有人用。

　　第二個問題我回答不出。

　　除了說「習慣，傳統」以外，誰也答不出這是為什麼。

　　來信所說的 the Straits of Gibraltar 在 AHD、WNWD、RHCD 以及 *The New Columbia Encyclopedia* 裡，都用單數形 Strait，但「直布羅陀海峽」舊日的名稱卻是 the Straits。

　　台灣海峽的今名 Taiwan Strait 與舊名 Formosa Strait(或 the Strait of Formosa)，都是只見 Strait 的單數形。

7-5

I have some idea who he is, but I don't know much about his character.

句中的some idea是否「有一點概念」的意思？為什麼不說some ideas？這是不是慣用語？

在我們學英語、研究英語的時候，雖然無法避免經過「翻譯」的程序，仍要隨時提醒自己，翻譯乃是很不完善的工具。

信中引句的 idea 的意義是 knowledge(指 to know 的狀態或成績)。some 是指「有某種未說明，而往往指相當可觀程度的」(being of a certain unspecified, but often considerable degree-WNWD)。句中用 idea 的單數形的原因在此。

這個句子的前一半是節縮的構造，更完全的說法是 I have some idea as to who he is, but I don't know much about his character.(我相當了解他是什麼人，但對於他的 character 認識不多。)

句中的 character 因為「資料不全」，不敢翻譯。這個字在本句內可指個性、可指品行、人格、德性、聲譽。

to have some idea 之後也可以接形容詞片語，如 I had some idea (that) he would leave soon.。使用介詞 of 也可以接名詞或名詞片語，如 I had some idea of his leaving.

信中所說的「慣用語」大概是指 idiom；to have some idea 不算是 idiom。

7-6

在我查過的字典中，grass作名詞用，有的對全部解釋都加 uncounatble不可計數的標誌；但也有字典裡列出grass是「可計數的」。到底以何者為是？

我也看到過moneys的情形。是不是除了幾個特別的字，如 information之外，名詞可不可計數已經不太嚴格了？

第一問題容易回答。grass 只有在兩種例外情形是「可計數名詞」(也就是說它有 grasses 的形式)：一個指禾本科之植物的時候，如稻、蘆葦、小麥、竹子等；一個指雷達指示器(radarscope)

因干擾而產生的草形的條紋。在作其他解釋時，grass 都是作「不可計數名詞」。

money 的使用現象值得為其他讀者介紹一下。作「金錢」解釋時，money 和 water, paper 等是類似的「不可數名詞」。多數形 moneys 另有解釋，指一筆一筆的款項（＝sums of money），多用於法律上（並不是專用）。Webster 3列舉了 the servants…stole the royal moneys，以及 taking interest for moneys lent 的用例。moneys 的另一個意思是「不同國家的貨幣」，如 the moneys of France and Germany。

money 的另外一個多數形是 monies，其使用被學者譏笑，認為是無學問人的擬古作風。財務報告裡往往還有。其意義與 moneys 相同。

最後一個問題較難答覆。

從文法上之單數或多數（number）立場來作通用名詞 countable 與 uncountable 之分類，觀念始於丹麥學者 Otto Jespersen（見 *Philosophy of Grammar*, 1924）。

別的文法學家作實際結果相似的分類，但是不用能否計數的觀念。例如 H. E. Palmer 把前者（如 boy, dog 等）稱為 Noun of discontinuous quantity（「不連續量名詞」），把後者（如 time, water, air 等）稱為 Noun of continuous quantity（「連續量名詞」）。

現代的文法研究者裡有人把 Palmer 的觀念參考 G. O. Curme 的用語，作如下的名詞分類：

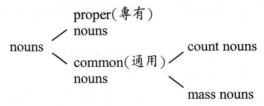

　　不論分類的概念如何，分類的結果都是把通用名詞分為兩類：第一類有多數形，可以用不定冠詞(a 或 an)，可受 many, few, a few 的修飾；第二類無多數形，不可接受不定冠詞，受 much, little(表示甚少)，a little(少量)的修飾。

　　兩類如何分辨呢？不能完全靠 countable or uncountable，或 of discontinuous or continuous quantity，或 count/ mass 之區別來作原則性的判斷。各字的使用習慣(包含歷史)也是大有關係。

　　來信似乎是感覺「可否計數」在過去是嚴格的原則，而後來逐漸放鬆了。

　　不是那樣的。文法(語法)是後人對於前人留下來的語言習慣之分析，甚或只是分析的企圖，而實績不佳。分析的方法會因人以及因時代而異，被分析的語言及其習慣卻是依然故我。

　　可否計數性所代表的文法特徵(前述的有無多數形，能否使用不定冠詞等)，並不都是從前嚴格而現在放鬆；有些名詞是如此演變，有些卻是比從前更為嚴格。

　　名詞之單多數形實在不是一件簡單的事。以前有人在編英語字典的時候，對名詞都添加 countable 或 uncountable 的標誌，幫助查字典的「外國」學生；但這種企圖也只能用於初級字典。

　　單多數形的名詞在使用時尚有另一層困難；觀念上該視為單數還是多數？moneys 按道理說絕對應該屬於多數的，但是莎士比亞用過 Moneys is your suit.[1]，現代作家如 Agatha Christie[2] 也

1　*The Merchant of Venice*, I. iii. 120.

2　"You have no moneys in the bank of Davenheim and Salmon, mon ami?" "No,"I said, wondering, "Why?" "Because I should advise you to withdraw it-before it is too late."(Agatha Christie, *Poirot Investigates.*)

都有過同樣的處理。

7-7

某教授說girl of a man是有女氣的男人。這個可能嗎？

可能。不過我只是說可能。此片語並非一個 idiom，其本身亦無任何精彩之處，如果與其出現之前後文無特殊關連，算不得什麼。

noun[1] of noun[2] 的構造的一個可能解釋是等於 noun[2] that is noun[1]。ALD 在 of 項內講了這個構造並且舉以下的例子——

1. They live in a palace of a house.（＝a house that is a palace, ＝a palatial house 住在大廈裡）。

2. He has the devil of a temper.（＝a devilish temper 有兇暴的脾氣）。

3. Where's that fool of an assistant?（＝that foolish assistant 愚蠢的助理）。

4. Where's your scamp of a husband?（＝your rascally husband 你的壞蛋丈夫）。

請注意 noun[1] of noun[2] 之構造在例句1裡用不定冠詞、在例句2裡用定冠詞、在例句3及4裡是用形容詞限定。

類似的常見用例很多，如 a beauty of a car, a mountain of a wave 如山高的大浪，an oyster of a man 不肯開口說話的人，an angel of a wife， a beast of a night＝a beastly night， a monster of a dog＝a monstrous dog。

解釋 noun[1] of noun[2] 之構造的字典，換句話說也就是解釋 of 字的這種作用的字典卻是不多。除了 ALD 我只發現 WNWD 與 RHCD 有它。

WNWD 在 of 的定義裡寫了"5. as a kind of（a prince of a fellow）"。所舉的例子很清楚，意思等於 a princely fellow；但其定義寫得很差，因爲未能說明是 a prince 像似 a fellow，抑或 a fellow 像似 a prince。讓讀者猜想不算交了卷。（我一向認爲 WNWD 是美國 college dictionaries 當中最好的，不過這是比較看法，並沒有認爲它是無缺點的。）

RHCD 比較高明，它說 "5.（used to indicate apposition or identity）: Is that idiot of a salesman calling again?" 這裡是說 of「用於表示同格地位或相同性」，並且以例句表示其中的 that idiot 與 a salesman 的關係。雖然它遠不如 ALD 講得清楚，卻提出來後者沒有點清楚的「同格地位」，如在 the city of Paris, the virtue of honesty, a fine figure of a woman（Maugham）, his queer grin of a smile（D. H. Lawrence）等用例中所見的。

7-8

> equipment是屬於Uncountable noun（不可數名詞），但是也看到有人寫euqipments，是錯誤？抑或在某種情形下亦可作多數形？

如果是談「使用」，我的回答是不要作多數形。因爲它在各種解釋上（包括「裝備、設備」），都是不可計數的。

Oxford Advanced Learner's Dictionary（ALD）就如此告誡。

如果是談「評定旁人的正誤」，我的回答是從前有人用多數形。若干字典說有多數形之用法，而未舉例，它們根據的都是 *Oxford English Dictionary*（OED），該字典舉了1717到1879年間的三個用例。（寫 OED 正編的時候，字典的製作尚屬稚幼，所舉之例只能表示該字在何年出現於文獻，對於字的用法並無

幫助，比不上今天美、英國的選例——稱 Cites。）

　　下面在例句1裡 equipment 指裝備（集體名詞）；在例句2裡是指「裝備之行為」。

　　1. Camping equipment includes tents and sleeping bags.（露營裝備包括帳篷和睡袋。）

　　2. He talked about the equipment(＝equipping) of our bicycles in lights.（他談到給我們的腳踏車裝燈的事。）

7-9

　　1.在下句中的family是集合名詞，可當「家人」解，應該是有單數形與複數義，為何用families？

　　We'll have to get our families together sometime.（找一天我們兩〔幾〕家人要聚一聚）。

　　2.曾有一本文法書說，"family"當家人解時，動詞用複數，如"How are your family?"但在另一本文法書裡，又有以下的句子：

　　M：How do you like our city?

　　D：I do very much, so does the family.

　　3.我曾聽美國老師說過 "How are you and how's the wife and the family?"——為何有單數的is？

　　先談第1項所引的句子。假若說話的人是在一個校友會上跟兩位舊日同窗講的話，而特別說清楚是「我們三家人聚一聚」，在英語句中要特別加進 three 字，請問還能不用 families 而使用其單數形嗎？

　　這不是實用英語和文法的相違，而是規納文法條例的人，未能周密地考慮到一切可能的情況。

　　第2項所說的文法條例所依據的，一定是早年出版比較武斷的文法著作。families 一字作「配偶及子女」解釋時，確是可以用複數動詞（如你所引的例句），但是也可以用單數。這是英國和美國都可以的。（我知道 *Advanced Learner's Dictionary* 沒有列出這種「單數」用法，但是世界上沒有完備無所遺漏的英文字典。而且我見過英國字典有如此說明的，更不必講在出版上見到的和聽到的使用。）

　　第3項所提出的是一個很有趣的現象；不過我猜想你記錯了其中的一個字。我猜想那句話是 How are you and how's the wife and the family?，甚至於是記多了一個字 the——How are you and how's the wife and family?因為最後的說法中的 How's the wife and family?是我也聽見過的。

　　這樣句子裡的單數動詞正確嗎？我想不能承認它是正確的。它是偶然產生的。說話的人先問候對方 How are you?然後補充了…and how's the wife? (the wife 與 your wife 無異)。隨後想到對方有子女就加上了…and family(family 的解釋之一是子女，尤其指未成年子女。)——此時他不但沒有想到 family 在句子構造的位置是作動詞 is 的補充詞，而且能夠想到也不會把全句修正重新再講一遍。

　　這種現象常見。文學著作中在對話部份往往刻意寫出類似的構造，使對話更為自然。莎士比亞在他的《理查王二世之悲劇》裡，使劇中的 Duke of Aumerle 在問到三個人是否喪命的時候，說了這樣的話——Is Bushy, Green, and the Earl of Wiltshire dead? (Sh., Rich. Ⅱ Ⅲ. ii. 141)

　　這樣是表示他最初只想問 Is Bushy dead?，但在開口以後又追加了 Green 和 the Earl of Wiltshire。這是作者為了限定演員讀台詞之方式而用的有意手法，而不是他的英文法垮了。

7-10

We have made up our minds.一句中的minds為何加-s？此字似乎是屬不可數名詞。又，此句可否變為We have made our mind up？

?We have made our mind up.是有問題的句子[*]。（在討論語言的書刊裡，通常用放在句前的？號表示此句的能否成立有疑問，並且用放在句前的＊號表示此句不合理、不能成立）。

問題不在於 make one's mind up.不能使用，而是 mind 在此句內不應該作單數形，因為它受複數的 our 所管轄。

mind 在此情形是「可以計數」的名詞。…to win the hearts and minds of the voters 是常見的合理說法；I am in two minds about buying a camera.也是正確的句子，其中的 in two minds 是成語，意思是猶豫不定。

當然 mind 在作「心智」解釋的時候，也可能是「不可計數」的名詞，例如在下句的成語裡：Out of sight, out of mind.（不在面前的人很快地會被忘掉）。

請注意 make up one's mind 的意思不是單純的「下決心」，而是在幾個可能的答案裡決定選取其中一個。

7-11

在文章中，動名詞或不定詞可以當句首。在會話中使用是否均可用作開頭語？

＊ 如果We的意義是帝王自稱的「朕」，而our是「朕的」，We have made our mind up.就是合理的造句了。

　　我替提問題的讀者找兩個例句：句1是用動名詞開頭的，句2是用不定詞開頭的，二者都是當名詞使用：

　　1. Swimming is a good exercise.（游泳是好運動。）

　　2. To err is human, to forgive divine.（犯過錯是人性之常；寬恕是超凡的。）

　　先不談會話。現代英文的一個強烈趨勢是在一句的開頭就讓讀者看到主詞，在主詞之前用字越少越好。三十年前看過統計數字，表明英文句子構造使用 S+V+C（主詞＋動詞＋補語）之比例，從喬叟到莎士比亞到蕭伯納有很大的增加。

　　無法寫為 S+V+C 的時候，往往就會使用「形式上的主詞」。像前面的例句2就會被改寫為——

　　3. It is human to err（and/ but）divine to forgive.（原文是詩句。）

　　說話的時候當然更是如此。

　　說話的時候用動名詞作開頭語，通常可能，只要那個動名詞是一聽就懂的，而且沒有太多的後綴字把 S‧V 分隔太遠。例句1是說話可以任意使用的，而例句4就不是容易使用的：

　　4. Swimming immediately after a heavy meal is not good for your health.

　　用不定詞作一句的開頭語（如句1）在現代文章裡都不常見，說話更是難得使用的。

　　來信的讀者好像喜歡從抽象的文法觀點作研究，例如另有一問題是問「動詞之尾加-ing 或-ed 變為形容詞，而該動詞可能另有形容詞，如何使用這三種不同的形容詞」。這樣讀英語是比較吃力的。還是從讀實例、聽實例入手較佳。

第八章
冠詞

8-1

國中英語課本曾出現以下句子：

The rising sun looks bigger.

A setting sun looks bigger, too.

在第二句中爲何用不定冠詞"A setting sun..."？

如果用"The setting sun..."有何區別？

在考試的選擇題((1)The(2)A)setting sun looks bigger.的單句中，哪一個答案較好？

　　sun, moon, sky 之類的依普通常識而認爲「僅有」者，通常需要定冠詞 the。但是在表示其狀態之一的時候，應該使用不定冠詞 a，如 a fullmoon, a cloudy sky, a rising sun。

　　我手頭上沒有這個國中英語課本，但想像此課必有(至少應有)旭日東昇的畫圖。這樣才能妥當地在第一句裡使用定冠詞 The。用定冠詞引介的事物一定是聽你講話或看你文字的人確知是什麼的──此處是圖中所畫的。

　　因爲該課文裡沒有落日，所以不該說 The setting sun，而該用 A setting sun──指任何一天，在任何地方可以看到的落日。(A 也沒有「一個」的意思。)

　　來信所舉的選擇題之第(2)答案正確；道理如上所述。

8-2

1. Swimming is good exercise.
2. Swimming is a good exercise.
請問上面兩個句子意義是否相同？再者exercise該不該加冠詞？

　　這兩句話已無可辨的區別。

　　據個人觀察所見，第2型漸占優勢。

　　換句話說，exercise 在作運動、體操解釋時，多半被用為「可計數名詞」(countable noun)，會使用不定冠詞 an，雖然第1型仍很常見。

　　當然 need more exercise，take more exercise 之類的習用說法，仍舊有效，也仍舊不變。

　　定冠詞 the 的是否使用完全視意義而定：如在 He plays golf for the exercise.句內的 the exercise 是指從高爾夫球獲得到的運動；如在 Walk briskly around the block three times. The exercise will do you good.之例內，The exercise 是指先說的快步走路的運動。

8-3

在序數first, second, etc.之前，文法習慣要用定冠詞the。但故事性的文章裡常出現a second time的構造。
請問它與the second time有何不同處？

　　the second (third, fourth, etc.)的意義單純，僅指「第二(三、四……)」。

a second (third, etc.)能有數種含意：

1. 不著重順序之排列，而只表示「另一個」，與 another 意義相似；如 He will make a second attempt tomorrow.(他明天要再試一次)；如 a second helping(在個人食皿中添一次菜、飯等)；如 The telephone rang a seventh time.[1]；如 Then the first waiter went away, leaving the second waiter, and reappeared with a third waiter...a fourth waiter...a fifth waiter...[2]。

2. 表示還有同類的存在；如 Are you also a second son?(你也是次子嗎？)(請把這一句話和下句比較：He is the second son of our college president.)。

3. a second...表示「再世的」、「今代的」；如 a second Daniel(但以理再生──極賢明的法官)；如 a second Solomon(所羅門再生──極智慧的人)。

4. a second time 時常和 again 表示同樣的意義；如 He thanked her for being so kind, raising his hat a second time.(……再度舉帽)。

在一些習慣的構造裡，序數之前的冠詞會被省略。我是指序數作形容詞使用，如以上所討論的諸用例。例如 at first sight(一見之下)；如 at first hand(直接)；如 at second hand(間接)；如 on second thought(再一想之後)。

8-4

請問「在一年裡的這一段時間」應該說 at this time of a year？抑或 at this time of the year 呢？

1　Arnold Bennet, *The Understudy*
2　G. K. Chesterton, *The Queer Feet*

at this time of year 才是正確的。

用不定冠詞的...of a year 說法並非自然英語。

無冠詞的 at this time of year 在現代的英語裡卻是常見使用。

8-5

在 The coach made John the captain. 這句話裡，the captain是 John(受詞)的敘述字，其中的the是否須省略？

在這個句子裡把 the captain 看作「受詞敘述字」(objective predicate)是美國文法學者 George O. Curme 所使用的觀念，大致和一般所說的「受詞補語」(objective complement)相類，但是包括範圍較廣。

我們在一般文法書裡看到為「受詞補語」所舉的例句，往往會誤認為其中的冠詞「必須」省掉，如下面的例2：

1. The coach made John the captain.

2. The coach made John captain.

事實上例2的省略 the，不是因為 the captain 處於受詞補充語 (受詞敘述字)位置，而是因為英語的冠詞，在表示「地位、身分、資格」的時候，往往被省略。

例2與例1都是正確的，而含意有別。說第2句的人的注意重點是 John 的新身分。說第1句的人在強調這件事，可能有驚訝、高興、或不安的意味在裡頭。

第九章
形容詞

9-1

某英文讀本之中有一例句His father is Greek...his mother is French.;為什麼用形容詞，而不用名詞說His father is a Greek...his mother is a Frenchwoman.呢？

通常不是說I am a Chinese.嗎？

通常不一定說 I am a Chinese.。用 Chinese 作形容詞的 I am Chinese.之說法同樣可用，而且可能是比較更為通用的。

我說「可能」乃是因為還沒有人作過可靠的統計研究。從道理上講，後者應該比較通用。

我問了幾位受了很好教育的美國人。有人認為自己一定說 I am American.，無論是答別人的問話還是自己在說話，不會使用 I am an American.的說法。

有人認為如果是答別人的問話，會受問話之構造的影響。What's your nationality?的問話會帶來 I'm American.的回答；在對話談到不同國家的人時，What are you? 的問話會帶來 I'm an American.的回答。

如果不是答問，是在敘述的時候，I'm an American.多半是意猶未盡，後邊應該還有話，如 I'm an American and English is my mother tongue.

9-2

請教一個人被別人形容爲fantastic，有沒有很不好的意思？我常聽美國人用這個字，以語氣來推斷，似乎這個字的意思並不像字典裡所說的怪異。

fantastic 這個字現在已經兼具好的意思。就像副詞 awfully/terribly 都兼有不壞的性質一樣。

fantastic 有以下幾種意義：1. 只存在於幻想、想像中的，如 fantastic fears；2. 有奇異或醜怪形象的，包括令人有不愉快感覺的，如 a group of fantastic statues；3. 出於狂想的，不受常情常理約束的，如 fantastic plans to eliminate poverty；4. 難於相信的，看似不可能的，如 the fantastic progress in medical science。最後還有在口語或者 Informal English 裡的意思；5. 非常好的，如 a fantastic dinner。

如果有人形容你是 fantastic，大概會指第5而不是指第2解釋。

我們使用它的時候，卻要注意不要使別人誤會我們的意思。能夠不用這種「模稜兩可」的字，最好不去使用它。

9-3

目前研讀《淺談英文的作文》一書，發現一處略感不解。書中第61頁第16項解釋，提到grade-schoolish是臨時編成的字

1. 這種組合字之編列形態是否有一定的規則？如何編組才正確？

2. 書報雜誌中常可見到類似組合字，但字典上不易查到，

如 long-waited, flint-hearted, resting-place, quick-thinking, eight-sided是否也是臨時編成的字？

先談來信所舉各組合字是如何編成的。我說的「臨時編成」是就寫文章的當時而言；如果 grade-schoolish(似小學的，似在小學裡的)後來沒有被多人使用，因此不被收入字典，它就是曇花一現式的臨時編成字，如果運氣好，它也可能變成英語的眾多複合字之一。

-ish 接在名詞之尾造成形容詞，或者表示「像……的」，如 boyish；或者表示「有……之傾向的」，如 bookish(嗜書的)；或者表示「大約是……」的口語的用法，如 thirtyish。以上的例子都已變成英語通用的複合字。grade-schoolish 產生於 grade-school＋ish；今天的字典裡還沒有它。用-ish 與名詞編組只需意義明顯。

flint-hearted(有如燧石之堅硬心腸的)等於說 with a heart like flint。它雖是一時的編組，其編組的方式已有多年歷史，-hearted 的意思是「有某特具性質之心的」，自 Middle English(大約十三至十六世紀)時期已經使用，造成了英語正規字彙裡的 faint-hearted(膽怯的)，soft-hearted(心軟的)，stout-hearted(勇敢的)等。「名詞＋hearted」的用例有英王理查一世(1157-1199年)的稱號，Richard the Lion-Hearted。

在這裡應該說一說「連號」(hyphen)在英語複合字形成史上的作用。連號是十六世紀以後才用於英語。兩個獨立單字被經常聯合使用，最初是寫爲兩個單字(如書籤最初只寫作 book mark)，後來用連號銜接(book-mark)，最後寫爲一個整字(bookmark)；nobody 是十九世紀以後的寫法，在十七至十八世紀是寫作 no-body，在十四至十八世紀都有 no body 的寫法。今

天連號的使用已經很自由了。

在 eight-sided 裡的-sided 指「有某指明數目或性質之邊的」，和前述的"-hearted"相似。

resting-place 的編組是很自然的「形容詞＋名詞」的構造；其中的 resting 是從動詞衍生的。它的意思是休息處所，也轉指墓地，另外還有建築方面的定義。有些字典收了它，有些未把它列入。世界上沒有收列了全部英語字詞的字典。

quick-thinking(思路敏捷的)與 long-awaited(被期待已久的)是複合形容詞，好像未被收入字典，因為是「從構成之組件了解整體意義的」。其編組方式是常用的「副詞＋形容詞」。

複合字編組的方式當然不止這幾個，不過都不難於了解。遇到字首(prefix 如 non-，semi-)或字尾(suffix 如前述的-ish，-hearted，-sided)，可以查字典；其他情形必是不難分析的，因為編組這種複合字的人(尤其是作臨時的編成)，一定是依循自然明顯的思路。

比較難解的是幽默文字。那是另一回事了。

9-4

為了表示「幾個說西班牙語的觀光客」應該用句1抑或句2？
1. several Spanish speaking tourists
2. several Spanish spoken tourists

要用句1，Spanish speaking 是一個複合形容詞。

這一型複合形容詞是由動詞的現在分詞及其受詞構成，其順序是「受詞＋現在分詞」。

因為「說西班牙語的」並非一個常用的複合形容詞，所以字典裡不收列它，而且在 Spanish speaking 二字之間也沒有加連

號。如果你在文章裡寫成 Spanish-speaking 也不算錯誤，只是你可能留給讀者一種印象，是你還要談到「說德語的」、「說法語」的人，而且你要把說何種語言當作重要的話題。

同型的複合形容詞有因為常用而加連號的，如 a fact-finding committee(事實真相調查小組)，如 a heart-breaking experience(令人傷心的經歷)，a record-breaking flight(打破紀錄的飛行)等。也有加連號是為了使意義分明的時候，例如 We saw a man-eating tiger.必是指吃人的老虎；此句如無連號就能產生兩種解釋，不知是「我們看見一隻吃人的老虎」，抑或是「我們看見一個人吃老虎(肉)」。

本型的複合形容詞最常用的已經連寫為一個整字，如 breathtaking, dressmaking, housekeeping。

9-5

從洛杉磯回國旅途中閱讀美國版的*TIME*週刊(January 18, 1988, p.53)，看到介紹紐約市新任市立中小學總監Richard R. Green的文章裡，有抄記於下的一句話——

Then Richard R. Green, freshly appointed chancellor of the New York school system, biggest(939.142 students)and arguably the baddest in the land, said to the mayor...請問the baddest是正確的英語嗎？如果是的話，它和the worst有何不同？如果不是正確的英語，該文作者拿來使用的用心何在？我想一定不是作者的「國文」太差，何況還有編輯也要通過才能刊登出來……。

你問 baddest 是否正確的英語，我不能作逕直的回答。

字典裡沒有這個字；在可以想見的將來也不會有這個字。bad, worse, worst 的正常變化並無會被廢掉之跡象。

　　TIME 週刊這篇文章之作者故意使用 baddest 的動機，是在修辭上小耍花樣，以 baddest 與前文的 biggest 作排偶（修辭學上稱爲 parallelism，通常不包括如［baddest］之類的不正確用字）。至於其效果如何，不同讀者會有不同的反應。

　　文章裡耍花樣是 *TIME* 週刊的傳統作風。也是許多英文新聞文章裡常見的，因爲文字要簡練同時還要生動。

　　來信所引的半句話足以代表這一類文章如何能以很少的字報導甚多的資料。句中構造的基幹是 Then Richard R. Green...said to the mayor...（然後 Richard R. Green 就對市長說……）。

　　freshly appointed chancellor of the New York school system 是修飾句主詞 Green 氏，說他剛剛被任命紐約市中小學管理系統的管理人。美語的官員鮮有如 mayor 的專用名稱；chancellor 一字用途頗多，作此解釋是一個罕例；school system 本身並不顯示是何級學校，要看前後文才知道是指中小學。

　　Biggest...and arguably the baddest in the land（全國最大的，而且有理由或證據可稱爲全國最壞的）一段文字修飾前文的 school system，而且與它是同格。注意形容詞 arguable 有兩重對立的意義，可能指「因爲不是顯然真實正確，所以應該質疑的」，但是也可能指「有理由或證據支持，所以很可能是真實、正確的」。但是副詞 arguably 就只有後面的含意。

　　在 biggest 之後插入（939.142 students）字樣而省略了如 which hanldes 或 which consists of 之類的說明，是新聞文章的特有簡約手法。

9-6

　　《空中英語教室文摘》在談即席致詞的文章裡"Giving an Impromptu Speech"有這樣的一句話：

When you are finished, stop.

此句話意思爲何？

據文鶴出版的 *Longman Dictionary of Contemporary English* 中的解釋，finished 爲 at the end of one's power, without hope，所舉例句爲 I'm finished; I'll never succeed in life now that I've lost my job.

　　形容詞的主要使用位置有兩個[1]，一個是放在被修飾名詞的前面，如 famous people 中的 famous；另一個位置是放在動詞的後邊，也就是所謂作敘述語使用，如 The baby is asleep. 中的 asleep。有些形容詞只能使用於第一位置，如 the main street 裡的 main；有些形容詞只能用於第二位置，如上面的 asleep。

　　當然大多數形容詞可以用於兩種位置，例如 big 可以用於 a big dog 也可以用於 the dog was big 兩種構造。

　　另外還有些形容詞可用於兩種位置，但是有不同的解釋，finished 就是一個。

　　放在第一位置的解釋是完成了的，如 finished goods，是完美的，如 finished manners 等。

　　放在第二位置的時候，依照 *Collins English Dictionary*[2] 的解釋有兩個意思：

　　1. at the end of a task, activity, etc.，並且舉了用例 They were finished by four.（他們到四點鐘就做完了）。

　　2. without further hope of success or continuation，並且舉了用

---

1 實際還有第三個位置，是放在被修飾之名詞之後，例如 two inches long 裡的 long，以及 court martial（軍事法庭）裡的 martial。

2 英國 William Collins Sons & Co., 1982。

例 She was finished as a prima ballerina.(她再也無希望做芭蕾明星了)。這個解釋跟來信所引的相似。

來信所說 When you are finished, stop.句中的 finished 之意義，當然是屬於第1解釋而不會是第2解釋。

剛看來信的時候大感迷惑。以發問者的英語研究興趣及程度來看，不應該會選中 finished 的不恰當的解釋。難道是那本字典對於「跟在動詞之後的 finished」只有這一個不恰當的解釋？可能嗎？手頭雖然沒有那本字典，我認為應該相信發問者的智識而認為那本字典差勁。

直接的證據雖然沒有找到，我倒是發現了可以增加我疑心的理由，因為 *Longman Dictionary of American English*(1983)裡有同樣的缺點。它為「跟在動詞之後的 finished」所作的解釋只有一個 ended; with no hope of continuing；所舉例句是 If the bank refuses to lend us the money, we're finished.(如果銀行拒絕貸款，我們就完了)。

第十章
副 詞

10-1

下句中的ever的意義何在？

These were the very first Christmas presents ever given to anyone...

副詞 ever 的習慣用法，是與比較級或最高級的形容並用，以加強形容的份量。例如在 This dictionary is ever more useful than that one.句內，ever 加強 more useful 的份量；又如在 This is the best song I've ever heard.句內，ever 強調形容詞 best 的份量，有似說「最好、最好」。

來信所說的句子裡，first 相當於 earliest；副詞 ever 極言「那些(禮物)實在真是最早的……」。the very first 相當於 absolutely earliest。

10-2

下面一句話裡的nights作何解釋？是什麼詞？

I couldn't sleep nights.

nights 是副詞；意思是「在夜間；每夜；幾乎每夜」。早年

是方言,現在已經普遍使用。

World Book Dictionary 裡舉的例句清楚地示明此字的意義:
Some people work nights and sleep by day.

10-3

1. I saw him on his way home.

2. Each time Edith expected Karl home he'd written that he must stay "another three weeks."

這兩個句子裡的home據說是當副詞使用;副詞用於修飾動詞、形容詞,以及副詞本身。

句1中的home應該是修飾saw,它是指「在他回家的路上」。我看不懂它跟「看到」有何關係。

句2之home是指「Karl到家」,然而用home修飾expected又代表什麼意義?

副詞是易用難講的。除了來信所說的,副詞還能修飾片語、子句、全句。

在句1裡,home的意義是 to home, towards home,修飾片語 on his way。遷就原構造翻譯時,句1是「在他向自宅去的途中我看到了他」。

句2的 expected (Karl)的意思是 thought or believed that (Karl)would come,home 修飾…Edith expected Karl 這個子句。

來信讀者一定具有足夠的英語造詣作此分析,只是忘記查英語字典去辨明有關各字的精確意義。

10-4

請說明在下面的句子裡,today是什麼詞類?

1. It is cold today.
2. 可否不用It而説Today is cold.

在句1裡，today 是副詞，意思是「在今天」。

句2非自然英語。以 today 爲名詞而充任主詞的句子，必屬Today is Monday.之型的構造。

句1中的 It 是代表天氣，而「天氣、天候」在這樣的句子裡並無可專門表達的字[*]，請參看以下各句：

It has been cloudy all day.

It snowed in the mountains.

It rained everywhere last week.

這樣的"It"還可以指時間(見句3)，指距離(見句4)，指環境(見句5)：

3. It is three o'clock now.

4. It is a long way to London.

5. It is very quiet now.

10-5

像often/ frequently/ always/ usually/ sometimes/ regularly等字都是表示頻繁、頻仍的。

何者表示最高頻仍度？何者次之？何者再次……？

always 無疑問地是表示100％的最高頻仍可能。

frequently/ regularly/ usually 難分軒輊。（也有人認爲 always

---

[*] Robert Louis Stevenson(1850～1894)在他的*A Child's Garden of Verses*有一句The rain is raining everywhere.那是句逗小孩的話。

與此三字同級，雖然我沒有那樣的感覺。）

often 低於以上各字，但是高於 sometimes。

當然更低的還有明言表示希罕的字，如 seldom，如 rarely，以及表示零程度的 never。

10-6

1. Do you have any pencils?

2. Do you have some pencils?

請問上列的兩句話都正確嗎？如果都是正確的，使用有無區別？句1中的pencils一字，可以改用單數形嗎？

句1及句2都是正確的。

Do you have any pencils?是普通的詢問句，問者對於答案是「有」抑或「沒有」並無預料；意思相當於「有鉛筆嗎？」

說 Do you have some pencils?的人已經預期對方有肯定的答案；意思有如說「有鉛筆吧？」其份量近似 You have some pencils, haven't you?

*Do you have any pencil?是錯誤的說法。any 所修飾的名詞如果是可計數名詞，一定要用複數形。如果問人有沒有孩子，只能說 Do you have any children?而不能說*Do you have any child?

若是問人借一支筆用，就該使用 a 替代 any：Do you have a pencil?

在今天的美國話裡，pencil 不一定指鉛筆。有些人把原子筆叫作 pencil，也有些人叫它為 pen。至於原子筆的「全名」是 ball-point pen，也簡稱為 ball-point；派克公司把它的原子筆稱為 ball pen。

10-7

> 我在某留學中心上課，有位教授說在 We are here. 這句話裡 here 是形容詞而非副詞，這個問題連字典都錯。他的理由是 here 在 be 動詞的後邊，它是形容詞，與在 We are happy. 這句裡，happy 是形容詞的道理一樣……。可是我查了幾本字典，here 就是沒有當形容詞用的。

　　首先我要解說的，是文法只是根據語言使用習慣而整理出來的「通例」，因此有若干例外，也有些複雜之處至今仍有爭執的意見。

　　但是 We are here. 的問題是可以解釋清楚的，而且就在傳統文法的範圍之內可以解釋。

　　在 We are happy. 這句話裡，are 的性質被稱為連接動詞，它的作用是指明主語 We 與敘述語 happy 之關連；happy 在句內修飾主語 We，無疑問地是形容詞——如果我們同意形容的修飾代名詞（及名詞）的定義。are 在其中的作用可以用輕微兩字來描寫，輕微到在華語的類似結構裡可以省略，說作「我們快樂」。

　　在 We are here. 這句話裡，be 動詞的意義大不相同，因此也具有大不相同的文法性質：be 動詞表示的是「存在」。哲學家笛卡爾在討論如何證明自己存在時所寫出的名句「我思想，所以我存在」，英譯是 I think, therefore I am.[*]；此句中的 am 和 We are here. 中的 are 有大體相同的意義。

　　因此，在 We are here. 之中，here 說明「存在」之位置，所修飾的是動詞 are，因此它是副詞，與在 We live here. 句中的 here 並無二致。

---

[*] Rene Descartes 的原句是拉丁文：Cogito, ergo sum.

第十一章
動詞

11-1

> 　　在一本期刊中看到有關「二部動詞」的介紹裡有一條解釋 go for；它的第二項解釋是「喜歡」，第三項解釋是「攻擊」，兩者的意思太不一樣了。如何分得出何時適用何項解釋呢？
>
> 　　比方您曾舉例句之一——My dog goes for every dog he sees.——依我看，goes for當攻擊或當喜歡解釋，都說得通。是不是要看上下文才能決定是什麼意思呢？

　　的確是要靠上下文的連貫意義或語氣（英語稱 context）來判定。

　　go for 的意義很多。我在那篇文章裡只介紹了三個，除了來信所提的，另外還有一個「當作……用」的解釋；選擇此三則的標準一是在今天美語裡常見，二是屬於 Idiom。

　　在沒有上下文的場合，遇到字詞、片語等意義模稜兩可的時候，（如 My dog goes for every dog he sees.），只有憑猜測，憑經驗去猜測判定。這樣的猜測，英語叫作 educated guess。我「猜測＋判斷」在這個例句裡的 goes for 是「攻擊」而不是喜歡。養過狗的人會同意的。

用 educated guess 也有無效的時候，如 bimonthly 作副詞使用時，究竟是「每兩個月一次地」抑或「每月兩次地」就無從判斷。責任是在用字的人。

11-2

《空中英語教室文摘》在同一期出現了這些句子：

Two plus three is five. / How much are two and three? / Two and three are five. / How much is eight and nine?

以上動詞有的用is，有的用are；同樣情形為何有時用單數，有時用多數？

這是一個很有趣味的問題。

英語在表示加法的時候，用 is 用 are 都可以。

問過兩位美國人和兩位英國人何以會如此，他們有人無意見，有人認為是這樣地：如果說話的人覺得是有兩個數目字要相加，他們大概會說 is，如果覺得是兩個數量的實物相加，就往往會說 are，但是並非每次都是如此。

表示相乘就罕有不用 is 的時候，如來信所引的 Two times three is six.另一個例子是 Five pages a day times thirty days is 150.（每天5頁，30天150頁）。

表示減法和除法，一定用 is。來信裡也引了兩個句子：Seven minus four is three.（7減4是3），與 Two hundred and fifty divided by five is fifty.（250除以5得50）。

11-3

我在一本很權威性的書上看到contact一字不該用為動詞，（作「與……連繫」的解釋）。但是美國的字典都舉了這種解釋。

請說明何以如此，以及我們應該信誰的。

早年它頗受反對，現在已經普遍使用。

我們可以放心使用 contact 來表示 to get in touch with（與……取得連繫）。反對這種習慣用法（usage）的人儘管反對，各種文獻中卻是不斷有它出現。

美國的字典多數都承認此一用法，如 WNWD 及 RHCD 字典。但是有保留意見的字典仍有一個，就是代表文字使用之保守意見而且自命對 usage 下了大功夫的 AHD。

在 contact 一字的解釋之後，AHD 對其 Usage 還特別作說明；在1969年版裡說 Contact, meaning to get in touch with, is widely used but still not appropriate to formal use, according to 66 percent of the Usage Panel.（作「與……取得聯繫」講的 contact 被廣泛使用，但根據［本字典之］Usage Panel［各委員］之66％的意見，仍不適合於隆重、莊重的使用。）

但是在1982年改版的時候，AHD 刪掉了委員「之66％」的說法，而改爲「之多數」；這個「多數」（majority）可能只是超過半數。

上面說的 Usage Panel（英文字習慣用法審查會）共有118位審查委員。主席是NBC（國家廣播公司）的著名新聞評論人 Edwin Newman，他寫了好幾本書（如 *Strictly Speaking, Civil Tongue* 等）抨擊美國人對英語的誤用及濫用，都很暢銷。其他的審查委員都是美國著名的作家、演說家等。

1975年初版的 HPCD（一本專討論習慣用法的字典）也有類似的 Panel。「問答表」共寄給136位作家、編輯人、教育界專家、演講家、評論家。關於上述的 contact 之問題是這樣問的：「把 contact 用爲動詞當作 to get in touch with 在工商業語言裡已經通用了數十年。對於 Let's contact him at once.的說法，你肯接

受嗎？」

反應結果是：

──用於文字　65%反對，35%贊成

──用於隨便談話　37%反對，63%贊成

那麼多人不贊成它在文字中的使用，我爲什麼說可以放心用呢？

因爲那些持反對意見的顧問講不出什麼好道理來。我先舉幾個反對者的意見：

「我不使用工商界的行話」──Heywood Hale Broun(作家、廣播及電視評論人)

「不愉快的字」──Maxwell Geismar(歷史學者、美國文學批評家)

「不行；行政人員的術語」──Paul Hoigan(歷史學者、小說作家、教育家)

「不肯。從前接受過，以後我進步了。」──Edwin Newman(名新聞評論人)

「不接受。我不相信有你說的數十年。它是1940年代之尾出現的。甚爲可厭。」──Harrison Salisbury(作家、編輯人)

贊成者的意見我選列三項：

「接受。好字。比 get in touch with 好。」──Isaac Asimov(多產名作家、科學家)

「完全沒有什麼不對的。」──Anthony Burgess(小說及散文作家，語言學家)

「我不會說 Let's contact him，但是我也不會再跟說的人爭辯。這場仗已經打敗了。」──George Cornish(美國百科全書的前任總編輯)

關鍵就在於「仗已經打敗了」；最初的反對並未生效，後

來廣爲通用已數十年。即或承認 Salisbury 的計算，也超過四十年了。

11-4

1. 下面的兩句話是否有一句是錯誤的？
(a)He called on them.
(b)He called them on.
下面的兩句話是否也有一句是錯誤的？
(c)He called them up.
(d)He called up them.
2. 如果有兩句是錯誤的，我們如何能夠判定如them的代名詞當受詞時，到底應該緊挨著動詞？還是不可以緊挨著動詞？
3. 在Robert Krohn著的*English Sentence Structure*解釋說，在如call on之類的說法裡，on是介詞，像them的受詞要放在介詞之後；但是在如call up之類的說法裡，up是一個particle，所以像them的受詞要放在up之前。
請問particle到底是什麼？它與介詞的區別是什麼？

來信所問到的現象是很有趣而且很複雜的。
句(a)是正確的：He called on them.。句中的 call on 是「拜訪」。句(b)是錯誤的。
句(c)是正確的：He called them up.。call up 在本句中是「打電話給……」。
句(d)的情形就不簡單了。如無前後關連它是錯誤的。但是那樣的說法太武斷。正確的想法是在一般情形之下不可以用它；是我們不該用它。什麼情形之下美國人可能使用它呢？如果以下這句話是一大串對話的一部分，而且把強勢放在最後一

個字上,就是可能的 Let's call up them,(and not somebody else).

合理的說法是這樣的:如果代名詞不作強勢讀音,句(d)就不該用。

來信所說的 Robert Krohn 的講法是頗無道理的。不論他對 particle 下什麼定義,對學英語的人仍是無用,因爲 call on 與 turn on 含有同樣的 on,後者就可以把受詞放在 on 之前,如 turn the lights on。

英文法學者對於如 call on, call up, turn on 等以動詞與副詞或介詞併用的構造,曾有數種研究的理論,也叫了數種不同的名堂。(研究最深的是已故的 Stanford 大學教授 Arthur G. Kennedy;他給這一類構造取的「名字」並不佳,而有他的苦衷,Jack E. Conner 在 *A Grammar of Standard English* [Houghton Mifflin, Boston 1968]裡爲他作了很中肯的辯解。)

近年來有些美國人把這一類構造稱爲 two-part verbs,譯爲「二部合成動詞」或簡化爲「二部動詞」,意思是每一個這種字群雖然不只爲一個單字,(至少是一個動詞再加一個別的字),其整個性質有如一個動詞。這個名稱又明瞭又無語病,我們就在這裡使用它。

「二部動詞」的第二部是什麼品詞,我們根本可以不去管它,必須要知道的是 two-part verbs 的兩種形質:(1)它是不及物動詞?抑或及物動詞?(2)它如果是及物動詞,那麼其受詞是不是可以插放在「二部」的中間?

問題(1)要靠字典來解決。例如 look for(尋找)是及物動詞,look out(小心)是不及物動詞;同一個「二部動詞」也可以兼爲兩者,例如 take off 作「起飛」解釋時是不及物動詞,而作「脫(衣帽)」解釋時是及物動詞。

問題(2)是作及物動詞時的一個文法問題,當然也是慣用使

然。「二部動詞」分爲兩類，第一類是受詞必須放後邊的，第二類是可以插放在「二部」中央的。

第一類稱爲 inseparable two-part verbs，但是所謂的「不可分離」，只是不能把受詞插放在中間，插放副詞是可以的。例如 call for（要求、需要），call on，count on（倚靠）等。它們的受詞（不論是名詞或代名詞）必須跟在「二部」的後邊。

第二類被稱爲 separable two-part verbs，例如 call up，look over（檢查，審查），try on（把衣服等穿上以觀察是否合身、好看），turn on（開電門、水龍頭等）。

「可分離的二部動詞」（必是 v.t.）拿名詞爲受詞的時候，名詞可以插放在中間，也可以跟在後面，例如 He called Angie up./He called up Angie.；如果以代名詞爲受詞時，就依照我前面所說的原則——通常插放在中間，如 He called her up.。但如把 her 強讀，就有放在後邊的可能。（這又是一個讀音與文法有重要關聯的一件事實。）

最後回答你的 particle 問題：不要去爲它傷腦筋。Jespersen, Pike, Sweet 等三氏使用此名堂有三種完全不同的觀念，更不必說後人了。

11-5

有個問題困惑我許久。學校老師的回答還不夠清楚。市面的參考書也很少討論這些。附上課本內容，讓您知道問題所在。

1. 兩個字的動詞後面的功能字，究竟是副詞，還是介系詞？

2. 這些動詞是及物，還是不及物動詞？

3. 這些兩個字的動詞與Dixon片語有何不同呢？

TWO-WORD VERBS

add up   SEP   add

back up	SEP	cause to move backwards
back up	NO OBJ	move backwards
break up	SEP	break into small pieces
brush off	SEP	brush the surface of
brush out	SEP	brush the inside of
burn down	SEP	destroy by burning
burn down	NO OBJ	burn to the ground
burn up	SEP	consume by fire
burn up	NO OBJ	burn completely
call off	SEP	cancel
put in	SEP	put(something)into(something)
put off	SEP	postpone
put on	SEP	dress in;don clothes

討論這些動詞應該寫一本書。我設法答你所問的。

1. 這些「二部動詞」後邊的「功能字」有時候是副詞,如 call off;有時候是介系詞如 put in。究竟是什麼並不重要。有些文法不作區分地把它同稱為 particle。

2. 有些是及物動詞,如 call off(取消):The baseball game was called off because of rain.(因為下雨,棒球比賽被取消了)。有些是不及物動詞。如 back up(倒退)。究竟是否及物動詞是由使用習慣或傳統來決定,與「二部動詞」的核心動詞之性質無關,也與「功能字」之屬於何品詞無關。

3. 我手頭沒有 Dixon 的書,猜想所說書中的片語大概並非都是「動詞＋接尾詞」的構造,因此並非都是「二部動詞」。

來信所附之表中,在「二部動詞」之右側註有"NO OBJ"(＝no object)字樣的,都是作不及物動詞使用。其他都是及物動詞。

有些是可以兩用的，如 back up。

　　請看 call off。它的受詞當然可以放在後邊，如 They called off the game.；但是受詞也可以插入 call off 當中，如 They called the game off.，這樣可以「分離」的二部動詞，在你的表中註有 SEP（＝separable）字樣。可惜的是寄來的表裡，全部是「可分離」的，使你認識不足。

　　例如 call on 這個「二部動詞」，當解釋爲「請求、要求」某人（作某行動）的時候，就是一個「不可」分離的二部動詞，如 They called on the mayor to plant more trees.（他們要求市長多植樹木）；句中的受詞 mayor 就不可以插在 called on 之中間。

　　不要去管二部動詞後邊的功能字是什麼詞。要把每一個二部動詞當作一個單元去認識、記憶。特別值得注意的，是光憑其中單字動詞不能猜出全義的那些二部動詞，如你的表中所列的 put off（把……向後推延）和剛才談論過的 call off 以及 call on。（後者作「拜訪」解釋的時候，也是不可分離的及物二部動詞。）

　　有的文法書把「二部動詞」叫作 phrasal verb，也是強調其單元性。

11-6

在一本學生參考書裡看到了
*I let him alone to do it.
爲什麼在let之後會有「to+V」的型式？

　　這句話是不正確的。

　　如果意思是「我讓他一個人去做」，英語可以說 I let him do it alone.

　　如果意思是「我走開了，我不再打擾他，讓他去做。」英
語可以說 I left him alone to do it.

　　在「let 受詞+不定詞」的構造裡，不定詞必沒有 to。

11-7

英文聖經的*Authorized Version*（*King James Version*）裡面的
動詞be的用法，有許多是不合現代文法的，例如：

　1. The Son of man is come to seek（Luke 7:34）

　2. When he was come down from the mountain（Matthew 8:1）

　3. And when Jesus was entered into Capernaum（Matthew 8:5）

但在另一處，entered沒有和be聯用：

　4. And he entered into a ship.（Matthew 9:1）

英文聖詩裡，也常有同前三句的用法，如：

　5. Joy to the world; the Lord is come!

請問在文法上如何解釋？

　　在 Old English 時代（約400-1100A.D.），有些不及物動詞在
造成一部分「完成式」的時候[1]，用 be 的適當變化代替今日常
用的 have 之變化。

　　在 Middle English 時代（約1100-1500年），have 取代了 be。
但是用 be 的完成時制，直到 Early Modern English 時代（16世紀
中到17世紀中）仍有相當勢力的存在；聖經英譯本的 *Authorized
Version* [2] 出版於1611年，用的是屬於這個時代的英語。

1　所謂的一部分，牽涉到aspect，這裡不作說明。

2　英王James I正式頒布的譯本，稱為*Authorized Version*（日本學者
　　譯為「欽定本」），也被後人稱為*King James Version*

　　be 的殘存勢力是與主詞本身之行止及位置有關的不及物動詞聯用。這樣的動詞有 come, go, arrive, fall, flee, arise, become, grow, befall, cease, change, die, decease 等。

　　來信所舉句1中的 is come 相當於今日英語中的 has come。句2中的 was come 相當於今日的 had come。句3中的 was entered[1] 相當於今日的 had entered，而句4中的 entered 就是 to enter 的過去式。

　　句5的那篇聖誕頌詩不知是何時代產品，其中的 is come(=has come)可能是舊日英語，也可能是仿古。

　　在今日的英語裡，與主詞之行止、位置有關的若干動詞，仍然可以和 be 聯用。例如 go 就有 He has gone.與 He is gone.的兩種可能。

　　但是這兩種構造的意味有區別。He has gone.是正規的完成時制，把過去的動作(他離開)與現在的結果(他不在這裡)聯合表現出來了；而 He is gone.所表示的僅有「他不在這裡」之結果，和 He is away.是一樣的。

　　所提出的問題若想作更進一步的研究，請查 Otto Jespersen 的 *Modern English Grammar* 之第四卷第三章。

11-8

　　記得老師教我們，在句子裡用動詞insist的時候，其受詞子句裡必須使用「原形動詞」。

　　但是在《空中英語教室文摘》裡看到了這樣的句子：...you

---

1 enter into(a place)的用法和今日的習慣也不一樣；今天不再使用那個to或其他介詞。我可以補充一個「欽定本」中的類似用例：
　　Enter ye in at the strait gate.(Matthew 7:13)。

insisted we needed one. 為什麼用needed而不用need?

首先要知道 insist 作及物動詞的時候，有兩種不同意義：

1. 堅決地認為(……是……的)，堅決地說(……是……的)。

2. 堅定地要求……。

許多英漢字典都用一個「堅持」把兩者混為一談。此二意義的重要差別在若干英英字典裡也是處理不佳。RHCD 在此處應得滿分，兩項分別說明，並且各舉了例句。

作解釋1的時候，insist 之受詞子句裡的動詞，絕對不可使用「動詞原形」(the root form or base form of a verb)。例如 He insists that he knows your brother./ He insists that he knew your brother ten years ago./ He insisted that he knew your brother.

來信所引的構造是 insist 作解釋1的用例。

作解釋2的時候，insist 之受詞子句的動詞的形狀只有一個——動詞原形。但從文法立場來講，這個動詞有(a)與(b)兩種可能。

(a)是美國人比較多用的，即動詞原形單獨使用，例如 I insist that John go first./ I insist that Mary be invited now.

(b)是英國人比較多用的，即是動詞原形與 should 並用，如 I insist that John should go first./ I insist that Mary should be invited.

我這裡所說的美國人與英國人使用之區別，有豐富的根據。最有趣的是一本由兩位英國教授，一位美國教授，一位瑞典教授合著的 *A Grammar of Contemporary English* 書裡說(a)型是較為隆重的(more formal)說法，似乎只有美國人才用；英國人會用(b)型。

和 insist (v.t.)之第二項解釋用法相似的動詞有 ask, decree, desire, dictate, command, demand, direct, move, order, propose, recommend, request, require, suggest 等。

11-9

日本大修館之《續·英語語法大事典》裡(27頁)討論I have a dislike for (or of)him.與美國語法是否符合；引用了舊金山加州州立大學一位美國教授之意見——

I dislike him is the acceptable, common expression. I think a native speaker would not use *I have a dislike for (or of)him.*

(I dislike him是可用的，常見的說法。我想美國人說話不會使用I have a dislike for〔or of〕him.)

吳教授以為然否？

我不敢贊同這位當時在日本講學的 Fulbright 交換教授的意見。

他說的第一句話並無錯誤，但它不能造成第二句話之結論。第二句話並無根據。

證明某一事項不會存在，乃是一件頗不容易的事。把 dislike 作名詞使用，可能在這位美國教授的個人經驗中未曾遭遇過，但它絕非是希罕的。我就見到過。

American Heritage School Dictionary(是 AHD 的學童版)裡就有 her dislike of meeting people，以及 a dislike for certain foods 的用例。

Thorndike-Barnhart Junior Dictionary 裡有 I have a dislike of rain and fog.的用例。

在英國話裡也同樣使用，to have a dislike of (or for) cats 是 ALD 舉的例子。

11-10

為了後列兩例句，我們一群喜好學習英語的人發生很久的爭執。請問此兩例句的意義究竟有何區別。

The boys ceased shouting.

The boys ceased to shout.

有些專家認為無區別；有些認為有區別。

我贊成無區別的說法，因為找不到足夠的證據來支持有區別的說法。

主張有區別(如 R. W, Zandvoort)的學者認為，如 ceased shouting 的「動詞＋動名詞」之構造通常表示「有意的」(deliberate)行為；否則就最好使用如 ceased to shout 的「動詞＋不定詞」的構造*。

Zandvoort 還舉了例句來說明：

1. On account of the snow, the tramcars ceased running at eight o'clock.(因為雪的緣故，電車在八點鐘停止行駛。)——這是「有意的」行為。

2. The German Empire has ceased to exist.(德意志帝國不復存在了。)

不過主張有區別的人占劣勢。

COD 認為兩者相同。ALD 也是。

DCAU 說兩者無區別，但是使用動名詞的結構比較普遍：The -ing construction is heard more than the infinitive.

在查書準備回答你的問題的時候，我發現一本相當權威性的英文法書裡發生了錯誤——

---

* 見Zandvoort, *Handbook of English Grammar*, §71.

　　Randolph Quirk 是倫敦大學的副校長，過去曾任美國 Yale 及 Michigan 大學的客座研究員及英國 U. of Durham 與倫敦大學的英語教授。Sidney Greenbaum 是倫敦大學英語教授，過去是美國 U. of Wisconsin-Milwaukee 的英語教授。Geoffry Leech 是英國 U. of Lancaster 的語言學及現代英語教授，曾任美國 M.I.T 研究員以及 Brown U.的客座教授。Jan Svartvik 是瑞典有300多年歷史的 U. of Lund 的英語教授，曾任美國 Brown U.的客座教授。

　　這四位英語學者合著了 *A Grammar of Contemporary English*(1973)；書中(§12.51, p.837)說 cease 不能以不定詞為受詞，只能以動名詞為受詞。

　　當然這是不正確的。前文已有 Zandvoort 教授的例句2；ALD 也有仿製的例句：The Old German Empire ceased to exist in 1918.

　　Somerset Maugham 在 *The Painted Veil* 裡也用了不定詞作 cease 的受詞：Did you cease to love a person because you had been treated cruelly？

　　該書錯誤發生的原因，是誤把 cease 與 stop 看成了相同的字：

3. John stopped smoking.

4. John stopped to smoke.

　　在例句3裡，動名詞 smoking 是動詞 stopped 的受詞；句子的意義是「戒了菸或至少是暫時不再吸菸」。但在例句4裡，不定詞 to smoke 是作副詞用，修飾動詞 stopped；句子的意義是「為吸菸而停了下來」，等於說 stopped in order to smoke。

　　但是 John ceased smoking.和 John ceased to smoke.的意義完全相同；和例句3並無區別。

　　我不是在責備那四位學者的大意，只是想起來一句老掉了牙，從來不見人使用的成語：Even Homer sometimes nods.(＝ Even the greatest sometimes makes mistakes.)

補記

　　上述四位文法學者在1985年又出版了一本更豐富的鉅作：*A Comprehensive Grammar of the English Language*(London: Longman)。書中不但說 cease 可用不定詞爲受詞，並且把 cease to write/ ceased writing 作了比較，結論也是無可見之區別(§16.40, p.1192)。

11-11

　　在《空中英語教室文摘》看到…no matter how much time and work is required.其動詞何以不用are而用is？

　　我有很多的話回答，但是並不能真解答來信所問的「何以」。

　　主詞是由 and 連接的數個字或詞，其動詞要用多數形(如 are, were, have 等)，除非——

　　1. 是表示「加法」，這時候用多數或單數形都可以，如：

Two and two is four.

Two and two are not five.

Two and two make four.

Two and two makes four.

　　2. 在那個多重的主詞的前面冠有 every 或 each，這時候動詞用單數形，因爲是把主詞的各構成單位分別地討論，如：

Every lake and pond was drying up.

　　3. 由 and 所連接的兩個名詞都是單數的，而且指同一個人或事物，如：

His secretary and bodyguard is waiting outside.(秘書兼保鑣)

Truth and honesty is always the best policy.

　　4. 由 and 所連接的兩個單數名詞合起來成爲意義上的一個

單位，如：

Early to bed and early to rise makes a man healthy, wealthy, and wise.

A watch and chain（附有鏈子的懷錶）was found under the table.

The town's bread and butter is tourism.（生計）

5.（這一項使用習慣在逐漸消失）主詞放在動詞之後，而多重主詞中的第一項是單數的，如：

For thine(= yours) is the kingdom and the power, and the glory, forever.(Matthew 6:13)

來信所問到的單數動詞 is 的主詞 how much time and work(= how much time and how much work)，並不合於上述的五種例外情形。

那麼是錯了嗎？不一定。有些編輯和教師會認為是錯誤，會修改；有些編輯和教師會放過。

Time and tide wait for no man.是今天公認的正確文法，但從前的習慣用法是用 waits。

莎士比亞用過 Your fat king and your lean beggar is but variable service.(*Hamlet*)。

現代作家在同樣情形之下用單數動詞的實例也很多。歷史學家 Douglas Southall Freeman 用過"The language and history of the Lithuanians is closely associated with that of the Greeks."；蕭伯納用過"Life and literature is so poor in these islands."

George Orwell, Evelyn Waugh, H. G. Wells, Aldous Huxley, J. P. Marquand, Sir Laurence Olivier 等都有類似的用例。

那麼我們怎麼辦？

我們應該遵守前面所說的原則：除了那五項特殊情形以外

（實際是四項，因為第5項的用例越來越少見了），遇到用 and 連接的多重主詞，還是一律使用多數形動詞，免得出錯。

11-12

　　下面1（a）與1（b）兩句中，1（b）較常出現。請問1（a）是否正確？若亦正確，兩句涵義有何差別？

1（a）I think he won't come.

1（b）I don't think he will come.

　　下面2（a）句從文法觀點來看似乎沒錯。但有人主張是錯誤的。如果是正確的，兩句有沒有差別？

2（a）It seems not to bother him.

2（b）It doesn't seem to bother him.

　　下面兩句有人主張均屬正確，而且涵義相同，不知您以為如何？

3（a）He seems not to like it.

3（b）He doesn't seem to like it.

　　如果有前後文，我們可以使很多牽強的構造具有意義。

　　如果沒有支援的前後文，來信所舉的三個(a)句都不是自然英語。

　　英語的 native speakers 在普通情形下想表示「我想不會下雨」的時候，不會用*I think it's not going to rain.的構造，而會說 I don't think it's going to rain.

　　他們學中國話的時候，若未學過我們的習慣構造，一定會造出如「*我不想會下雨」的不自然句來。

　　三個(b)句都是正確而且自然的英語。

11-13

　　商業信函中常用到如下列的幾類句型。其中would/ should/ will/ shall之用義含糊，幾近相同。請解其間微妙差別，及何字較適於何種場合：

1. We would appreciate an early reply from you.
2. We should appreciate an early reply from you.
3. Your early reply will be appreciated.
4. Your early reply shall be appreciated.

　　shall 與 will 之爭由來已久。

　　從前的語言學者很少根據統計調查來下結論。現在也不很多；例如有些人無統計之根據就要宣布「最常用1000, 2000, 3000 單字表」。

　　最初是英國的學校規定：「第一人稱表示單純未來的時候都用 shall，第二及第三人稱表示單純未來的時候都用 will。如果兩者掉換，就不是單純未來，而是表示意志（在第一人稱），或預言及命令（在第二及第三人稱）。」

　　以後美國的學校、教科書、參考書等也跟著英國跑，作同樣的規定。

　　有些書上說，英國人都遵守這個規定，只有美國人的使用發生紊亂。其實沒有那麼簡單。

　　英國 H. W. Fowler 及 F. G. Fowler 兄弟的1906年初版的 *The King's English* 一書裡，用了21頁的篇幅分析這一項規定。開頭第一句話說：「不幸，英格蘭南部人生來就會的這個習慣用法……複雜到使需要下功夫學習的人幾乎無法學會。」他們的講解更是複雜，使人不能相信是英格蘭南部人不費力去學就會的，因為例外太多，而且區別往往甚為微妙。

　　不信的話請到圖書館去查閱丹麥文法大家 Otto Jespersen（丹麥文法大家）的 *A Modern English Grammar on Historical Principles*（1909-1931）；裡面討論 shall/ will/ should/ would 在英國之使用——共占117頁的篇幅——所包含的是700年裡規則不能一致的歷史。

　　Sir Ernest Gowers 應邱吉爾（當時的首相）之命，編寫專書 *Complete Plain Words* 糾正英國官府文章不簡明之毛病；他在1951年出版的 *The ABC of Plain Words* 裡，對這項規則也作了保留。他說：…the Celts…have never recognized "I shall go." 這裡所說「不承認 I shall go 的 Celts」，包括英國北部之蘇格蘭人、威爾斯人和愛爾蘭人。

　　跟著他又說：「Celts 以 I will go 爲單純的未來。美國人的辦法是跟著 Celts 走；而在這件事情上，和許多其他的事情一樣，英國人養成了模仿美國人的習慣。如果我們談實況而不是談規定，就不能再獨斷地宣告以 I will go.表示單純未來是錯誤的。」

　　美國文法學者 C.C. Fries 在所著 *American English Grammar*（1940）裡報告他所作的統計的在敘述句裡使用 shall 與 will 的比例。下面的表是美國人的：

人稱	shall	will
第一人稱	13%	87%
第二人稱	6%	94%
第三人稱	4%	96%

下面的表是英國人的：

人稱	shall	will
第一人稱	30%	70%
第二人稱	22%	78%
第三人稱	10%	90%

在從屬子句裡的 shall/ will 情形也差不多，不另列舉。

這些資料是1940年調查的發現。今天的美國語言學者可以說已經一致承認了 will 的優勢，以及它的可以普遍使用。特別值得在此一提的，是態度極爲保守的 AHD 主編 William Morris 所發表的意見。

他與夫人 Mary Morris 合編了一部報導當代美國用字習慣的字典（HDCU）。這一部字典和 AHD 一樣地聘請一百多位名作家、名編輯、名演說人爲顧問，徵求他們對各種 usage 的意見。與 AHD 不同的是，HDCU 時常列舉某人的某項意見。

該書在 shall/ will 項下說：「這個所謂的『規定』今天幾乎看不到任何人遵守……，主要的趨向是無論第幾人稱都用 will 表示單純未來（I will, you will, he will, etc.）。」

那136位顧問沒有表示相反意見的。

來信的四個例句從實用方面講，句3與4和前兩句有區別。句3與4語調冰冷，如果前後文恰巧也有類似的語調，它甚或有上級對下級的 talking down 的嫌疑。但是它並非一定如此，前後文的語調關係甚大；加一個修飾字就可以消除句3的毛病。Your early reply will be deeply appreciated.就是沒有缺陷的話。

句4最好不用。從上面的兩個表來看，shall 很少使用，而且是常帶了命令式的味道。

句1與2在多數英美國人眼裡無區別。因爲 would 的使用習慣跟著 will，should 跟著 shall。

從實用方面講，我們中國人寫信給外國人應該用哪一句呢？

用句2。用...We should appreciate...。

爲什麼呢？因爲真會英語的人知道 should/would 之爭論的複雜，不會認爲任何一種用法是錯誤的，所以不會認爲我們寫

得不好。自己習慣用 would 的人（占大多數）對於文字的細節多半會持寬大甚至馬馬虎虎的態度，也不會認為我們寫得不好。至於咬牙切齒要保衛自認為英語之正統的人，看到我們用 We should appreciate 會贊許，而看到 We would appreciate 就會很火。

來信沒有提起還有5. We will appreciate an early reply from you.和6. We shall appreciate an early reply from you.的兩種可能。句5與句1沒有可確認的區別，只是有些人感覺句5較為客氣；句6與句2也沒有可確認的區別，也是有些人感覺句6較為客氣。根據上一段所說的道理，我同樣推薦在寫信的時候用句6不用句5，雖然心裡知道句5是更自然、更通用的說法。

從前我在上課的時候，講完 shall/ will/ should/ would 的糾紛以後，一向推薦一個簡單的實用原則：在國內（包括在校、留學考試、求職測驗）一律用 I shall 表示單純未來。出國念書若是到英國，繼續維持不變。若是到美國，立刻翻案，用 I will 表示單純未來，用 I shall 表示意志、決心……。

不要忘記1941年，General Douglas MacArthur 從菲律賓敗退，誓言必要反攻時，說的是 I shall return!他並沒有用 will。

也不要忘記，1965年美國要推翻種族歧視制度的運動者，所用的動人口號是 We shall overcome!

關於 shall/will 之區別，還有一點值得說明的，雖然不在來信所問的範圍之內。

現代美國文法學者 Martin Joos 在所著的 *The English Verb* 裡，提出了許多實例證明他的看法：

受過良好教育的美國和英國人，以及加拿大、澳洲、紐西蘭人，在使用 shall 與 will 表示未來時，並不使用我上面說過的「校方規定」。

他們用 shall 表示將要發生的情況，是與說話人有較密切關

係的，也就是暗示其發生多多少少受說話人的左右或控制，並不管主詞是第幾人稱。他們用 will 表示將要發生的情況，只是說話人根據環境等，知道要發生而已。

Joos 舉了兩個例句說明這一點：（a）You will have it tomorrow.和（b）You shall have it tomorrow.他認為說（a）句的人只是從郵寄時間等判斷「你明天可以收到」。說（b）句的人卻在表示，因為他的安排等等，你明天可以收到。

他的看法甚有道理。但是我要提醒一點：他說的是「受有良好教育的美國和……」。任何國家都有胡亂用字的人。

11-14

下面兩句話的助動詞有單複數形的差別，曾在不同的文法課本看到這兩種不同的使用。那一個是正確的？或是常用的？

1. Does any of you know where John is?
2. Do any of you know where John is?

「any+of+可計數名詞或代名詞」的片語結構用於問句和否定 述句裡，且不能做主詞使用。any 在此處是代名詞；後繼的名詞或代名詞必是複數形。

通常"any"在本結構內要求單數形的動詞，因此句1是正常的，也是常用的。

但說話人如果確知「any+of+名詞/代名詞」所指是多個物件，他會使用複數形動詞。

例如會議的主席詢問與會的代表，有沒有人「附議」（to second a motion），他可能說 Does any of the delegates second the motion?而在他確信大家都肯附議而且會在表決時贊成，他就可能說 Do any of the delegates second the motion?

11-15

為什麼不能說*I want to go to swim.?
*go to swim或*go to hike或*go to shop有什麼不對？

我在來信所舉的句子及片語之前方加了*號；這是語言學研究的國際通用符號，表示其後的文字是不能成立的。

不對的原因很單純。go to 是很常用的字群，其「內聚力」甚強；看到或聽到立刻就知道它的意思是指身體的移動，在 to 的後方應該舉出移動所向的目的地，應該是個名詞或名詞之代用構造，如 go to the beach，如 go to where my sister works 等。

來信舉的 swim/ hike/ shop 都不是名詞。

我想使你有此疑惑的原因，是你誤以為用於原形動詞之前的「be 動詞＋going＋to」是 go to 的一個時式變化。它不是。在 I am going to swim.句裡的 am going to 之地位，相當於表示未來的一個助動詞；此句與 I'll swim.只有含意上的微妙差別，而它與 I am going to the beach.的意思並不平行。後面一句是「我正在去海濱」，也可以用來表示預定的「我將到海濱去」的未來情況。

11-16

動詞beat的過去分詞有beat, beaten兩種形式，請問兩者是否可以通用？

動詞 beat 在今日的英語裡，過去分詞只用 beaten 一個形式。beat 是古代的用法，在詩裡和方言裡也有使用的。

請注意 beat 在下例中是形容詞，意思是「疲勞」；這個是美國口語中使用的，現在很常見：I am beat today.

11-17

在一個公司名稱之後用動詞究竟應該用單數形？用多（複）數形？還是兩種都可用？例如：ABC Company has(have) not fulfilled the contract obligation.

初看這是一個簡單的問題。ABC Company 是一個單元，它賺錢是...is making money，它宣告破產是...has gone bankrupt。

到底我們應該把「公司的名稱」當作單數還是多（複）數名詞來「照應」動詞呢？（文法上叫作 agreement in number 的要求。）

我主張當作單數：因為道理自然；因為大多數美國人都這樣用，而且主張這樣用；因為英國人看了只會以為是「美式」或者「怪」，並不會認為是錯誤。而且我也見過許多英國的文件裡使用單數動詞。

雖然我沒有特別花過功夫研究，我的印象是英國把公司（或機關）名詞當作複（多）數處理的情況，在逐漸減少。我記得在十八世紀 James Boswell 的文章看到他給 the House of Commons（下議院）使用多數動詞；今天只有把 the House of Commons 視為眾多議員的時候才會如此了。

11-18

請問「語氣助動詞」（modal auxiliary）和「助動詞」（auxiliary verb）有何不同？

語言不是先定下使用規則和習慣的；換句話說，任何文法都是從已有長久歷史的語言習慣中整理出來的。被整理的同是一套東西，整理的手法與原則卻是可以人人不同。因此沒有一套英文法是大家公認的英文法。幸好除了少數的所謂現代英文

法研究者以外，大家都在研究的時候考慮到英語的發展史實，
所以各家之說，是大同小異的。

在分析英語動詞的時候（這是一件很麻煩的事），我們會發
現從機能上講，動詞如果分爲「本動詞」（main verb）和「助動
詞」（auxiliary verb）兩類，對於整理的工作大有幫助。（在一個
clause［子句］裡，還有一個「主要的動詞」［principal verb］的觀
念。）

助動詞本身並不能表示意義，而只能表示「本動詞」之行
爲的 tense（時式），mood（法）、和 aspect（相）。我沒有辦法在這
裡也說明 tense, mood, aspect 都是什麼。討論文法的時候，像在
一個球的內部來分析那個球，任何一部分都不能獨立、孤立，
而是和其他部分相連的。

從機能來分，助動詞還可以分爲報導助動詞（以下稱 A 類）
和語氣助動詞（不能用於事實報導，以下稱 B 類）兩大類。這種
分類都是主觀的，也都不是嚴密的。

請看以下的例句。句中的斜體字都是助動詞。句後括弧內
的 A 或 B 指出句中助動詞的種類；

(1)The book *was* stolen.（A）

(2)He *has* gone.（A）

(3)He *did* go.（A）

(4)*Do* you go too?（A）

(5)He *may* go.（B）

(6)He *will* go.（B）

(7)He *can* go.（B）

(8)He *could* go any time.（B）

(9)He *might* go tomorrow.（B）

(10)He *must* go now.（B）

（11）He *should* go now.（B）

（12）I *could* do it if I would.（B）

　　B類的動詞表示的都是說話人的臆測、判斷、估計、願望等，完全不能表現於事實的報導。

　　「語氣助動詞」（modal auxiliary）是英文法學者 Poutsma, Curme, Zandvoort, Kruisinga 等人提倡的，現在已經普遍使用。作此分類極有用處。

　　「報導助動詞」的術語沒有並用的必要，能省略一個就省略一個；我只是提一下作個比較。

　　請注意有很多動詞是兼任「本動詞」及「助動詞」的。例如例13的 will 是「本動詞」，作「留遺言給予」：

（13）She *willed* most of her property to her school.

11-19

1. Do you have any cousins?

2. Have you got any cousins?

3. I have a headache.

4. I've got a headache.

請問句1與2有何區別？句3與4有何區別？又句2、4是否現在完成式？

　　句2與4不是現在完成式。從16世紀開始，have/has got 已經是「有」的另一種說法。句2與4是普通的現在式。

　　句1與2全無區別；句3與4也是。

從使用的場合來講，無論美語或英語 I have got...只能使用於口語，不能用於鄭重的語文裡；而 I have 是不受限制的。

　　句2是美英語都用的。但是句1英國人不用：Do you have....?

或 Does he have....?不是英國人詢問句的構造[1]。他們說 Have you any cousins?

許多文法學者包括 Jespersen, Fowler, Curme 都對 have/ have got 之差別表示過意見。綜合起來講有兩點：一是 have got 是 have 的口語替代說法，可能有加強語氣的效用但非必然；二是替代有些限制[2]。

Curme還指出，have往往特別表示經常的擁有，如He has a blind eye.(眇一目)，而have got會被用來強調近來發生事情的結果，如 Look at John; he has got a black eye.(眼睛被碰或打黑了)。

11-20

請比較下面的句子，並請解釋兩種時式的不同。

---

1 Do you have...在英語裡只可以用於感歎句，如Do you have big eyes!是「你的眼睛真大」。

2 以下的情形裡不能拿have got替代have：

  a. 有助動詞先行時，如You will have time to finish lunch.

  b. 在完成式裡，如I've had no time.

  c. 在have用為不定詞時，如I ought to have a room of my own.(該有自己的房間)。

  d. 在have用為動名詞時，如This is my chance of having a room of my own.

  e. 在have無受詞時，如Have you got seventy-five cents?——Yes, I have.

  f. 在have不是「擁有」的意思時——

    如在以下的習用語裡： have a bath/ have a change(更衣)/ have a dance/ have a drink(飲一杯酒)/ have a look(看一看)/ have a swim/ have a walk....

    如在 have指分享、共進時：We have lunch together every Friday.

    如 在have表示生產時：They hope to have a girl.

1. I have studied German for three years.
2. I've been studying German for three years.

如無前後文之關連，句1與句2沒有區別。

現在完成式（如1）和現在完成進行式（如2）的相同點有二：一是在不指明時間的條件下，用於不遠之過去發生的行動；二是該行動與說話時之「現在」有密切關連。

這兩個時式的差別是：前者大多數情形表示到說話之「現在」以前某點為止，如下面的句3；而現在完成進行式是表示繼續至「現在」，或仍繼續下去，如句4：

3. I have washed the car.（現在很清潔。）
4. I have been resting since noon.（現在還在休息。）

句1因為有 for three years 的修飾，句1也取得了「繼續到此刻」的意義，因此就與句2無區別了。

進一步我們要認識的是，並非一切動詞都能用於進行式，例如 seem；也有一些動詞在作某種解釋的時候可以用（例如 appear 作「出現於公眾面前」解釋時），作其他解釋時就不能使用。

11-21

英文有好多「數目修飾語」，如 a bunch of grapes; a number of children; a group of students, a herd of cattle; an army of ants; a band of soldiers 等。

如果用為主詞，其 be 動詞應為 is 抑或 are？

如果用在 There+be 動詞+an army of ants 的構造裡，be 動詞應為 is 抑或 are？

我從未聽過你所謂的「數目修飾語」這個名稱。在 a bunch of 裡的 bunch 通常稱為「計量名詞」，跟 a box of 裡的 box 有同樣

的作用。因此 a bunch of 會用單數動詞，如 a bunch of large grapes was placed in the plate.(盤子裡放了一串大葡萄)。

a number of 通常是表示複數的修飾片語(後面可計數名詞也是接多數形)，要求使用 are, were, have 等[1]。如 a number of children were caught in the rain.(有些兒童被雨淋了)。a number of 所表示的數量可能相當於 several(不很多，但不少於三個)，也可能相當於 many(很多)。

a group of 究竟是指一個單元還是數目不確知的若干學生，完全要看說話人的觀點，和集合名詞 family 是單數或複數情形相似。通常它是作複數，如 A group of us have decided to hire a boat.(我們當中有幾個人決定了要租一條船[2])。而英國作家毛姆寫過 Over there was a group of tall, fair-haired youths who looked Scandinavina.(在那一邊有一群看起來像斯坎地那維亞人的高高的金髮青年)；在這句話裡，他注重了那些青年的成為「一群、一組、一隊」[3]。在我們使用起來，把 a group of 視為複數是安全的辦法。

---

1 George O. Curme在其鉅著*Syntax*(§8. I.1.d)裡說在 a number of 裡的number，今天不被視為集合名詞，而是被看作有複數力量之複合數詞的一部分，因此要求使用複數動詞。但是，他說在古代英語裡因為number的形式是單數，有時候使用單數名詞。他舉了1380年聖經英譯者Wyclif一個句子：In the Church above in heaven is a number of great saints.(我把句中的古字拼法譯為今文了。)更為值得一談的演變，乃是*Oxford Advanced Learner's Dictionary*所舉的例句。該字典原來在number一項之下列舉A number of books (some books) is missing from the library.在第3版(1974)裡，這個例句仍在，只是把那個is改為了are。前後三十二年的時間把字典編者的想法修正了。

2 Michael Swan, *Practical English Usage* (Oxford, 1980), p. 428.

3 Somerset Maugham: *Christmas Holiday*.

　　a herd/ band of 以及 an army of 的情形和上面一段所講的情
形相似。在這裡我要指出 a band of soldiers 之說法的不友善性；
雖然 a band of 的字典解釋是「中性」的：a group of people joined
together for a common purpose(為共同目的而聚合的一群人)，在
舉例的地方卻只見 a band of robbers/ conspirators。從軍有年，看
a band of soldiers 甚不舒服，因為知道前後文中一定不是講他們
的好話。

　　There is/ are [1] 裡的 There 是句子的「形式主詞」(也被喚為
「導引的 There」)，它表示的是後面要說的事物之存在或發生。
所以它的用 is/ are，完全要看句子真實主詞的是單數抑或複數：
如 There was a bunch of grapes on the plate.和 There are a number of
children in the room who have no books.這是英美受過良好教育者
今天共有的習慣。

　　但是，從前的英語裡也有過把 There is / There was / There's
當作習慣構造使用，不在乎後面的真實主詞的複數(包括數個主
詞的複合)！我們不可以仿學，但要認識它的存在。以下例1出
自莎士比亞的 *Cymbeline*；例2出自 Charles Lamb 的 *Essays of
Elia*；例3出自毛姆的 *Catalina*：

1. There is no more such matters.
2. There was Paul, and Stephen, and Barbara.
3. There was still fire in his eyes and resonance in his voice.

1　華語的「有」包括兩個在英語要用不同方式表達的意義。一個
　　是「擁有」(如在「他們有錢」之句中)，另一個是「存在」(如
　　在「院子裡有兩棵桃樹」之句中)。後一個意義在英語裡不能
　　用 have 表示，而要用 There is/ are/ was 才可以。

11-22

> reference這個字在字典上說明是名詞並非動詞，但是常看到有人在該字後面加"d"作形容詞用，如the referenced。這是一種新的變化用法，抑屬錯誤？

reference 兼作及物動詞使用已經不少年了。

它作動詞使用時，有一個解釋是「爲(論文、專門著作)提供參考書目，或編寫參考書目」，用法如 His thesis is well referenced.(他的論文附有充分註解或參考書目)。

第二個解釋在官式文書以及半官式文書以及模擬官式文體的商業文書裡常見的，相當於 to make mention of，換句話說就是相當於 to refer to：談起、提起、請人注意等。來信所說的 the referenced 就是這樣來的。

我手頭上剛好有一封工程文書，裡面第一句話就有這樣的用例：I have received Mr. H's comments as well as the referenced[*] report.(我收到了某先生的評論以及上述的報告)。

爲什麼不用簡單的 refer，而要把從它衍生的名詞 reference 再轉化爲動詞使用呢？

語言的演變往往不是有什麼道理的，但是這裡我覺得有一個原因。(我是指動詞 reference 的第二解釋。)原因可能是 refer 的解釋太多，我可以舉出11個；而且在指「談起、提到」的時候是作不及物動詞，要使用 to 才能有受詞。

奇怪的是這個常用的第二解釋在大多數英英字典裡都沒有。我只發現1977年出版的英國 *Collins English Dictionary* (Collins, London)裡有它。解釋是 to make a reference(n.) to, refer

---

[*] 相當於the above mentioned

to，舉的例子是 he referenced Chomsky（人姓）。

11-23

Please come in.

多年前在台中美國學校一位教高中英文的美國老師說，句中的Please是副詞，因限於時間未作說明。我曾查閱過五、六本辭典，只見Please當動詞用。

不是作副詞。

簡單地講，Please 在古代英語裡用於請求或命令裡，其解釋相當於 May it please you.（如果這是可以令人喜歡、滿意的）。Please come in.在當時的說法是 Please to come in.＝May it please you to come in.

雖然 Please to come in.已非今天的英語，在方言裡仍很活躍，因此我們還會聽到 Please not to interrupt me.（請勿打斷我的話）的說法，或看到如 Please to ring the bell.（請按鈴、請拉鈴）的文字。

11-24

The astronauts must wear special suits to stay alive there.
為什麼動詞stay後面接形容詞alive呢？

to stay 在這裡跟 to be 是同一類的連結動詞。請看以下的句子：

1. John was poor.

句中動詞 was 後所接的字 poor 修飾或說明主詞 John（名詞）。poor 是主詞補語。

上述的補語也可能是名詞：

2. Mary is a student.

3. She will become a doctor.

像來信所舉的 to stay 一樣，有些連結動詞不是「專任」的。以下各例句中的動詞都是兼任連結動詞的作用——

4. He remained a bachelor.

5. We stand(≅ are) ready to defend our country.

6. Don't get(≅ become)tired.

7. He went(≅ become)purple with anger.

（≅ 的符號表示不盡相同而通常可以互換使用。）

11-25

have作「使役動詞」時，可否用於祈使句？
例如Have your hair cut.是否正確的說法？

可以。Have your hair cut!的要求可能有這樣的回答：Yes, mother, I'll have my hair cut tomorrow.(好的，媽媽，我明天去剪頭髮)。

「have＋受詞＋過去分詞」的構造有其特殊用意，值得注意並且學會使用。下列各例句都特別表示「事實不是我自己做的，是找別人做的，只是沒有說出是誰，因為無此必要」：

I had my hair cut yesterday.(昨天我「叫別人」剪了頭髮。)

I always have my shirts starched.(我的襯衫都是「叫人」上漿的。)

I have my shoes shined every week.(每個禮拜我「叫人」擦一次鞋。)

第十二章
不定詞

12-1

> Money makes the mare to go.（諺）（有錢能使鬼推磨；《大陸簡明英漢字典》mare項下）。
>
> 此句在mare之後接to go。可是在《遠東英漢大辭典》裡，是接go。請問何者為對？

英語傳統的詩除了和中國詩相似的押韻以外，有一項詩之特色，是在每一行裡保持強勢音節與弱音節之次序關係的規律性。

我們用兩個符號代表強與弱的關係，例如 China 是 ' _ ，remember 是 _ ' _ ，delight 是 _ ' 。

在一行詩裡保持 _ '/_ '/_ '/_ ' 是一種常見的格調，如 "The curfew tolls the knell of parting day." —Thomas Gray。

另一個常用的規律性強弱配分是 _ _/' _/' _/' _ ，例如 Tell me not in mournful numbers—Longfellow.這一種節奏叫作「強弱格」或「揚抑格」。

編造 Money makes the mare to go.這句諺語的人為使它響亮、順口、悅耳，想使全句保持無例外的「強弱格」。如果依照近代英語的習慣，在 make 之後的不定詞不加 to，但是如果沒

有 to，這一句話的強弱揚抑就變成了不規律的 '＿/'＿/' '。

多行的詩裡不怕有這種現象，但要使一行字像詩，就要力保揚抑（或抑揚）的規律性，所以添加了 to。

這句諺語歷史已久：Money makes the mare to go.。mare 是母馬，比較跑不快，比較力氣小；諺語說花了錢能使母馬快跑。COD 的莊重解說是 Money provides a motive for action.（錢會產生行動的動機）。ALD（也是英國的）沒有收列此諺語。美國的 AHD、RHCD、WNCD、WNWD 也都沒有。我問了四位美國人（都是有學士以上學位的），都說沒有聽說過，雖然可以了解其意義，可見這句諺語也將成為骨董了。

最初，字典只有 Money makes the mare to go.的一個形式。後來 COD 放寬了標準，使用了…mare(to)go 表示 to 是可以省略的。

這句諺語運用了和我國古詩「雙聲」相同的原理，連用了聲母相同的字，如「磊落」、「玲瓏」，讓音韻和諧悅耳，是本句響亮的另一個原因。

Money makes the mare to go.裡的三個字首之 m 就是這種技巧的發揮；三個 m 為首的音節而且都是強勢音節，當然啟發原作者要保持「強弱格」的節奏了。

12-2

不定詞用於修飾名詞，何時用主動態？何時用被動態？

在一本甲文法書中提到，在 have 動詞所構成的句子裡用不定詞的主動態，如 1. I have nothing to do.；其他動詞的句子用被動態，如 2. He looked at the shoes to be mended.。

另一本乙文法書則說不定詞作形容詞之用法在習慣上以主動代替被動態。

依您的經驗，若學生寫出像
3. I have nothing to be done. 或
4. I have some shoes to mend.
您如何向他們解釋？

剛看來信的時候，我認爲容易回答。結果我已改寫了三次，還沒把握能說得很清楚。

這些不定詞（包括我在下文例句中要用的），無論其形式是主動態還是被動態，其意義都是表示被動的。這一點要先認清。

乙文法書的講法大致可接受，但有例外情形——文法是觀察語言實況找出來的條理——語言實況是說話人的習慣以及傳統，許多文法條理不能無例外。

甲文法書的話不能成立。I have nothing to do. 是正確的話，There is nothing to be done. 也是正確的，Please give me some water to drink. 也是正確的。

附帶分析一下來信所說的例句2，希望不擾亂你對原問題的研究。這個句子在文法上是完整的，在意義上卻不完全。有人對你說了這樣的一句話，你只能有愕然的反應：「他望了要修理的鞋子……」是沒有說完的話。如果加上「就嘆了口氣」之類的說法 He looked at the shoes to be mended and sighed.，才是意義完全的一句話。講文法舉例是不簡單的事。Otto Jespersen 在 *Essentials of English Grammar* 裡，幾乎全部引文學作品裡的句子爲例；有一本只講文章裡英文法的 *A Grammar of Standard English* 的辦法更是嚴格，作者 Jack E. Conner 在卷首部分選錄八篇文章，以後的討論與比較就完全使用那裡面的句子。

從實用的立場講，修飾名詞之不定詞用在句子的敘述部裡，其爲主動態或被動態在意義上幾乎無區別。因此爲了省字

省事，多數人使用主動態：

He was to blame.（＝to be blamed.）

（是他的過錯。）

There is nothing more to see.（＝to be seen.）

（沒有其他可看的。）

She has a house to let（＝to be let.）

（她有房子出租。）

（這種主動態不定詞被 Otto Jespersen 稱為 retroactive infinitive，附帶提出，以供讀者查參考書之便。）

對於學生寫的 I have nothing to be done.的句子，應該說明不算錯，只是美英人士習慣會用 to do.。

對於學生寫的第二句 I have some shoes to mend.的分析比較複雜。如果說話的人是鞋匠，本句無問題。如果要表明是鞋子要找別人修理，可以改為 I have some shoes to be mended.。

最後再補充一點。George O. Curme 從英語歷史觀點分析，說這種表示被動情況的主動態不定詞是「關係子句之凝縮」。在 *Principles and Practice of English Grammar* 裡，他舉了下列的例子：We have not an instant to lose（＝which we can afford to lose）./ John is the boy to send（＝whom you should send）.

補充說明

我說了用主動態或被動態之在意義上幾乎沒有區別，而忘記了舉例。因為有些人誤以為英國人注重學校所教的文法及修辭規則，而美國人馬馬虎虎，這裡我選兩位著名英國作家文章裡的句子：Quickly——there was not a second to lose./ There is not an instanat to be lost.（前者出自 Aldous Huxley 的 *Eyeless in Gaza*，後者出自 Conan Doyle的 *The Memoirs of Sherlock Holmes*）。

連帶的一個問題是既然有兩種使用的可能，英國人和美國人根據什麼來作選擇呢？

一個是憑聲音的是否悅耳來決定，包括音節的多寡以及強弱音節的分布。

其次是要看你要不要強調「被動之狀態」。英國小說家 E. M. Forster 在 *Howard's End* 裡有一處用了 Of course I have everything to learn.；在另一處又用了 Was there anything to be learned from this fine sentence?在後一句裡作者使用 to be learned，是強調其被動狀態；改為 to learn 並無明顯的差別。

Jespersen 在 *Modern English Grammar*(Volume V, 15.2.1.)裡所用的 retroactive infinitive 之觀念，值得再提。他把這個名稱用於如 the correct thing to do 中的不定詞 to do，說這個修飾名詞 thing 的不定詞，以 thing 為其意義上的受詞，其作用是向過去追溯的(retroactive)。只這樣的不定詞，才可用主動態代替被動態。

他另外還舉了許多簡單的例子，如 This is a question to consider later./ The greatest thing to remember is this./ You must give him some bread to eat./ He has a very hard task to perform.

如果被不定詞修飾的名詞或代名詞不是這個不定詞的「意義受詞」，而是它的「意義主詞」，它的主動態就不含被動性質，(它就不是追溯的不定詞)；如 He is not strong enough to swim. 中的 to swim 是以 He 為其意義上的主詞。

12-3

數年前敝人讀一本英文文法書(惜書名已忘)，今留有劄記一則有云：「不定詞修飾名詞時，如句義指一般性概念，該不定詞雖含有被動意義仍用主動形態(如以下各組的a句)；如其句中意義有 certainty/ determination/ necessity/ immediacy 等特別限

定，該不定詞須採用被動形態(如以下各組的b句)」。

1 (a) Let me have something to do anyway.

1 (b) There is something to be done at once.

2 (a) There are no books to read.

2 (b) These are the books to be carefully read.

3 (a) I have a lot of things to think over.

3 (b) These are the very things to be thought over.

對此說法，先生意見如何？

您的治學之勤令人欽佩。

初讀之下覺得您劄記之理論頗有道理，同時也驚訝何以別人沒有提出過這種道理。

仔細再檢討，並且試用另外的句子作比較，我發現它不能成立。

如果只看來信所舉的三組例句，那個理論確似有效。但是(a)類句子(即其中不定詞作主動態的)，照樣能有 certainty(確定性)、determination(決心)、necessity(必要)、immediacy(迫切)等意義；例如：

He has two papers to finish this week.(他在本週內要寫完兩篇論文。)

I have a report to read before going to the meeting.(去開會以前我有一篇報告要先看完。)

This is something to think over because the company's future may be decided by its outcome.(這是要多想一想的，因為其結果可能決定公司的前途。)——這種(a)類句是因為文字內容而產生

的「必要、迫切」等性質。

文字內容也可以使(b)類是缺少「必要迫切」等性質，例如：

This is something to think over at a later date, if at all.(即使要考慮，也是後來要辦的事。)

補充說明

在之前我談到 George O.Curme 以歷史觀點認識「以主動態形式表示被動情況的不定詞」(如句2(a)中的 to read)，說它是「凝縮的關係子句」。

Randolf Quirk 等四位文法學者在共著的 *A Comprehensive Grammar of the English Language* 中，也是沿了這一條路線發展(見§I-85)。他們把放在名詞之後作其修飾的不定詞全部看作「凝縮的關係子句」，稱之爲 to-infinitive clauses，全名是 postmodifying to-infinitive clauses，因爲位置是在被修飾字之後；這種構造分爲 active 與 passive 兩型。

書中舉出了這種構造的使用限制(§17.31, p.1268)。下面例 1，是兩型都可以使用，而且意義上無差別的；例2可用 active 型，而不適於使用 passive 型；例3可用 passive 型，但不適於使用 active 型：

1. The best thing *to do* is this…

   The best thing *to be done* is this…

2. I've got letters *to write* tonight.

   ? I've got letters *to be written* tonight.

3. The animals to be found in Kenya…

   ? The animals to find in Kenya…

12-4

All you have to do is be punctual.一句中的be是不定詞，是否把to省略了？

照文法結構而言，此is後面應該跟有to的不定詞，做為主詞補語。

來信說得正確，但美國人的用法屬於例外。

請看下面例句（引自 William Saroyan, *The Human Comedy*）：All you have to do is **look** around at everybody in this classroom.(你只要看一看教室裡每一個人〔就好了〕。)這句話的主詞是 All you have to do，動詞是 is；以下的 look around...是主詞補語，其中的 look 是沒有加 to 的不定詞（所謂的 bare infinitive），作名詞使用。

在 do 之後的主詞補語如果是不定詞，美語的一個特色就是在這裡多使用 bare infinitive(不加 to 的不定詞)。下面是更多的使用範例：

Now all you have to do is **get** well.(你現在的責任是要痊癒。)

All you got to do is **change** your attitude.(你只要改變態度。)

The only thing to do is **go** right ahead.(唯一的辦法是繼續進行。)

The least you can do is **marry** me.(至少你該跟我結婚。)

All I did in the morning was **yawn**. (早晨我除了打呵欠什麼也沒有做。)

Worst one(此指 a lion)can do is **kill** you.(最壞它〔獅子〕只不過能夠要你的命。Hemingway, *Macomber*)

What I've to do is **get** a capital...(我必須要做的事是找資本⋯⋯Dos Passos, *The Big Money*)

What the plan does is **ensure** a fair pension for all.(此計劃所做到的是確保人人獲得公平的退休金。)

And if a man hates himself, there is only one thing for him to do— and that's **leave**— **leave** his body, **leave** the world...(一個人如果恨自己，就只有一件事可做，就是離開——離開自己的身體——離開這個世界……。Saroyan, *The Human Comedy*)

以上這些例句的 bare infinitives(黑體字印刷的那些動詞原形)都可以加 to，而意義並無改變。英國人加與不加兩樣都用，美國人多半不加 to。

這些不定詞(或不定詞片語)都是句中 do 的說明。如果引介不定詞的不是 do，無論美國人或英國人都不會「省略」當主詞補語用的不定詞之 to。請看下列的兩個例句，(第一句也是Saroyan 的作品)：

All he wanted was **to keep** on making money.(他所要的只是繼續賺錢。)

All I want is **to go** back home.(我所要的只是回家。)

12-5

The road to ruin is all downhill. 句內的 to ruin 是不是不定詞片語，當形容詞用修飾 road？

我不知此句的出處，所以也不知道它會有什麼特別意義。

從字面看，ruin 是名詞(作墮落、滅亡解釋)才能使這個句子有意義：「向墮落去的道路是很容易走的(是全程下坡的)」。

在 ruin 的位置可以換放許多名詞或名詞片語，如 The road to failure / drug addiction/ alcoholism...

ruin 在本句中不是動詞。(換個說法，to ruin 不是用來修飾

The road 的「不定詞」。）

我在這個句子裡用幾個動詞替換本句中的名詞 ruin：

1. The road to enjoy is all downhill.（可以讓人感覺享受的那條道路是全程下坡的。）

2. The road to follow is all downhill.（該走的那條道路是全程下坡的。）

3. The road to barricade is all downhill.（該設置阻絕障礙的那一條道路是全程下坡的。）

以上三例中的 road 實際都是後續不定詞的意義上的受詞。例1中的 to enjoy＝to be enjoyed；例2中的 to follow＝to be followed。

如果來信所述之句的 ruin 是動詞，這句話的意思就變為「該 ruin 的那條道路……」。但是 ruin 作「破壞」解釋用於道路太嫌抽象，自然的英語會說 destroy 或 wreck 等。

所以說 ruin 在本句中不是動詞。

第十三章
動名詞

13-1

在英文雜誌上看到這樣的句子：She seems to like being on the go.

句裡的 on the go 似可直接跟隨在不定詞 to like 的後面，為何要多加個現在分詞 being 呢？

加與不加 being 在中文意思上有何差別？

不能沒有 being。

片語 on the go 具有形容詞的性質，用法如 She is always on the go.（她總是忙碌的）。to like 要以名詞或其代名詞作受詞；being 在此句內不是「現在分詞」而是「動名詞」。在 like being on the go 的結構裡，on the go 是修飾 being 的「受詞補語」。

若是我們把原句的 seems to like 簡化，這個道理會更明顯：She likes being on the go.

13-2

《空中英語教室文摘》裡有這樣的句子：We heard the crashing of glass, the sound of wood being broken apart.

句中用 crashing，為什麼不用 crash？字典記載 crash 有名詞及

動詞兩種用法。

原作者為什麼用 crashing，我們只能猜測。

從修辭的角度來說，記述的文字應求生動。crash 只是大的響聲，或東西粉碎的狀態；crashing 在這裡雖是當名詞用的動名詞(作 heard 的受詞)，它的動詞性質依然存在，所描寫給讀者的是動態的情況：玻璃被擊裂、震裂而發出大的響聲。

13-3

有一些動詞，如enjoy, mind, stop, avoid, consider, finish等，不能用infinitive(不定詞)作它們的受詞，而只能用gerund(動名詞)作受詞；請問這是慣用法？或是另有原因？

假若在寫作時，在上述動詞後接「不定詞」為其受詞，是否被認為是錯誤？

另外也有某些動詞之外，只能接續「不定詞」為其受詞，不能使用「動名詞」，為其受詞，也請一併解釋。

動詞以「動名詞」做受詞

正如來信所說，以 enjoy 為代表的若干動詞只能用於如 Ingrid enjoys reading.的構造裡，其受詞(動名詞 reading)不能以「不定詞」to read 替代。換言之*Ingrid enjoys to read.是不能成立的句子。

它的原因是英語的習慣。少數的幾個動詞雖然有理由可找，但是縱不牽強也甚吃力。

像來信所舉的 enjoy, stop, avoid, consider，以及 finish 等動詞的受詞，在寫作時接續了不定詞為其受詞，是會被認為錯誤的。

　　來信所舉的 mind 在實際使用上，只有在否定句或詢問句裡才會有動名詞作受詞，如 Do you mind closing the window?或 He didn't mind our singing and shouting.此外在以 do 強調語氣的肯定敘述句裡也可以使用，如 I do mind your smoking.。在這些例句裡，mind 的意義是「反對，介意，不滿意於」。

動詞以「不定詞」做受詞

　　有些動詞如 agree, choose, claim, demand, plan 等，可以拿「不定詞」作其受詞，（例如 John agreed to write daily. ），而不能用「動名詞」。其原因也只能說是習慣。

　　有些動詞的受詞是又可以用不定詞，又可以用動名詞，如 He regrettd to leave.和 He regretted leaving.都是正確的，而且意義也無區別，其原因也是習慣。

動詞以「動名詞」、「不定詞」為受詞

　　又有一些動詞之受詞可兼用不定詞或動名詞，但是產生不同的意義。如 He forgot to pay the bill.的意思是「他忘記付帳」；而 He forgot paying the bill.的意思是「他付過了帳，但是他不記得已經付過了帳」。又如 She remembered to lock the door.的意思是「她沒有忘記鎖門」；而 She remembered locking the door.意思是「她鎖了門並且記得鎖了門的那回事」。又如 She tried steaming chicken.的意思是「她（喜歡、或討厭、或擅長……其他方法所烹製的雞），而試驗了或試吃了蒸雞」；She tried to steam chicken.的意思是「她設法蒸了雞」。

　　上面的三對例句裡的「不定詞」及「動名詞」都是作受詞使用。在下列的一對例句裡，動名詞是作受詞用，而不定詞是作表明目的之副詞用：He stopped smoking.的意思是「他不再抽

菸了」，而 He stopped to smoke.的意思是「他爲了抽菸而停了下來。」

根據以上所說的，我們可以把動詞分爲三類：(a)類是只能以「動名詞」作受詞的，(b)類是只能以「不定詞」作受詞的，(c)類是兩者都可以用來作受詞的。

(a)類的動詞就我所知有 acknowledge, admit, appreciate, avoid, consider, contemplate, defer, delay, deny, detest, dislike, enjoy, escape, evade, facilitate, fancy, favor, finish, imagine, include, involve, keep, miss, postpone, practice(practise), quit, recall, recommend, resent, risk, shun, stop, suggest 等三十二個。

(b)類的動詞就我所知有 afford, agree, aim, arrange, ask, attempt, beg, choose, claim, consent, dare, decide, decline, demand, deserve, desire, determine, endeavor, expect, fail, hope, learn, long, manage, mean, offer, plan, pretend, promise, refuse, threaten, want, wish 等三十三個。

(c)類的動詞有 begin, cease, continue, dislike, dread, finish, hate, intend, like, love, neglect, omit, plan, prefer, regret, start, undertake 等十七個。(另外有 forget, need, remember, try 四個特殊的動詞，特殊是因爲以不定詞或動名詞爲受詞，會有不同的意義。)

附屬於(a)類的還有 help(作抑制、阻止解釋)和已經討論過的 mind；這兩個動詞要與助動詞並用。

例如 I couldn't help laughing.(我無法不大笑)；Can anyone help laughing under the circumstances?(在那種情形之下有人能夠不大笑嗎？)另外還有作忍受、經受得住解釋的 stand(也是要與助動詞並用的)，如 I can't stand seeing her cry.(看著她哭是我不能忍受的。)

　　附屬於(c)類的動詞還有一個 bear(作忍受、經受得起解釋)，也是要與助動詞連用的，如 I can't bear to see her cry.與 I can't bear seeing her cry.都是正確的說法，而且意義相同。

13-4

　　Salt helps preserve food from spoiling.(鹽有助於保存食物不致腐壞。)可以改為...from being spoiled嗎？哪種較常見？

　　spoiling 在這裡是動名詞(gerund)：由動詞變化來的名詞，仍持有一部分動詞的性質，例如可以有受詞，可受副詞的修飾，可有完成形式，也可以有被動態形式——如來信所說的 being spoiled。

　　來信的問題所包含的是動名詞之主動態形式和被動態形式，在使用上的區別。

　　並非任何動名詞都有被動態。原來的動詞若是不及物動詞，當然就無由產生被動態。

　　即使意義是被動的，只要不容易被誤解，通常都只用動名詞的主動態：This needs explaining.(這是需要〔被〕解釋的)/ The museum was worth visiting.(那個博物館值得〔被〕一逛。)/ My shirt needs mending.(我的襯衫需要〔被〕修補。)/ If I were as stupid as that, I deserve hanging.(如果我是那麼的愚蠢，我該〔被〕絞死。)/ They have said many things that required saying.(他們說了許多該〔被〕說的話)。

　　莎士比亞的著作裡也不乏這樣的話，如 If you mean to save yourself from hanging.../ ...to watch, like one that fears robbing.

　　在意義會不清楚的時候，才用被動態的動名詞表示被動的行為，如 He is fond of teasing but not fond of being teased.(他喜歡

逗人，但是不喜歡被人逗。）/ I like working and getting paid for it.(我喜歡工作，同時得到酬勞。）

請看在同一句內，可以用兩個主動態的動名詞 punishing 分別表示懲罰與被懲罰：He deserved punishing(被懲罰)for punishing(懲罰)me.(punish 也指嚴厲對待,「整人」、「修理人」)。

來信所問的第一句並不常見。

13-5

How about going swimming?
句中的swimming是動名詞？抑或分詞？作何用途？

go swimming 是現代英語裡常用的構造。在 go 或 goes, went, has gone 等之後的 V-ing 往往是指娛樂、運動等行動，如 go dancing, shopping, hunting, hiking, sailing。go 的意思是去參加或進行某種活動，而且主要是以消遣為目的。

swimming 在此構造中的地位有不同的說法。我認為它在歷史上原為「動名詞」，後來轉化為「現在分詞」，但仍保有與 go 之特別意義有關的特性。

從歷史上講，在喬叟(1340?-1400)的著作裡有相當於 they would go on hunting 的文字；其中 hunting(動名詞)藉了介系詞 on 來表示受詞的關係。這個 on 在「中期英語」裡弱化為 an，然後弱化為 a：在1611年的 *King James Version* 英譯聖經裡，我們可以看到 I go a fishing.的用例。最後這個 a 除了在方言裡，都消失了：例如1946年出版的 *Revised Standard Version* 英譯聖經裡。同句(John, xxi. 3)就變成了 I am going fishing.

在最後的例子裡，fishing 的動名詞性質較不明顯，而比較像是現在分詞。

　　但是這種 go fishing, swimming 和其他現在分詞仍有不同：以 go 表示目的之意味是其特點。你可以說 I went swimming in the pool.，而不能用 running 代替其中的 swimming；從另一個角度看，你可以說 I went running to the pool.，而不能用 swimming 在這個句子裡。

13-6

我經常在教學節目最後聽到美國老師說：
1. We'll be talking about this tomorrow.
他們為什麼不用簡單未來式：
2. We'll talk about this tomorrow.

　　我找不出可靠而且明確的區別來。

　　問了幾位美國人，多數意見認為句1因為用在 verb phrase 裡使用音節較多，在播音收尾使用比較中聽、親切。有人認為沒有如此的感覺。

　　文法學者有人認為句2表示「意圖」，句1無之。

　　也有文法學者認為句1的未來進行式是用於表示預定的近接未來動作。

　　也有文法學者認為未來進行式多多少少的有感情襯托；但是所舉的例子與句1並非同類，如 I'll be forgetting my own name next.(下一步我就會連自己的姓名都忘掉了。)

13-7

I'm never gonna stop the rain by complaining. 中的gonna一字應作何解？

　　與其說 gonna 是土話，不如說是對於一種聲音的寫實紀錄。當然這句話的完整規矩說法是 I'm never going to stop the rain by complaining.。（我單憑抱怨並不能讓雨停止。）

　　美國人說話漫不經意的時候，第一步的簡略是把 going 說成 goin'（這個 goin'的寫法是美英兩國共用的，不但代表了那個讀音的從/ŋ/變成了/n/，而且表示有原來的字母 g 被省略）。

　　第二是把 to（讀/tə/，因為未被強調）的/t/讀得很輕，最後省略了。最後把 goin'中不被強調的 i 也省略，合為 gonna 所代表的聲音，（這個字中的 a 讀/ə/）。

第十四章
介詞

14-1

請問1. agree to , 2. agree on, 3. agree with, 4. agree in的用法，有沒有具體的規則區別？

agree 作不及物動詞時，需要介系詞才能有其意義上的受詞（對象）。該使用什麼介系詞，多少年來的習慣用法都是相當鬆動。

我們這裡要談的，是應該用什麼介系詞能使 English speakers 順利地懂我們的意思，而且不覺得奇怪、或彆扭。但是我不可以拿下述的分析去衡量 English speakers 的用法是否正確。

1. agree to 用於表示接受或同意（一項意見、主張、開的價錢等），如 I don't agree to your proposal.（我不接受你提出的辦法。）注意「agree＋to-infinitive」用於表示同意做一件事，如 They agree to go with us.（他們同意跟我們一起去。）

2. agree on 用於表示在某事情、某觀點上得到協議，如 They finally agreed on the price.（他們終於談妥了價錢）。凡是用 on 的地方，都可能用 upon；取決的條件是使用者的「聽覺」。但是有些 idioms 是只用 upon 的，如 once upon a time 以及 upon my word。

3. agree with 的用法較多：

a. 與人有一致的意見，有同感，如 They agree with each other.
（此句也可以作 They agreed among themselves.），如 You
agreed with us yesterday, didn't you?

b. 人與人的處得來，如 Jack and Jill have broken their
engagement(婚約)，because they no longer agree with each
other.(本句內的 with each other 如都刪掉，意義仍舊不
變。)

c. 物的對人適宜，如 Milk doesn't agree with me.(我喝不得
牛奶)。如 The climate here agrees with older people.(這裡
的氣候對老年人很適宜)。

d. 與……相符合，如 The bill does not agree with our
records.，如 Your report agrees with the facts.

e. agree with 與 agree to 相似，但是有些研究者主張不用於
「接受條件」那樣強熾的「同意」，而只表示「有同意
的看法」，如 I agree with your view.(我同意你的看法)；
如 I can not agree with your leaving school now.(我不贊成
你現在離開學校。)

f. agree＋with(人)＋on(事)，如 I agree with you on the
question.

4. 來信問的 "agree in"，我想不出來有使用的場合。

上面最後一項可能以 in 代替 on，如 I agree with you in your
opinion.。但它並非 agree in 的連用。你見到的 agree＋in 之使用，
可能是誤認了屬於下文的 in，例如在 They agreed in principle to…
句內，in principle(在原則上地)是一個意義的單元，其 in 不附屬
於 agree。

14-2

空中英語教室廣播裡提到，in spite of 及 despite 意思一樣。但前者後面是接 noun phrase，後者只能接 clause。

像這一類的規則有沒有書可查？只能靠自己的觀察？

很不幸並沒有任何一本書可以幫助我們解決諸如此類的問題。還是要靠自己的觀察。

來信所談的 in spite of 與作介系詞時的 despite 之使用法，查用法舉例較多的字典，可以得到正確的結論。

兩者的用法沒有實在區別，除了幾個習語可能出於習慣而應該專用某一個。下面各例句裡在「～」符號之位置上用 despite 或 in spite of 是一樣的：

They went out ～ the rain.（雖然下雨他們還是出去了。）（接 noun phrase）。

They went out ～ what I said.（他們不顧我的話還是出去了。）（接 noun clause）。

We won ～ overwhelming odds.（雖然態勢〔或條件、情況〕對我們極為不利，我們還是勝了。）（接 noun phrase）。

They got lost ～ the fact that they had lived in the area for more than three years.（雖然在那個地區他們住過三年以上，他們還是迷了路。）（接被從屬子句修飾的 noun phrase）。

除了不定詞以外，任何可作名詞使用的構造都能接在兩者之後。

14-3

在一個高中讀本中有一道填充空白的問題，上下文很難銜接。銜接以後也很難解釋：

Fill in the blanks with the proper expression from the list: for, to, in, by, under, without, on.

I did not look forward _____ going to school.

When _____ a fine October day my father _____ the first time put a slate _____ my arm and led me away to the schoolmistress, I cried the whole day there, for I suspected that an end had now come to my dreams and my glorious freedom. In later life, too, my expectations have never got blinded _____ the rosy hue _____ which the New often presents itself: It has always been _____ illusions that I have entered on the Unknown.

Language Testing(語言課程的測驗法)在語言學研究所裡，是到後期才許可選讀的課程，因爲在編製語言測驗之先，要先研究過許多種語言學的專題。

這一段習題是把一段選文刪除數個字，然後要求學生把空白處還原，對於選文的難易未作熟思。

還原以後的原文如下：

I did not look forward <u>to</u> going to school.(我對於上學並未懷有希冀的心情。)

When <u>on</u> a fine October day my father <u>for</u> the first time put a slate <u>under</u> my arm and led me away to the schoolmistress, I cried the whole day there, for I suspected that an end had now come to my dreams and my glorious freedom.(在一個晴朗的十月天，我的父親初次把一塊石板交給我夾在臂下，把我領到學校的女老師跟前時，我在那裡哭了一整天，因爲我感覺到我的夢想與非常可喜愛的自由都已告結束。)

這一段話裡的 suspected 要特別注意，指「懷疑」不過是它的次要解釋。

In later life, too, my expectations have never got blinded <u>by</u> the rosy hue <u>in</u> which the New often presents itself: It has always been without illusions that I have entered on the Unknown.(在孩提時代以後的生活裡，我對人生所抱的希望從未曾被 the New 出現時所時常帶有的玫瑰彩色迷亂過：我進入「未知之領域」時，一向都不懷脫離事實之幻想。)

最後的一大句有許多難譯清楚的地方。the New 可指新時代或新情況或新事物或新觀念。presents itself 指 the New 的登場出現。rosy hue 的顏色被視為健康的表記。

14-4

下面句子裡的outside of中之of是否應該刪掉，使outside the R. O.C.成為修飾前面的charges的介系詞片語？

All charges outside of the R.O.C. incurred under this contract shall be borne by the seller.

從道理上講應該刪除 of。

不過 outside of 也是一個習慣說法，意思可以是「在……以外」，也可以是「向……的外方」。

句子的解釋是「在本契約之下，發生於中華民國境外的費用應由賣方負擔」。

14-5

No sooner had he got to the station than the train started.
1. 此人究竟有沒有趕上火車？
2.「我一上了火車，車就開了。」該用on time還是in time?

1. 不知道。如果是大火車站，他就趕不上了；如果是並無正式月台的火車站，他可以上得去。就常情判別，這句話應該是表示他遲了一步：「他剛到火車站，車就開了。」

2. 如果說 I boarded the train on time. ，是說「準時上了火車」，但此「準時」可能指和朋友約定的某時間；用 in time 表示「未耽誤」，通常就是你要說的意思。

但是這個句子用 in time，意思仍不精確，因為人家還能問你：In time for what? to get a good window seat?

來信所舉的構造可以適用：No sooner had I boarded the train than it started.

當然還有更簡單的構造可用，如 I boarded the train not a minute too soon.或…with no time to spare 或…as it began to move 等。

14-6

　　有一位教授說例句1、2中的due to之使用都是錯誤的，因為due是形容詞，是要放在be動詞之後的敘述形容詞，要用because of替換才可以；句3才是正確的使用。

　　他還列舉了英國詩人James Kirkup對句2之錯誤的嚴厲批判，說它是「無教養的錯誤……是不識之無的明確標誌」(…it is a vulgar error...It is a sure sign of illiteracy.)（原載日本研究社《現代英語教育》1970年2月號）。請問尊意以為如何？

　　1. Due to illness he was absent.

　　2. We had to go by taxi due to a railroad accident.

　　3. His absence was due to illness.

這位英國詩人沒有資格教英文。

due to 用作「複合介系詞」已有多年歷史。美國費城「美國原始國會聚議所」的舊議事廳前的紀念碑是1910年立的，上面就有這樣的用例：Here the Continental Congress sat from the day it convened, May 10, 1775, until the close of the Revolution, except when, in 1766-78, in Lancaster and York, due to the temporary occupation of Philadelphia by the British army.

　　來信所引的 James Kirkup 之專欄裡還說「讀 Fowler 的卓越指導」。他說的 Fowler 是指 H.W. Fowler(1858-1933)影響力鉅大的 *A Dictionary of Modern Usage*。這本出版於1926年的參考書確曾批評 due to 不可以跟 owing to 一樣地當於「複合介系詞」[*]使用，但是多年來英語跟其他語言一樣地發生了許多變化，而且可能比許多其他語言變化更多。在此書的第2版裡，改編者 Sir Ernest Gowers 說 due to 的這種使用不但非常普遍，不但是大英廣播公司(BBC)之播音員自由使用的，而且真實地變成了 the Queen's English。

　　The King's English 原來是書名，是 H.W. Fowler 和其弟 F. G. Fowler 共著而出版於1906年的「上等人之英語」的教本，後來 the King's English 就變成了「標準南英格蘭之英語」。

　　曾受邱吉爾之委託著專書改善英國官場英文的 Sir Ernest Gowers 這裡說是 the Queen's English，不是指今日的標準南英格蘭之英語，而是實實在在地指英國女王 Elizabeth II 所用的英語，因爲他指出女王的「訓詞」裡有過 Due to inability to market their grain...的說法(1957年10月14日)。

　　美國字典對 due to 不再有任何意見已有幾十年。今天的英國字典最多只說其作「複合介系詞」仍有爭辯；*The Collins English Dictionary* 說正式的文章裡還不去使用，並無足夠的文獻依據。

後記

　　H.W. Fowler 本人對於 due to 作複合介系詞不喜，以及對它可能風行之畏忌，是用下列的話來表示的：

---

[*]　他忘記了說他所贊同的owing to也是從形容詞發展為「複合介系詞」的，只是早發生一百五十多年。

It(指 due to 的用為介系詞)is now as common as can be, though only, if the view taken in this article is correct, among the illiterate...Perhaps the illiterates will beat idiom; perhaps idiom will beat the illiterates; our grandsons will know.

（它現在已經是普遍到頂了，雖然只是文字不通的人才普遍使用，如果本文的看法沒有錯的話……可能文字不通的人會擊敗語言正確習慣；可能語言正確習慣會擊敗文字不通的人；我們的孫子輩的人會知分曉。）

看了這段耐人尋味的話有兩種想法：

一個是語言的發展走民主路線，多數人作決定；讓我想到法蘭西學院努力保持法語之純潔是不可能實現的理想。

一個語言正確習慣是隨時在改變的。例如我很怕聽見或看到以「人們」代替「人」、「人人」、「大家」的新用法，但是它可能擊敗過去的語言正確習慣。

14-7

曾聽教授說due to和owing to無異，都可以作介系詞。最近在美國看到1983年出版的一本 *A Treasury for Word Lovers*，在講解due to之使用時極言其非介系詞，認為：

1. Due to bad weather all airplanes have been grounded.（因為天氣壞，所有的飛機都不飛了。）是錯誤使用，要改為——

2. Owing to bad weather all airplanes have been grounded.（意義同句1）才是正確；而due to限於用在如：

3. The cancellation（of all flights）was due to bad weather.（各班機的取消是因為天氣壞）的構造……。

請教究竟孰說可信。

謝謝你的熱心，我去買了那本書。作者 Morton S. Freeman

曾任美國法律學會兼美國律師協會[1]的出版部主任；他寫這本書的目的是幫助美國讀者解決寫作上的若干困惑，包括文法、字之慣用法、標點符號問題等。書的構造類似字典（如 due to 是獨立的一項），一如此類參考書的祖師 MEU[2]。

Freeman 這本書有很多地方相當好，但是對 due to 的看法並不正確。今天美語和英語裡普遍在使用 Due to...（如在例句1中）。

你也不要相信 Due to...只是用在粗人的英語裡，或是只用在甚為隨便的場合，英國女王 Elizabeth II 早在1957年對加拿大國會致召開辭的時候，就用了它：

Due to inability to market their grain, prairie farmers have been faced for sometime with a serious shortage of sums to meet their immediate needs.[3]。

寫此演講稿的人當然是上選的能手。

堅持 Due to 不合格（如例句1），而認為 Owing to（如例句2）合格的人忽視了英語的歷史。從前 owing 也一度純為形容詞，使得 owing to 的用法限於如下面的例句4之所見：

4. All this was owing to ill luck.（這一切都是運氣不好所致）。

文獻裡最早出現 owing to 被承認作介系詞使用是1695年。擺在句首的用法有例句2的樣式，擺在句中例子有如下：

5. All airplanes have been grounded owing ot bad weather.（意義同句2）。

在其被「承認」以前當然已有一段通用的時間，特別是在口語裡。

due to 從純爲形容詞片語（見例句3）轉變爲介系詞，當然也是先發生在口語裡。它在初次被英國字典承認[1]，是在《牛津大字典》(OED)的1933年增補本(Supplement)裡，說它是 frequent in U.S. use(在美國使用頻仍)。《簡約牛津字典》(COD)在1975年版就正式承認了它在英國英語中的使用，舉的例是——

6. ...was late due to an accident.(……因意外事故而遲到)。

1982年的 COD 使用同例[2]，而特別另用 Due to 標明它也可以放在句首[3]。

美國字典自1950年以後，無不承認 due to 是介系詞；這是我以前在《閑話英語》所說的。該書是我爲趙麗蓮教授主編之《學生英語文摘》所寫雜文的合集，其中不無過時之處，但對 due to 的說明並不需要修改。

14-8

Export of aluminum products shall be prohibited from June 5.
在這句話裡用from是自然的英語嗎？有人說一定要把from改爲as of，正確嗎？改了as of以後，句子的意義豈不是會改變？

---

1 美國Merriam-Webster Inc.的資料裡發現due to作介系詞的最早「使用」是在第十四世紀；從1960年以後，這家公司的字典只管「報導」字的使用，不再談該不該用的問題。

2 初學使用英英字典的人要知道字典中舉例的許多可示明一字、詞、片語之使用的「例句」，並非完整句，也不需要完整句。像前文的例6在COD裡只寫了was late due to an accident；在這裡加個主詞並無好處，而只是浪費篇幅。有的時候「例句」的標點符號(包括何處該用大寫字母)也是不完全的。

3 仍有落後的字典還在說due to不可作介系詞，如英國的*Chambers 20 Century Dictionary* (Edinburgh, 1983)。

《大陸簡明英漢辭典》裡說as of是「到現在」，並不等於from；
字典難道錯了？

　　as of的意義到底是什麼？我查Random House及Oxford及《遠
東英語大辭典》都查不到。一位教授說是「到……」，並且舉
一例句：The balance of your checking account is $200 as of June
30.；大學的一位美國同學說是on the day的意思。我朋友在他學
校圖書館查一本字典說as of的解釋是at or on(a specific time or
date)，並舉例句The rule takes effect as of July 1.

　　as of的解釋在 WNWD 裡最完整：up to, on, or from(a specific
time)。其他字典或欠完備，或是疏於收列。《大陸辭典》僅僅
舉了第一解釋，而且不妥當地用了「現在」字樣。

　　同一個介系詞 as of 如何可以作「到(某指明時間)為止」、
「在(某指明時間)」、和「從(某指明時間)開始」？不成問題。
句義可以使情況明晰。

　　來信所舉的第三個例句 The rule takes effect as of July 1.的時
式是現在式，其性質是指將來，所以意義必是「本規則於七月
一日生效」。因為「生效」的動詞性質有延續性，本句無論中
英文都可以指「本規則自七月一日起生效」。

　　第二個例句 The balance of your checking account is $200 as of
June 30.的內容，足以決定 as of 的意義是相當於 on：「你的支
票存款帳戶的存額在七月一日是$200」。解釋為 up to(到七月一
日為止)並無任何區別。

　　英文單字或字群解釋的被字典收列需要很多的時間。as of
被 WNWD 列為「起源於美國的」。第6版的《簡約牛津字典》
已經解釋了它，說是 as from, as at(date)，並且說第一個解釋主
要為美國用法。但是較晚出版的《牛津美語字典》卻只列出第
二個意義，「在指明的某日」at the date mentioned，所舉例句是

That was the position as of last Monday.(那就是上星期一的情況、立場)。

把「鋁製品自六月一日起禁止出口」的觀念寫爲 Export of aluminum products shall be prohibited from June 5.並無缺點；把其中的 from 改爲 as of 也是正確的，只是後一用法在美國的官場文字裡比較多見。

附帶解釋一下，信中所提美國朋友所提供的另一例句雖然構造上毫無缺點，說「我在六月五日收到你的信」而使用 as of June 5，卻是十分彆扭。(我都不敢把英文原句寫出來。)這是一個 as of 與 on 並不能百分之百互換使用的實例。

14-9

介詞for與to能否請您簡單扼要的分析一下正確的用法。

所問的前一半容易解釋。在淺顯簡單的英語裡，介詞 for 和 to 有一個地方可能讓初學的人困惑，但是經過比較以後，不會再成爲問題。

在例1裡，for 所表示的是火車的「目的、方向」，而在例2裡，to 表示確實到達。

1. He will catch train for New York.

2. He will catch the train to New York.

例1說「他要趕上朝紐約方面開的列車」，內容並不足以說明那列車是否到紐約去的，而例2說明了「他要趕上到紐約的那一列車」。

另外一個可能把 for 與 to 弄混的地方，(可能性卻是不大)，是如以下各例所示。介詞 to 的後邊的名詞(或代名詞)，乃是主詞之行爲直接所及的對象(如以下單數例句中所示)；而在介詞 for 之後的名詞或代名詞，和主詞並無直接關係，(如雙數例句中

所示）。

    3. John spoke to the class.（John 對全班講話。）

    4. John spoke for the class.（John 為[或代替]全班講話。）

    5. 1 read a letter to him.（我讀了一封信給他聽。）

    6. I read a letter for him.（我替他讀了一封信。）

14-10

在英文報上看到有這樣的一段敘述：

    1. It is easily taken advantage of by many people with political interests.

我的印象中是介系詞後面應該不可以再接一個介系詞。請問這一段有 of＋by 的句子結構是否正確？

    先看句1。它是個被動態句，其中之 it 必指此句之前文所說而來信未列舉的某事物。把句1按照普通變化習慣成為主動態，就是下面的句2。

    2. Many people with political interests easily take advantage of it.

    句2是意義與構造皆明顯的：「許多有政治目標(興趣、旨趣)的人很容易利用它」。其文法正確性無可責難。但是把句2變為句1時，就增添了必須具有的 by，而此 by 的位置只有在 take advantage of 之後。

    taken advantage of 如果用意義相近的 exploited 取代，我們會清楚地判定 by 的位置並無改變之可能。

    介系詞可以運用，並無禁忌。是凡如句1那樣「自然地」發生之運用，都是正確的。例如我們可把句2略加擴充，使它成為：

    3. Many people with political interests take advantage of it with alacrity.（其中的 with alacrity 等於 quickly and eagerly）。

把句3變爲被動態時，就會產生 of＋with 的連用：

It was taken advantage of with alacrity by people with political interests.

來信所說「介系詞不可連用」的說法是出於誤會。誤會的原因是在「土話」裡，有一些被視爲非上等英語（good English）的說法裡，含有無道理的、多餘的介系詞，如*Jumping off of my motorcycle 其中的 of 應該刪除，因爲它不合邏輯，因爲它無用，並不是因爲兩個介系詞不得連用。

在下一則答問裡我還要談贅述的介系詞。

14-11

在一本廣播英語教材裡看到了

Jumping off of my motorcycle的說法。爲何在off之後還接一個of？是否錯誤？

這個 of 無意義也無作用，不應該使用。不過美國人在隨便說話的時候，使用這種*jump off of構造的人並不希罕。這不是我個人有限的經驗之結論。我說「並不希罕」是因爲有不少本教美國人說及寫"good English"的書[*]，都告誡讀者不該這樣用。

書中舉的例子還有*stepped off of the sidewalk，*walked off of the stage 以及*Take your feet off of that stool.

of 在美國口語裡還有與 off 無關的一種濫用、贅用，如…is inside of that house 和 The matter is outside of my control.這兩個 of

---

[*] 例如 Norman Lewis 的 *The New American Dictionary of Good English*（1987）；如 William and Mary Morris的 *Harper Dictionary of contemporary Usage*（1985）；如 Robert Clairborne 的 *Saying What You Mean*（1986）；如 Theodore M. Bernstein 的 *The Careful Writer*（1965）。

都是該刪除的。

14-12

美國雷根總統曾在（1984年8月）廣播試音時，説了要轟炸蘇俄的玩笑，請問他説的We begin bombing in five minutes.是五分鐘內，或五分鐘後？

Webster's New World Dictionary（2nd College Edition）對 in 的解釋是at, before, or after the end of。

請問一般情形應如何判斷指的是before抑或是after？

請看來信所引的字典解釋，如把那 five minutes 引進去，解釋就可以延伸成為——

1. at the end of five minutes

2. before the end of five minutes

3. after the end of five minutes

解釋1是整整五分鐘以後。

解釋2是在五分鐘以內。

解釋3是至少過五分鐘。

答覆是無法判斷。其他字典都是同樣的籠統。

從常情推論，雷根的玩笑話應該是指第1個解釋。

14-13

1. Look at this picture.可否寫成Watch this picture.？

2. to watch TV和to look at TV是否一樣可用？

1.沒有特別的緣故不能說 Watch this picture：它會動？會變色？會噴水出來？Watch= to keep looking at。

2. to watch TV 是「收看電視節目」。如果說 to look at

something 只是去「望它」，而 TV 並非「電視機」，若想說「看
一看電視機」，要說 Look at the TV set (TV screen).

14-14

　　美國教授說下面兩句話沒有什麼區別。那也就是說句中的
for可以省略。請問是否凡表示一段時間的副詞片語中的for都可
以省略？如果不是如此，我們在何時可以省略for？何時一定要
用for？

　　1. I waited for six weeks.

　　2. I waited six weeks.

　　下面的第一句話(即句3)我們知道是正確的；請問第二句
(即句4)是否也是正確的？

　　3. I haven't lived here for ten years.

　　4. I haven't lived here ten years.

　　如果它是正確的，為什麼下面一句話中的for不可省略？

　　5. I haven't seen her for ten years.

　　我們的美國教授說不可省略，但他解釋的道理我們聽不懂。

　　這兩個問題有關連性，要合併回答。因為擔心講不清楚，
所以準備分段落解釋。

　　有一個原則要先強調。因為英語不是我們的母語，我們要
比較保守地使用英語。在如上記之 for ten years 的所謂「期間副
詞片語」裡，除非我們確知其中的 for 是「應該省略的」(見下
文 I)，最好不要省略；在把英語學好以前，可以不去管那個 for
在何處「可以省略」的問題。

I. 應該省略 for 的場合

　　有一些「期間副詞片語」經常不用 for。以下是我能想到的

一些：

    6. They worked all day.

    7. It rained all night.

    8. We studied all week.

    9. The weather was bad the whole day.

    10. The children watched TV the whole evening.

「期間副詞片語」若是在 be 動詞之後而在一個形容詞片語（或副詞片語）之間，如句11所示，經常會把 for 省略掉，雖然我沒有證據說是一定要省略：

    11. Our country had been three years at war when I finished college.

II. 可以省略 for 的場合

以英語為母語的人（所謂 native English speakers）時常會把期間副詞片語中的 for 省略，但是同句的動詞通常是要有延續性質的，如句1及2中的 wait 與句3中的 live。

這一類動詞常用的有 be, continue, have, keep, know, last, lie, live, remain, sit, stand, stay 等。其中的 last（見句12）、live（見句13）、stay（見句14）、wait（見句2）都有強烈的趨勢使後續的期間副詞片語的 for 省略。

在下面的例句裡，for 字都改在圓括弧裡邊：這是語言研究常用的符號，表示它可以存留，也可以省略。

    12. The conference lasted (for) a week.

    13. Do you think I could live (for) another decade?

    14. She stayed (for) five days in Seattle.

III. 不可省略 for 的場合

上述的「有延續性動詞」並不保證其句中的期間副詞片語

可以省略 for。有幾個例外：一、該片語是在句首，通常就要用 for，如例句15及16；二、該片語位於「敘述(述語)名詞」之後，如例句17及18。

15. For three days he waited patiently.

16. For seven years they lived in poverty.

17. She has been my close friend for twenty years.

18. He was a soldier for many years.

有一些動詞表示「一時」的性質，爲了表示其時間的延續，需要使用 for 來引介那一段時間的說明，表示運動、行動的動詞屬於此類：

19. They came here for two days.

20. We went to the mountains for a week.

21. I left the room for only a minute.

這種「一時」的動詞的句子如果是否定的，句中的期間副詞片語就必須使用 for。來信所問的句5不可省略 for，就是這個道理；因爲句中的動詞 see 是屬於「一時」性的。

22. We didn't talk for an hour.

23. Nobody has heard from him for almost a year.

上面我們看到的期間副詞片語大多數的構成是「for＋形容詞＋名詞」；如果其中的形容詞被省略，那個 for 通常不被省略。

24. The Watsons lived here for ages.

25. He taught English for years.

26. They practiced for months.

27. It has rained for days.

IV.補遺

寫到清晨三點又想到了還有該解釋的。在此補記。

古代英語的遺跡

古代英語裡的名詞跟代名詞一樣地有「格」之字形變化，像今天英語的 we(主格)，us(受格)，our(所有格)……，只是更為嚴謹，因為作「直接受詞」有「直接受格」(accusative)的變化形態。(今日的德語仍有這許多格的變化)。

美國文法學者 George O. Curme 在其鉅著 *Syntax* 裡(§16.4.a)，講到古代英語之名詞有三格被用為副詞。其中保持到今日的一個是「直接受格之用為表示範圍的副詞」。他舉了十二個例子，其中與我這次答問有關的(即時間之範圍的副詞)是──

　　They remained a long while.

　　They remained three years.

這兩個副詞片語就是我們討論的「省略了 for 的期間副詞片語」，可見其由來已久。

事實上 a long while, a moment, a minute 等片語已經是獨立的期間副詞片語，並不需要 for 來引領，如

　　Wait a moment.

　　She has studied a long time.

句3與句5的再比較

　　3. I haven't lived here (for)ten years.

　　5. I haven't seen her for ten years.

在前文裡我說句3的動詞 live 是有延續性質的，因此 for 可以省略；而句5的動詞 see 是一時性的，所以在否定句裡一定要有 for 才能表示 ten years 之延續。

現在我們從意義方面另作比較。

句3的 for ten years 是指十年的延續時間。句5裡的不是；它所指的是十年辰光的計量。句5的意義可以改寫為 I haven't seen her in ten years.也可以改寫為 I last saw her ten years ago.

　　所以在句5裡的 for ten years 並非期間副詞片語。

　　再看兩個否定句都否定了什麼。句3的 not 所否定的句子是 I have lived here for ten years.——這個句子是有意義的話。

　　句5把 not 拿掉以後，所留下來的 *I have seen her for ten years. 是無意義的話。(把*號放在一句話或一個獨立的片語之前，是表示這句話或片語不能成立。這也是語言研究的通用方法和標記。)

第十五章
句的結構

15-1

John was sure that the weather would clear up. 句中 that 所引領的子句，究屬名詞子句，或是副詞子句？如果是名詞子句，是作「補語」用，或是作「受詞」呢？

它是名詞子句，作形容詞 sure 的受詞。句中的 was sure 有 believed 的意義和地位。關係代名詞 that 可以省略，無論是在說話或文字裡。像 sure 那樣的形容詞作敘述用法的時候，有數種方式可以有「受詞」。以下舉例中形容詞用黑體字，其受詞用斜體字。

有些是直接加受詞的。如 This book is not **worth** *a penny*.(這本書不值一文)；The airport is **near** *where we live*.(機場離我家近)；It looks **like** *rain*.(像要下雨的)。(最後一句也可以作 It looks **like** *raining*. 兩者都是自然的說法。)

有些是附上介系詞再接受詞的。「be+形容詞+介詞」的構造相當於一個及物動詞的意味。如 John is **fond of** (=likes)*music*.(John 喜歡音樂)；She **is afraid of** (=fears) *making mistakes*.(她怕犯錯)；You can **be sure of** (=believe) *his honesty*.(你可以相信他的誠實)。

形容詞 sure 之後的受詞如果是像前例中的單字或片語，就需要用 of 幫忙；如果是個子句(如來信所舉的例句)，就可以直接連接。

15-2

Handsome is as handsome does.——字典裡說這句話是諺語，意思是「慷慨即是漂亮」。請解釋這句話的文法構造，因為實在看不出來。

很多從前的諺語逐漸地在被淘汰。多數英漢或英日字典所收列的字，是根據舊日的英英字典而來，難能除舊。來信所引的諺語，在美國二十年來所出版的字典都不再收列。我說明這一點不是反對認識諺語，也不是反對認識早些年的英語，而是要告訴讀者，學英語和學別的知識一樣，要有先後緩急的次序。抱一本諺語集(或熟語集、或 slang 字典)去背，不如學習活的、有前後文關連的英語來得有效。

從文法分析的立場來說，這句諺語卻是很有趣的。Handsome is as handsome does.的意義是來信中所說的；它的涵義比表面的意思深一點，是「行為慷慨的人才是(真)漂亮的人」，是「行為(或內心)比外貌重要」。

這句話裡的 as (=he who)是「複合關係代名詞」。實際上這句諺語還有第二個形式，是 Handsome is that handsome does. as 與 that 有同樣的文法地位。

句中的第一個 handsome(因為在句首，h 變成 H)是形容詞，意思是有風采，轉用為名詞指有風采的人；第二個 handsome 是副詞，意思是慷慨地。

若是譯作今日的英語，第一步會變成 Handsome is as (或that)handsomely does.，第二步就可以變成通順的話：Handsome is he who does（＝behaves, acts）handsomely.

ALD 解釋此諺語用的話是 A fine person is he who acts generously.

原句中的第二個 handsome 可以改作 handsomely。把通常有 -ly 字尾的副詞節縮爲無此字尾的形狀，是許多學者認爲不妥的。有人還指爲卑俗的（vulgar）用法。這種看法缺少客觀的根據；Shakespeare 用過 The moon shines bright.（*The Merchant of Venice*），用過 I am marvellous hairy about the face.（*Midsummer Night's Dream*）；Tennyson 用過 Glad did I live and gladly die.

這個現象叫作 flat adverb。美國的比較普遍使用實在是保存了古風。

15-3

在 On the table inside the room was a box of cigars.這個句子裡，在 room 和 was 之間，是不是少了一個 there？

有沒有 there 都是對的。

沒有 there，此句是「主詞＋敘述語」之常用構造的倒裝。（依常用構造本句是 A box of cigars was on the table inside the room.）

有 there 的話，此句的非倒裝構造是 There was a box of cigars on the table inside the room.

這四種可能的構造都是自然的。

15-4

這裡有一個難解的句子：Into the magnificent hall lit be torches and packed with courtiers strode Joan, and, going directly to the Dauphin, knelt at his feet.（錄自 Louise Redfield Beattie 所作的 *The Miracle of Saint Joan*）

可否將此句的結構分析一下？

第一，此句有一個錯字。lit be torches 是 lit by torches（被火炬照亮了的）之誤。

本句的主詞 Joan（被前人從法語的 Jeanne d´Arc 譯作了「聖女貞德」）有兩個動詞。一個是 strode（大步地邁進了），一個是 knelt（跪下了）。

但是前一個動詞被用在「倒裝」的句法裡：Into the magnificent hall lit by...strode Joan...（貞德大步地邁進了被火炬照亮、擠滿了廷臣的華麗大廳……）。

後一個動詞被放在主詞 Joan 之後，「and, going directly to the Dauphin, (Joan) knelt at his feet.（然後 Joan 一直走到太子那裡，在他的腳前跪了下來）。（在1349至1830之間，法國國王的長子稱 dauphin.）。

15-5

請解釋下句的斜體字部分：When we use a phrase like "it serves him right." we are in part admitting *that a certain set of circumstances has enabled justice to act of its own accord.*

先談正楷字體之部分。它的意思是「在我們說如『活該！』之類的話的時候，我們（的態度是）多少承認 that a certain set... 」。

這一部分裡的 phrase 一字值得注意；它不指片語，而是指慣用句。

It serves him（或其他的人）right. 是說某情況剛好是某人該獲得的公平報應；其中的 It 所指的，是說話人與聽者都知道的事情。但只能讀到來信所舉文句的人卻是不知其何所指。

要了解斜體字部分的意思，第一要知道其中的 justice 的抽

象觀念作了擬人化的使用，變成爲「公道之神」或「正義之神」之類的。to act of its(或 her 或 his)own accord 是「自由、自發地採取行動」。

斜體字部分的大意是「(承認)若干情況已經使得「公道」能自發地有所行動」。也就是說人人或事事難逃公道。所說的 a set of circumstances 與 circumstances 只有修辭方面的差別。

15-6

請解釋(1)people hearing without listening，以及(2)people talking without speaking。

無前後文章(所謂 out of context)的句中，往往有看不懂的困難。

第1句沒有問題。to hear 的基本意義是「心不在焉，聽而不聞」中的「聞」，是音波在空氣中的震動使得聽覺神經知覺到聲音的存在；to listen 是引句中的「聽」，是以察覺聲音爲目標而做的努力。(hear 也有與 listen 同樣指「聽」的使用，例如 Hear what he has to say.；但 listen 並沒有「聞」之解釋。)

這句話的意思是說那些人並沒有打算要去聽，而聽到了某聲音或話。

第2句我看不出來特別的意思。有一個可能是把 talking 看作開口出聲音，而把 speaking 看作說有組織或有意義的話。但是這種表達法不算清楚。

15-7

請教下句的意義：

It is with ideas as with pieces of money; those of least value generally circulate the best.

這是一句有諷刺性的話。

It is with ideas as with pieces of money...是說「觀念的遭遇和錢幣的遭遇相似」。其中的 It 指下文所說的情況。用 pieces of money 是要讀者注意所說的許多枚錢幣。

共同遭遇的情況是什麼呢？...those of least value generally circulate the best.——價值最低的錢幣作最高度的流通，價值最低的觀念作最高度的流傳（最為人所知曉）。

15-8

讀《馬克吐溫散文集》，其中一段(用斜體字印出的)英文甚費解，煩請撥冗指疑。其原文如後：

Think what tedious years of study, thought, practice, experience, went to the equipment of that peerless old master who was able to impose upon the whole world the lofty and sounding maxim that "truth is mighty and will prevail"——*the most majestic compound fracture of fact which any of woman born has yet achieved.*

我們先搞清楚 Mark Twain 的諷刺文字所談的主旨是什麼。

他說 Truth is mighty and will prevail.這一句話是一位無與倫比傑出的人硬逼了全世界接受的(impose upon the whole word)。

他說:「這一句高尚、聽起來很響亮的箴言(lofty and sounding maxim)是那個人經由多年冗長時間的(tedious years of...)研讀、思考、練習、經驗，才能獲得能硬逼了全世界……的能力。」

went to the equipment of的意思是「花在了使……有能力、知識等上」。在這裡 equipment 相當於 equipping，指 to equip 的行為。

對那句箴言，馬克吐溫作很低的評價。他不認為 truth(真

相、真實、實情、真理)是有力量或會戰勝的。他認爲那句箴言是對事實的最冠冕堂皇的破壞；這裡他用骨頭的折斷(fracture)來描寫此項破壞，而且是「複合性骨折」(compound fracture)。

這樣的說法仍不能使馬克吐溫止怒。他更進一步說作此項(fracture of facts)的程度之深，是自有人類以來做得最厲害。「人類」他形容作「是凡婦人所生的」(any of woman born)。

讀者把馬克吐溫的這一段文字再讀一遍就不會感覺困難；也就會同意翻譯能優於原文「雖然罕見」，能劣於原文「常見」，而無法與原文保持同樣的意義而同時傳神。

15-9

> 在您主編過的刊物裡有這樣一個句子：...are much too good to be wasted on children.被譯作「給兒童都屬於太浪費，因爲是很好的著作。」文意似乎有問題。
>
> 鄙意覺得此一譯句有問題。too...to乃「太……而不」的意義，故應譯作「都是很好的著作，給兒童閱讀亦不致被糟蹋。」這樣才能承接下一句「一切好的故事，欣賞起來不是只有一個水準」。不知以爲然否？

很高興您如此細心地讀過這本雜誌。

譯文並沒有錯。too...to...的結構並不是一個固定的公式。它的意義也包括「太……而不應該」，「太……而不能」。這句話如果譯作「……不該浪費在兒童上」，情形會更清楚一些。

與下一句「承接」並沒有困難，因爲上一句開頭就說了 I, for one, almost feel that Grimm's Fairy Tales...are much too good to be wasted on children.作者只說「幾乎覺得……」而不是肯定地說自己有此感覺。

15-10

1. *I planned to have taken a trip last year.是正確的句型嗎？

是否可以用to have taken表示過去未實現的事？此句是否解釋為「我去年打算做一次旅行」（只是別人不知道我到底有沒有去）？

2. I planned to take a trip last year.的句型可以成立嗎？其解釋和第一句相同嗎？

句2：I planned to take a trip last year.是正確的句子。

其意義可能是「我(在過去某未說明的時間)計畫過要在去年做一次旅行」；或「我去年計畫要做一次旅行」。（如果我知道寫此句的人思想縝密，而且在英語上頗有造詣，我會認定第一個解釋是正確的，因為 last year 之位置使然。要使讀(或聽)者確知是第二個解釋，應該把 last year 的位置搬動，使此句成為 Last year I planned to take a trip.

在兩種情形之下，都未確言「做旅行」的事到底實現了沒有。

用 to have taken a trip 之構造的句1是荒唐的，是不能成立的。因為在(假定)去年的六月裡計畫在去年元月做旅行，是無道理的話。

句中的 to have taken(不定詞的完成式)所表示的時間，應該是在主動詞所表示時間之前。

15-11

如要表示「請示知到達時間」，應該用句1抑或句2？

1. Please let me know when you arrive.

2. Please let me know when you will arrive.

要用句2。

句1的意思是「請在到達的時候告訴我」。告訴什麼也不明確：可能是「告訴我你到了」，也可能是告訴另外的事情。

在句2裡，when you will arrive 是名詞子句，作 know 的受詞。如果以名詞片語 your arrival time 代替這個子句，本句意義並不改變：Please let me know your arrival time.。

名詞子句的時式要和意義一致，句2所指的到達時間是未來的事情。如果你想說「請示知昨晚到達時間」，就要改變子句裡的時式成為 Please let me know when you arrived last night.。

在句1裡的 when you arrive 是副詞子句，用現在式表示未來。理由據 Otto Jespersen 的解說是因為主句之動詞已經確定了「未來性質」。他在 *Essentials of English Grammar* 裡舉了一個甚有趣味的例句，要讀者認清句中兩個子句的區別：

We do not know when he will come, but when he comes he will not find us ungrateful.(我們不知道他何時會來，但是他來的時候不會發現我們是不感激他的。)

15-12

1. *Eager to get a promotion*, Mr. Lin works harder than ever.
2. Mr. Lin works harder than ever, *eager to get a promotion*.
3. Mr. Lin, *eager to get a promotion*, works harder than ever.

上面三例是否皆無錯誤？如果斜體字的修飾語的位置發生了錯誤，錯誤是不是所謂的dangling modifier？正確位置之選擇，是端靠句中文意及使用習慣來決定？還是另有較好的方法可以用來判斷正誤？

三個例句都正確，都讓讀者瞭解「林先生因為希冀晉升而

勤勉有加地工作」；每一例中的修飾語都能被讀者清楚其所指的對象。

例2裡所放的位置使讀者覺得補充、追加的說明，如果造句人的原意不是如此，不該用此構造。例3的修飾語也是類似情形。例1比較正常。

修飾語的「誤植」有兩種可能。一種是因位置遠離被修飾者而產生的，在修辭學上作 misplaced modifier，如下例：

（×）We were surprised to see a field of blooming azaleas coming down the hill.

（∨）Coming down the hill we were surprised to see a field of blooming azaleas.

誤句中因修飾語位置放錯了，使讀者認為意思是「我們驚見一片盛開的杜鵑花從山上走下來」。

dangling modifier 所指的錯誤，是句中並沒有被修飾字。下面的誤例中的修飾語應該指人，而句中並沒有人；修正的方法是保留修飾語而改動主句：

（×）After-eating a hearty dinner, the dishes were washed.

（∨）After eating a hearty dinner, we washed the dishes.(dishes 在此處相當於「餐具」。)

有些時候改動修飾語較為妥當，如下例所示：

（×）At the age of six, Mary's family moved to Boston.

（∨）When Mary was six, her family moved to Boston.

語言是意義的符號。語言受意義的支配。文法、修辭及字典之解釋都是以確保意義能清楚表達的工具。

請注意有修飾語以全句而非其中一詞為對象的，並非錯誤。修辭學上叫它作 absolute phrase(獨立片語)，其構成是分詞加上它的被修飾字。獨立片語跟主句只有意義上的關連，並無文法關係，如下例所示：

His voice trembling with anger, he orderd us to leave.（他的聲音因憤怒而發顫，他命令我們離開。）

John slept there, his head covered with a newspaper.（John 睡在那裡，頭上蓋了報紙。）

15-13

在下列的對白裡，That would be telling. 共出現五次，我無法確實明說這句話的真意。

S：You are Smith, known as the "Dancer."

D：How do you know that?

S：That would be tellng...

S：People always take me as a thief.

M：Are you?

S：That would be telling...

M：Are you having me followed? Why?

S：That would be telling...

M：Simon, where is the real jewel?

W：Why, Miss Mary, I'm amazed at you. That would be telling.

在五個地方 That would be telling. 是否可做不同的解釋？比方說是「恕難奉告」與「那還用說」這兩種不同的意思？如是，是否就要去揣測說者的意思？

我們經常要揣測說者或作者的意思，因為言語往往不能充分達意。但是在來信所舉的五處對白裡，That would be telling. 只有一個解釋。雖然問者未作說明，看來這五組「對白」是出自一個戲劇腳本，而且其中的 S（Simon）如非 Simon Templar 也是類似的腳色。

tell 作不及物動詞使用的解釋之一是「洩密、揭底牌」；五

處的 That would be telling. 都是「那樣不就是洩漏了秘密嗎？」。
譯作「恕難奉告」之類的話，只要前後文的語氣適合就好。「那
還用說」的譯法不對。

tell 這種使用還可以藉 on 來表示是洩漏何人之秘密或揭發
了何人的過失，如 She told on me.。

15-14

下面兩句話有什麼不同？
1. He is so clever that he can do it.
2. He is too clever not to do it.

句1所表達的是能力：他有足夠的聰明、精明、伶俐，去做
這件事。句2所表達的不是能力而是意願：他夠聰明、精明、伶
俐的，不會不去做這件事。

15-15

請問下面兩句話有什麼區別？在類似情形下應該怎樣決定
是該用not還是該用no？
1. I am not a fool.
2. I am no fool.

句1是單純的敘述，句2的份量較強，而且可能有稱讚的意
味。

「no＋名詞」往往用於一種特殊的表現，就是否認其名詞
的性質，為了肯定甚或強調其相反的性質，例如上列的句2否認
fool 的性質，而肯定說話人的聰明或伶俐。下面句3強調誠實；
句4中的 no 使用性質相同，但其構造是 no＋形容詞，表示的是
「甚為關心」。

3. She is no liar.

4. We waited for his news with no little concern.（no little = great）

在表示對比的時候所用的 not a 或 not（如下列例句所示），就不能換用 no：

5. He is a pianist, not an organist.

6. They are hiring carpenters, not plumbers.

15-16

我在某文法中看到這樣的句型，（NP＝名詞詞組）：

（一）NP＋be＋V-ing→（可改成）

There be NP＋V-ing

例句如：A taxi is wating outside.(1)

→There is a taxi waiting outside.(2)

（二）NP¹＋have＋NP²＋to-V→（可改成）

There be NP² for NP¹＋to-V

例句如：

The little girl has not much chance to recover.(3)

→There is not much chance for the little girl to recover.(4)

但是我看到您編的書裡有一句

On the tail of the helicopter there is a propeller to steady it.(5)

另外在字典裡也看到一句

There were troops of friends to see him off.(6)

第(5)句似乎不屬於上面兩種句型（沒有用到 V-ing 或 for NP¹）；能否用 there is a propeller steading it？

第(6)句為何用 to see him off 而不用 seeing him off？

我被這個"There be…"句型搞亂了，可否借此機會把"There be…"句型加以解說？

　　首先你要了解，文法是觀察一種語言之使用習慣，然後找出來若干規則；這些規則不可能網羅一切可能用法，一無意外。所謂句型改換更是規則中的「弱」者，其有用程度我認爲不高。

　　第二，以你開列的句型爲例，它只是說：「x 可以改成 y」。它並沒有說「x 只能改爲 y」，沒有說「x 必須改爲 y」，也沒有說「y 必須是從 x 改來的」。

　　第三，句(5)裡的 to steady(使……穩定)可以換爲 steadying：On the tail of the helicopter there is a propeller steadying it.(7)

　　兩句的意思都是「在直昇機之尾部有一個螺旋推進器使它穩定」。但是在認真閱讀者的心目裡，句(5)是重視裝 propeller 之目的，使語氣較似「爲使它穩定而裝了 propeller」；而句(7)的語氣較似「有個使它穩定的……」。不定詞(如 to steady)時常用來表示目的。

　　第四，句(6)用 to see，使句意近似「有大群的朋友去爲他送行」。而 There were troops of friends seeing him off.(8)裡的 seeing him off 是單純的描寫「送行的朋友」。

　　第五，上述句(5)與句(7)，以及句(6)與句(8)，只有輕微差別，說者或聽者如不認真就不會注意有何不同。

　　第六，你所開列的兩種句型變換並不談爲什麼變換，也沒有談變換之結果與原句之意思份量有何不同。所以我說有用的程度不高。

　　第七，如果你所說的「句型」是指來信之變換形式，我認爲是研讀記憶費力甚大而收效甚小的東西。

　　我認爲 There + be...之型很單純；在兩種情況之下我們可以使用：

　　1.表示……之存在(或不存在)。例如 There are ten students in this room.，例如 There is no water in the bottle.，例如你引的 There is a taxi waiting outside.(2)

　　2. 你要聽者或讀者注意某事物、某現象。例如你所引的 There is not much chance for the little girl to recover.(4)。它比句(3)更強調「那個小女孩沒有很大的復元可能」。

　　因為你引的句型之改變只說「x 可以改為 y」，而不講「為什麼要把 x 改為 y」，我認為其功能甚低。

15-17

　　「誰把你的頭髮剪了？」是應該説
　　1. Who has your hair cut?還是
　　2. Who gives you your haircut?
　　抑或有別的説法？

　　正確的說法是3. Who has cut your hair?，或4. Who cut your hair?

　　雖然句3是現在完成式，和句4的簡單過去式顯然不同，兩者都可以用。用簡單過去式的道理是自明的。剪髮的行為發生於過去，因此就用過去式的問話。但是在談話的時候，開頭往往用現在完成式去問，因為「何時發生」還沒有確定。

　　句2的意思是「誰給你理髮？」。但是它有另外的含意。問話的人可能是驚訝於你頭髮理得很壞，也許是驚訝於理得好；不過前者的或然率比較大。真要是無弦外之音地問你「誰給你理髮？」，大概會說 Who is your barber?(你的理髮師是誰？)或 Where do you get your haircut?(你在什麼地方理髮？)

　　句1在結構上沒有問題，意義上是不大可能存在的。

　　假定你回答句1的問題說：John has my hair cut.我們分析這個敘述句比較順手：

　　5. John has my hair cut.

6. John has his hair cut.

句6是自然句。它有字面上不易辨識的意義：「John 理了髮……他不是自己動手的，是找別人給他理的。」

句5與6同構造，但因句中的 John 和 my 不指同一個人，意義上就很難說得通：「John 找別人理了我的頭髮」。那樣複雜的事，一定會用更清楚的話表現出來。句1也是同樣的道理不能存在。

15-18

在《空中英語教室》的專欄Office Topics裡有以下的句子

Today there are so many demands on your time that it's difficult to be organized.

1. 句中的that之詞性為何？

2. ...it's difficult可否改為...they are difficult？

3. 請解釋此句的含意與構造。

這個 that 是連接詞，說得更詳細些它是從屬連接詞，其作用是接引表示結果之副詞子句 it's difficult to be organized。它在這裡因為與前面的 so 相關聯，才有此作用；換一個說法可把 so...that 看作接引表示結果子句之構造，如 We were so hungry that we ate all the sandwiches.

你看錯了 that 以下文字所以才會考慮到可否把 it 換 they 以及可否去掉 it's。（是不是認為此字是前面複數名詞 demands 的代名詞？）實際上 it's difficult to be organized 是一個子句，it 是其中的主詞。（叫作「預示」主詞、「先導」主詞等名堂。）

不過它是形式上的主詞，其所指、所代表的乃是 to be organized。這個子句的意思是「to be organized 這件事是不容易

的」[1]。當然這個子句可以寫得更明白、更有力量，例如 it's difficult for you to be organized，有了「人」出現，文義就比較實體化了。

為什麼要有這種主詞呢？早年的英語不大使用它。像 Alexander Pope 之名詩句 To err is human, to forgive divine.以不定詞(to err)為主詞的構造[2]，從前很普遍使用。現代英語的特色之一乃是說英語的人只喜歡「主詞＋敘述語」的開門見山式構造，所以才有 It 與 There 經常擔任「預示主詞」的角色。Pope 的那兩句話放在今人的口語裡，一定會變為 It is human to err, divine to forgive.或是更口語化也把後半句充實為 and it is divine to forgive。(這裡的 and 是一個不強調的 but，想用 but 當然也可以。)

你所問全句的意思是「今天要占你時間的事物多到讓你不容易有效率地做事」。(說某人或某團體、組織是 organized，是稱讚其效率良好、工作有成果)。

15-19

> 下面是一段文章的節錄：
>
> Of course, nobody can give us a clear definition for the word "love". I can't, either...
>
> 請問上文中的 Of course 是否應改為 Of course not 才對？

沒有這回事。

Of course 在此處是修飾全句的副詞片語，用來表示「顯然地、自然地，不出意料地」等意義。(其所修飾之句通常都是簡短的。)這個副詞片語無否定形式。

在另外的場合之下 Of course 用於代替 Yes，當然還可以與

1　我感覺difficult在此處與「不容易」的份量接近。

2　Alexander Pope(1688～1744)*Essay on Criticism* 525.

Yes 連用，表示同意，表示許可——而且是比較客氣的 Yes。例如：May I use your telephone?— Of course.

這個 Of course 的否定形式 Of course not 是一個強調的 No。例如你在朋友家裡吃飯，吃過飯就想離開，主人反對，你們的對話可能是：I think it's time for us to leave now. — Of course not.(No, of course not.是更強調的說法。)

來信所引的文字如果是對話，如果前面未引之句裡有類如「人人確知愛情之真諦」的話，你說的改為 Of course not 還勉強可行。我說勉強是因為以下的文字不像是對白的口吻。

15-20

下面三句話有什麼區別？句2是否限在口語中使用？
1. I doubt whether he has left.
2. I doubt if he has left.
3. I doubt that he has left.

上面三句話的意義相同，都是猜想「他還沒有離開」。句2與句1並無任何區別；doubt if 不限於口語使用。

句3的 doubt that 表示比較強的懷疑。不過我要提醒讀者，這種用語份量上的輕重之別不是人人都知道、都能感覺到的——我說的是從幼年就使用英語的人。

15-21

以下四句皆出於《英文法講座》：
1. He lived frugally so that he could save some money.
2. He lived frugally so that he saved some money.
3. He lived so frugally that he saved some money.
4. The meat was so tough that it could not be cut.

書中説句1中用語氣助(動)詞could因為不是報導事實，而是報導意見、觀感等，句2不能用could，因為報導的是事實。但句4的could何以不是「語氣助(動)詞」？

句2與句3同表結果之事實，請問其語氣有何不同？

先回答問題。

這兩句的語氣之不同，憑翻譯能夠表現出來。句2的意思是「他(在未指明的過去某時間)過了儉省的日子，結果他存下了些錢。」句3的意思是「他(在未指明的過去某時間)過了儉省的日子，儉省到他存下了錢的程度」。

英文法學者 Poutsma, Curme, Zandvoort, Kruisinga 等人，都主張把一般英文法書所說的「助動詞」(auxiliary verbs)再作進一步的分類，分為能報導事實的一種，和只能報導說話人之意見、意願、觀感的一種。後者被稱為 modal auxiliary，簡稱 modal。

這種分類在教學上有甚大的方便，因為 modals 的變化都很奇怪，而且會有意義上的特殊改變，不該和其餘的「報導事實之助動詞」混在一起。

在句4裡，could 仍是 modal。it could not be cut 本身不是一件 fact，而是說話人的觀察意見；如果說 a sharp knife did not cut through it 才是 fact。

15-22

以下兩句語義有何不同？

1. He worked hard so that he might succeed.

2. He worked hard, so that he could succeed.

句2之逗點符號是否可省略，若可以的話，請問與第一句如何分別？句1之might是否可改為could？若不可以，用might與could之區別何在？

　　以上兩例句的意思大致相同，都是說(在過去某時刻)「他努力地工作爲了能成功」。並列這兩例句的缺點，是讓看的人把注意力移到 might/ could 之區別上，而不能集中在逗點符號的有無。爲了彌補這個缺點，我再提出兩個例句：

1(a) He worked hard, so that he might succeed.

2(a) He worked hard so that he could succeed.

　　例1與1(a)的區別只是差一個逗點符號(Comma)。例1(a)的這個 Comma 所表示的實際是說話的人語氣頓了一下，表示他說的前一半是一口氣，是在開口以前自己所要表達之觀念的全部，而在 Comma 之後的話是補充的解釋，而例1是「預謀」的完整觀念。

　　例2(a)與例2的區別也是完全相當。

　　用字不挑剔的英國人在說話的時候，可能是對於例1與2(a)不作區分，只是依照自己的習慣信口而出。

　　精密地講，例1的 might 所表示的是成功的具有「可能性」，或是具有我們常識上「可以接受的或然率」，而例2的 could 表示說話人的具有成功之能力。我們說與寫英語的時候，該當根據這個原則。

　　這也是美英兩國小學和中學教科書裡教學生使用的準則。但在實際使用上，無論美國或英國，對於 might/ could 以及 may/ can 的區別，都不是這樣確定了。

15-23

　　有這樣一句話：「我父親告訴我中午以前不要留在家裡」。譯成下列英文句在文法結構妥當嗎？何句對，何句不對，或三者都不對呢？並懇略示理由。

1. My father told me not to stay at home before noon.

2. My father told me not to stay at home till noon.

3. My father told me shall not to stay at home before noon.

句3是錯的。

第一個原因是 shall 屬於廣義的助動詞之一（是 modal auxiliary），它必須和 main verb（「本動詞」或譯「主動詞」）並用才有意義。當然「本動詞」有時候會被省略，但仍是要被聽者或讀者容易辨明的。本句中沒有那樣的一個「本動詞」。

即使把 to stay 改爲 stay（使它成爲「本動詞」），句3仍是錯誤的，因爲 shall stay 缺少主詞。

要改正句3必須添加從屬子句，使全句成爲 My father told me (that) I should not stay at home before noon. 。

句1是正確的。（雖然並不是自然的。談譯句可以通過。）

句2不佳。

請看以下所列：

4. My father told me not *to sleep till noon.*

（我父親告訴我不要睡到中午。）

例4的斜體字部分所代表的是一個整個觀念：「睡到中午」。句2的 to stay at home till noon 可能被想作是類似的單元。

句2若是肯定的，就沒有了問題：My father told me to stay away from home till noon.（父親告訴我中午以前不要回家）。

附帶地講，till 與 until 意義相同，都是用來說明一狀態或行動的持續至某時刻。until 多用於句的開頭以及長的子句之前；在名詞之前或短子句之前，多用 till。但這一項原則並非嚴格的。聽來悅耳與否是最高的原則。

before 只表示「到某時刻之前」（包括所說明的時刻），並無持續的表示。

15-24

　　林肯〈蓋茨堡宣言〉"Gettysburg address" 裡有兩句話："But in a larger sense, we cannot dedicate, we connot consecrate, we cannot hallow this ground. The brave men, living and dead, who struggled here, have consecrated it far above our poor power to add or detract..."如下譯法是否妥善，「從廣義上說，我們奉獻這塊墓地，實在談不上什麼奉獻的。我們的微弱力量，對於在此犧牲奮鬥的勇士們——不論生者或死者——所作的貢獻，根本無法增減其分毫。」

　　第一句話中使用同義字三個：dedicate, consecrate, hallow所談的似乎是一件事，只是措詞加強而已。

　　某書把上文譯成「但是把眼光放大一點，我們實在不能奉獻這塊土地，我們不能增減其分毫。」另一篇不知來源的譯文是：「但是在較大的意義上講起來，我們不能專致——不能奉獻——這塊土地。」

　　後面兩種譯法似乎不能溝通上下文意，至少甚為含糊。因此冒昧求教。

　　來信是一位熱心的英文老師。他的好學和負責令人十分感動。在分析之前，我想應該把所引原文的更前兩句也列出來。每句之前的號碼是我加的，為了以下討論的方便。

　　(1)We are met on a great battlefield of that war.(2)We have come to dedicate a portion of that field as a final resting place for those who here gave their lives that nation might live.(3)It is altogether fitting and proper that we should do this.(4)But in a larger sense, We cannot dedicate, we cannot consecrate, we cannot hallow this ground.(5)The brave men, living and dead, who struggled here, have consecrated far above our poor power to add or detract.

先說明一項背景。林肯是一位言談非常詼諧幽默的人。在 Gettysburg 國立公墓落成典禮(1863)之前,曾在另一個南北戰爭之公墓落成典禮中講了笑話,遭受到輿論的嚴厲抨擊。這次再被邀參加 Gettysburg 公墓落成典禮,雖然他只是其中的次要演講人,許多報紙仍是大為不滿,認為邀他是一件大錯。

因此林肯在寫這篇講稿的時候,(有手寫包含刪改之真跡存世,並非有人捉刀),十分謹慎,矢志要維持氣氛的莊嚴。所以他在多處是用了如「欽定本」英譯聖經的許多語法。例如開頭把87年說成「20×4+7」,完全是模擬 Sarah 生子的記述。

上例的句(1)沒有困難:「我們現在集聚在那一次戰爭中的一個大戰場上」。

句(2)開始有難題:「我們來,是要 dedicate 那個戰場的一部分使它成為那些捨棄自己生命以保存(方才所說的)那個國家之生命的人的安息處所。」(為什麼我把 lives and live 很強調地譯作「生命」?因為全文多次把生與死對比。)

難題在於 dedicate 的中譯。拋開它與本文無關的解釋,它仍有兩重意義:一是對某物(包括地方、建築等)指明是專為敬神之用,不作別用;二是對某物(也包括地方、建築)指明是專供某項神聖性目的使用。譯其中任何一個都不容易。在本文中 dedicate 主要涵義是第二項,但也有第一項涵義的存在。底下再看。

句(3)沒有困難:「我們這樣做是完全應該的」。其中的 fitting 與 proper 在本句中找不出真正的意義差別。

來信所作的句(4)之翻譯,遠優於所另引的兩段。所引的譯文是不負責的;不知來源的那一篇有明顯的錯誤:"dedicate"在這裡與「專致」無關,何況「我們不能專致」也是無意義的話。

我們才分析一下句(4)的翻譯難題,就知道翻譯只是不得已而為之的事,也可以知道什麼樣的譯文都不能完全表達出原文

的涵義來。

第一是我並不認爲…in a larger sense 確實表現了林肯想表達的觀念情緒。前面他說 We have come to dedicate a portion of that field…；然後他說「我們這樣做是完全應該的」；然後他把語氣一轉，認爲真的 dedicating 早已經舉行過了，到場的人比那些在戰場上奮鬥過的人遠爲渺小，並無法增加已做的 dedicating 之神聖性。爲了表示語氣的轉變，他用了 larger sense。是不是該用一個「higher 什麼」會更爲妥貼？

林肯已不在世，無法去問他，但是翻譯還是要翻。用「廣義」，用「眼光放大一點」都是受了 larger 的束縛。

我怎麼想呢？眼高手低，拿不出辦法來。只是嘆息原文文氣的被打斷，以及翻譯的困難。

假若是在千百聽眾之前作口譯，我一定只翻譯 But 而不去理那個 in a larger sense。在必須謹慎筆譯的時候，我大概只肯譯它「作從另一方面看」。

第二個難題是…we cannot dedicate, we cannot consecrate, we cannot hallow 中的三個動詞。它們真是「同義字」[1]？有值得疑問之處。

這三個動詞的區別是一般字典不會爲我們解釋的，因爲字典能講的話有限。它們的區別是在宗教使用方面，也就是說，區別在於文化背景。

在 Christianity[2]的社會裡，to dedicate 作宗教儀式的對象廣

1　英語的「同義字」(synonyms)除了稀罕的例外，沒有在一切場合完全可以互換使用的。假若修改還來得及，synonyms實在該改譯為「類義字」，因為英語沒有真的意義相同之字。

2　Christianity包括信奉耶穌基督為神的一切教派，包含天主教(Catholic Church)，希臘東正教(Greek Orthodox Church)，和漢文的「基督教」。「基督教」各教會都有專名，在英語中被外

泛：醫院、學校、聖堂、幼稚園等都可以，只要是「奉獻」給上帝，讓那個建築物（以及一切設施）的使用是符合上帝意旨，更能光耀上帝。

在若干 Christian[1] 教派裡[2]，把聖堂落成所舉行的宗教儀式不稱爲 dedication，而稱爲 consecration。後者至少限用於專供禮拜上帝的建築。有的教派裡，對聖堂的其他部分用 to dedicate，而對其中最重要的部分（如天主教會的祭台）使用 to consecrate 字樣。換句話說，在許許多多英語系國民的心裡，to consecrate 是比 to dedicate 更爲隆重，崇高的行爲[3]。

to hallow 是另一回事了，是「使……成爲神聖的、神聖性的」。例如 Christians 共用的「主禱文」（Lord's Prayer）裡說的："Our father who art in heaven, hallowed be thy name."

因此句（4）中所說的三個動詞，是一個比一個尊嚴崇高的字，而且都是宗教用語。譯的時候，我同意來信的看法，只能譯作一回事。

但是譯作怎麼一回事呢？句（5）的 The brave men...have consecrated it far above our poor power to...，明顯地要求我們譯的時候，要把 consecrate 之結果說出來。

人併稱為 Protestants（也就是我國課本上所說的「新教」。說中國話的時候可以說「××是天主教徒，不是基督教徒」，譯為英語的時候，千萬別把那句話裡的「基督教徒」譯為 "Christian"；那種說法等於是罵天主教不信奉耶穌。該怎麼說呢？只說前一半外國人就懂了："×× is a Catholic."。

1 所有的 Christianity 之教派的教徒都是 Christians。

2 教派是外人用的話，信徒們有不承認此說法的。英語稱為 denomination(s)。有一種教會否認屬於任何教派，自稱為 non-denominational 組織。

3 若干教會裡，如聖公會和天主教會，稱「主教」職權的授予為 consecration。

可以不可以先這樣地譯句(5)：「那些或生或死曾在此地奮戰的勇士，(早)已把這裡變成了無人能增損其價值的聖地了。」

如果句(5)的翻譯是可以通過的，我就打算在句(4)的三個「同義字」中譯兩個，使全句成這樣的：「但是從另一方面看，我們無由奉獻，無由祝聖這片墓地。」

當然這裡的「奉獻」是基督教的專門說法，大家看了似懂而實際未必瞭解。

翻譯實在是難。我年紀越大，膽量越小。

15-25

請問下列第(2)、(3)句在文法上有無錯誤？如有錯誤該如何修正？若無錯誤是否意義皆等於第(1)句？

1. As a young man, Edison traveled around the U.S. setting up small personal laboratories to carry on his research and inventions.

2. As a young man Edison traveled around the U.S., where he set up small personal laboratories to carry on his research and inventions.

3. As a young man, Edison traveled around the U.S. where to set up small personal laboratories to carry on his research and inventions.

句1是正確的完整句；其解釋是「愛迪生年輕的時候在美國各地旅行，並且在各地設立他個人的小型實驗室以進行他的研究與發明」。

句2也是正確的完整句，但是其解釋與句1有不同之處。雖然句1並未特別指出愛迪生是美國人或始終住在美國的人，它不會使讀者作另外的猜想。句2使讀者認為愛迪生在年輕的時候在美國各地設立個人實驗室等等，但是後來就到其他國家去了，

或是他在兒童時代不在美國，而是到 as a young man 的時期到了美國。至於句1在 young man 之後有逗點符號而句2中無有之差別，不產生意味上的不同。

句3不是完整句。其中 where 一字應該引領一個子句（clause），而並無像句2中的子句出現。現有的 where to set up...laboratories to carry on his research...之構造所告訴讀者的意義是「在美國爲了設立個人的小型實驗室以進行他的研究與發明……」——這是沒有說完的話。to set up...變成了表示目的之不定詞片語。

怎樣改句3？如果要使句意與句1相同，只有改爲句1之構造。如果把 where to set up...改爲 where he set up...就變成了句2。

如果一定要保留 where to set up...之構造，你就要憑空增添「爲了設立能讓他進行研究發明之實驗」愛迪生採取了何種行動之說明。這就不是改錯，而是另寫文章了。

我作一個杜撰的例子，讓你看一看 where to set up...需要有何種收尾：...around the U.S., where, to set up small personal laboratories to carry on his research and inventions, he had to borrow money from his relatives.（爲了設立個人的小型實驗室以進行……他不得不向親戚借錢）(4)。

請注意句4與句2同樣會產生句中主人究竟何時到達或離開美國的疑問。句4在 where 之前後我都加了逗點，這是美國書刊編輯會做的事，目的是使句子的構造更爲顯明；英國人的文章裡可能把這兩個逗點都省掉，或是省掉後邊的一個。有些英國人還會把 he had to 之前的逗點也省掉。

15-26

Love loves to love love. 作何解釋？I love how you love me. 又作何解釋？

　　在 Love loves to love love.裡，第一個和第四個 love 是名詞。第二個 love 是動詞，作「樂於」解釋。to love 是「愛」。意思是「『愛情』樂於愛『愛情』」。第一及第四個 love 有轉作「有愛情的人」的可能。

　　在第二句裡，how you love me 是一個子句，作第一個動詞 love 的受詞。解釋是「我所愛的，是你的愛我」。這裡的 how 可能等於 that，也可能有「如何地、何等地」之意義。

15-27

> 　　莎士比亞作品*The Tempest*裡有跟現代英文文法相違的地方：
>
> And in these fits I leave them, while I visit.
> Young Ferdinand, whom they suppose is drown'd...
>
> 　　上面引文裡的關係代名詞whom乃是is drown'd之主詞，不是應該作who嗎？
> 　　這是莎士比亞的不慎，抑或十七世紀初葉的英文法（習慣）與今日不同呢？

　　不是出於英文法今昔之差別。至少在 who 與 whom 之區別上，兩個時代並無區別。

　　莎士比亞確實是誤用了。

　　引文的這一句話是劇中主角 Prospero 所說的話。莎士比亞的誤用可能是故意的嗎？為了襯托說話人的言詞特色、教育、出身等等？

　　不太可能。因為 Prospero 是一位叛逆放逐的城主（公爵），而且是通魔法的智慧之士。

　　那麼他何以有此錯誤？這種錯誤罕見嗎？

　　我想是因為這個關係代名詞緊挨著它的前行詞 Young

Ferdinand，而此人是動詞 visit 之受詞，所以莎士比亞不慎而寫了 whom。

這種錯誤不罕見。在口語裡，無論在美國或在英國都會自然地說 Who were you with yesterday?（昨天你跟誰在一起？）不管這個 Who 的地點是介詞 with 的受詞*，有些場合還會發生濫用 whom 的錯誤。

錯誤發生的原因是在猶豫不決的時候，選擇了 whom，因為要表現自己遵守「上等」英語的文法要求。最常被研究者引用（而且是最常聽得到）的例子，是美國秘書訓練班畢業出來的秘書小姐們通用的 Whom do I say is calling？

這句話出現在接電話的時候。打電話來的人說是要跟秘書小姐的上司通話而沒有自報姓名，秘書小姐有禮貌地問「請問我要說是什麼人找他？」

訓練班不但教會了這句話口吻的禮貌，而且傳授了誤用已久的這個公式：Whom do I say is calling? Whom 所指的「人」乃是 is calling 之主詞！

15-28

我是您教過的學生，最近看到您回答有關莎士比亞誤用 whom 的問題，讓我想起來曾約農教授談過 *King James Version* 聖經英譯本裡的一個類似錯誤：

馬太福音十六章十五節在該英譯本裡有這樣的話：But whom say ye that I am? 其中的 whom 應該作 who...希望能再領教您的看法。

---

* 無論是在英國或美國，普通說話的時候開頭用 Whom 都是不自然的；Who were you with yesterday? 或 Who do you know in Boston? 都是自然的。

　　曾先生的看法正確。在那一句英譯聖經裡，whom 並非動詞 say 的受詞，而是跟後面的 I 同格，是動詞 am 的主詞，當然應該作 who。

　　King James Version（欽定本英譯聖經）又名 *Authorized Version* 是1611年出版的；莎士比亞是同時代的人。在這一段時間裡，英語使用者對於 who/ whom 之辨別似乎不在乎。莎士比亞除了之前討論的 ...Young Ferdinad, whom they suppose is drown'd 之誤用以外，還有 to who 的更刺眼刺耳之說法。欽定本聖經英譯工作裡參與複審改譯的有四十七人之多，若不是當時 who/ whom 之區別大家都不計較，應該不會有這樣誤差不被改正。

　　後來的英譯本據我記得都把這個 whom 改成了 who；例如我手頭上有的1976年英國牛津大學及劍橋大學兩書局共同出版的 *The New English Bible*，裡面的這一句話譯作 And you, who do you say I am?以及1966年出版的 *The Jerusalem Bible* 裡這一句話譯作 But you, who do you say I am?

　　附帶地為年輕讀者解釋一下，在 *King James Version* 翻譯的時代，ye 是作主詞用的「你們」，它的單數形是 thou。

15-29

　　莎士比亞的《威尼斯商人》裡有句：

It is a wise father that knows his own child.*梁實秋教授把它譯成：「聰明的父親才能認識自己的兒子。」

　　但是某位學者認為應譯成：「再聰明的父親不見得了解自己的兒子。」

　　兩句意思差得太遠，以梁教授的造詣，似乎不可能犯這種

---

* *Merchant of Venice*, V., Ⅱ. ii. 80.

錯誤。

我也認爲梁實秋先生此句並沒有譯錯。

It is....that（who, which）...的構造是一個常用的強調句；被強調的是在 It is 之後的名詞、名詞片語、代名詞等。例如 The strong wind made us uncomfortable. 一句話如果換爲 It was the strong wind which made us uncomfortable. 的形式，就強調了其中的 the strong wind。

請你假想有這樣一句話：A wise father knows his own child.，其意義相當於「聰明的父親認識（了解）自己的孩子」，或「父親聰明就認識（了解）自己的孩子」。

如果要強調這一句話，可以使用 It is... that...的構造，使它變爲《威尼斯商人》裡的 It is a wise father that knows his own son. 其意義正是梁先生所譯的「聰明的父親才能認識自己的兒子」。（把 child 譯爲兒子是劇情所要求的。）

來信所講某學者的譯句有更進一步的強調，是在原文裡看不到的。這種譯法不足爲法。

信裡在「某學者」之譯句之後還有一句英文，我把它拉到這裡談，免得妨礙對你問題的解答。那句話是 A father, however wise, does not know his own child.——它比那個不可取的譯句更爲強調一層，也就是離莎士比亞原句更遠，因爲它說「無論怎樣聰明的父親也不能認識自己的孩子」。

15-30

在 I don't know whether he will be here or not. 這一句話裡，or not 可以省略嗎？

可以。不但美語裡可以，英語也可以；例如《簡明牛津字

典》就舉了來信所說的句子：...don't know whether he will be here or not(不知道他是來還是不來)。並且指明其中的 or not 是可用也可不用的。在用字求簡明時，當然會把 whether...or not 的構造簡化。

whether... or not 的構造仍有它的特別用處，就是用來同等強調正與反兩方面的情況，例如 Whether you like it or not, you must take the test.(無論你喜歡與否，你都要參加這個測驗)。

15-31

曾在期刊上看到這樣的一句話：Is it essential that every one of those six people gets a copy?

1.此句中為何用gets而不用get呢？一般文法書都講在這樣的構造裡，子句之動詞應該使用假設法的get，而不該使用它的敘述法。所引之句是不是錯誤的？

2.如果在美國不算錯誤，是不是因為美語比較隨便？

3.在相同的構造裡，形容詞 advisable, important, natural, necessary, strange等是不是也有第1項所說的要求？

為了分析的方便，我把你引的句子作兩步驟的簡化。

第一步把它變為敘述句，也就是原問句的肯定回答：It is essential that every one of those six people gets a copy.

然後再把子句之主詞簡化為一個單字：It is essential that Jane gets a copy.(語義被我改變了，但牽涉不到我們要作的分析。)

在這個句子裡，It 是形容詞 essential 的預示主詞(一種形式主詞；虛主詞)；實際上的主詞是子句 that Jane gets a copy，有些文法學者把它叫作外置主詞。

據我的認識，此子句的動詞有三種可能形式──

...that Jane get a copy.   (a)

...that Jane should get a copy. 　　　　　　　　　　(b)

...that Jane gets a copy. 　　　　　　　　　　　　　(c)

　　誠如你所說的，一般文法書都主張應該用句(a)與句(b)；也沒有任何站得住的英文法反對使用。

　　但是句(c)並不算是錯誤。Randolph Quirk 等合著的鉅作 *A Comprehensive Grammar of the English Language*(Longman, 1985)裡，只說句(c)是幾乎不被接受的，以及「從小就講英語的人對它可否使用意見不一致」。

　　像我們學英語的人所應持的態度，是努力記憶(a)、(b)的使用，但是不把美國人、英國人使用句(c)時看作錯誤。

　　上述文法書包含美英兩國人的英語，因此來信之第2項所說並不正確。在非鄭重的言詞裡，英美國人都可能使用句(c)。

　　在「It is+形容詞+that+主詞+動詞...」的構造裡，還有什麼其他的形容詞與 essential 一樣地對其「外置主詞」子句的動詞有句(a)、句(b)的要求？

　　此位置上的形容詞大致分為三類：

　　第一類(包括 essential)都是表示願望或語態的，有 advisable, appropriate, compulsory, crucial, essential, fitting, imperative, important, impossible, improper, necessary, obligatory, proper, vital。它們都要求「外置主詞」子句之動詞作句(a)或句(b)的形式。(不要忘記「對人寬、律己嚴」的討論。)

　　第二類形容詞是與真理、真實性或知識有關的，如 apparent, certain, clear, evident, implicit, indubitable, likely, obvious, plain, possible, true, unlikely, untrue, well-known。它們要求只使用句(c)的形式。如 It is true that she never smokes.。

　　第三類形容詞的「外置主詞」子句也可以用句(b)或句(c)。如 odd 可以妥當地用於這兩種句子——

　　It is odd that the bus is so empty.

It is odd that the bus should be so empty.

但是我找不出第三類形容詞的共同性質，也開不出一個像樣的清單來。太多也是一個原因。很多以-ing 結尾的分詞形容詞都是；很多以-able/ -ible 結尾的形容詞也是；很多表現情緒的形容詞也是。

來信第3點所列的形容詞大多屬於第一類。但 natural 與 strange 都是第三類。

15-32

We will announce the tender（招標） upon hearing from our client. 這句話，如果改為

The tender will be announced upon hearing from our client.

是否在文法上有錯誤？

原句是正確的。句的基幹構造是 We will announce the tender：我們將宣布招標。後面的 upon hearing from our client（客戶）是修飾的話，說明「一旦得到我們客戶的消息就要宣布」；其中 hearing 的意義主詞是 We。

照來信所說的改換以後，句子的意義仍會看得懂，但是 hearing from our client 沒有了修飾的對象，是虛懸在那裡的。

雖然虛懸的修飾語常常出現，這樣的構造仍是不足取法。改句劣於原句。

15-33

They are friends not relatives. 這句話有無文法上的錯誤或省略了什麼？

用老師改造句或作文的眼光來看，這句話缺了東西。但是

在英美的古今出版物裡像這樣的句子是常見的。

從構造上分析它是從兩個句子節縮而成的：They are friends. They are not relatives.(他們是朋友。他們不是親戚。)

兩句共有 They are，而且兩句之不同部分又有相同的文法地位：理應合併。

作規規矩矩的合併，在新句裡要加一個連接詞：如果強調對比性可以用 but，如果用比較輕淡的「但、而」之對比，可以用 and：They are friends and not relatives.

另外一個辦法是用逗點符號代替這個 and：They are friends, not relatives.

15-34

在*TIME*週刊(October 13, 1986)談攝影版裡，有下列的文字：
Time and its offspring, movement, have fascinated some modern artists. Sculptors can build it straight into their work —— the last half of the 20th century is full of wind-, gravity- or motor-powered contraptions that range from the balletic (Alexander Calder) to the Rube Goldbergian (Jean Tinguely)…

本人有兩個有關此段文字的問題請教：

1. Rube Goldbergian作何解釋？

2. 第二句話作build之受詞的it是指什麼？換句話說它的前置詞是什麼？使我迷惑的是在第一句話裡主詞及受詞都是複數；從意義上講it的前置詞又不可能是第一句的整句話。

先討論第二問題。你的看法很對，it沒有合理的前置詞。《時代週刊》的撰稿人和編輯都該罰站。

我到圖書館找到原件把後文仔細讀過(來信所引是全文之首)，證實我們的看法正確。(下文的文脈還顯出了作者把 time

與 movement 不時地視爲一物。)

如果我們是老師，文中的錯誤如何矯正呢？把第二句的 can built it 之 it 改爲 them 不佳；這樣雖然文法無誤，看起來全然不通，因爲如 Time and its offspring, movement 這樣抽象的觀念，不宜使用 them 來代表。

比較好一些的改法是把第一句的主詞結構略作改動——當然可能在意義份量上也有變動，把它改寫爲 Time as well as its offspring, movement, has fascinated some modern artists.（「時間」及其所生的運動使若干現代藝術家極感興趣。）這樣，it 的前置詞就明確地是 Time。

第一個問題簡單。Rube Goldberg 是1930至1950年代美國著名的漫畫家。（其全名是 Reuben L. Goldberg, 1970年去世。）他的漫畫刊登於多家報紙，每次內容都是描寫用一項極複雜的機械裝置設計，來辦一件甚簡單甚容易的事。（可惜我找不到一張實例給讀者看。）因此以 Rube Goldberg 或 Rube Goldbergian 爲形容詞，就是形容有如上述之機械裝置的。

引文第二句話的大意是：「雕塑家可以把 it（時間？運動？）直接地造在作品裡——20世紀的後半就有很多風力、重力、或馬達轉動的奇異裝置，其性質自如 Alexander Calder 之有芭蕾風作品，至如 Jean Tinguely 之 Rube Goldberg 機械式的作品不等」。

恕我想不出來 Rube Goldbergian 要如何譯爲能用在上文裡的話。

15-35

在從屬子句裡表示未來到底應該用未來式（例1）？還是用現在式（例2）？如果兩個例句都是正確的，其區別何在？

1. If yor shall fail to return the book, we will be in trouble.
2. If you fail to return the book, we will be in trouble.

兩句話的意思都是「如果你（屆時）不把書送還，我們就有麻煩了」。

例1是比較老的說法[*]，在今天的英語裡甚少使用；我們不應該在從屬子句裡以未來式表示未來。

例2是今天通用的構造。英國文法學者 C.T. Onions 在所著的 *An Advanced English Syntax* 裡，已經解釋何以會用如 When he starts...來表示 When he shall start...之意：原因是英語跟其他日耳曼系語言一樣，都缺少動詞本有的「未來式」變化形態。

附帶提醒讀者，在從屬子句裡也不再使用「未來完成式」，而是以現在完成式代替，如 We'll leave as soon as he has finished his work.

15-36

It's no use.這句話正確嗎？如果是正確的，請說明它的意義以及文法性質。

這句話沒有錯誤。

它的意義並不真是完全的，雖然構造完整。代名詞所指的對象並沒有標出來，只相當於說「……是沒有用的」或「那樣是沒有用的」。

有一句諺語使用了這個構造，It's no use crying over spilt milk.（為了潑灑掉的牛奶而哭泣是沒有用的），其中的 It 是指 crying over spilt milk 之行為。（spilt milk 亦作 spilled milk，意思是指無法挽回的事物。）

---

[*]　例如莎士比亞的 *Julius Caesar* 裡有 When they shall see the face of Caesar...

It 與 use 是同格詞；名詞 use 的作用相當於一個記述形容詞（descriptive adjective），意思是「有用處」。這個 use 之前面常常接受表示「量」或「價值」之評定的形容詞，如來信所說句子中的 no，以及 any, bad, good, great, little, much, some 等。如 All of them were great use to us afterwards.（那些東西後來對我們都大有用處）。

15-37

> U.S. News & World Report報導美國國民對諾斯中校在國會證詞之反應一文中，有以下難解的文字——
>
> ...erased the impression that he was a man with Walter Mitty's grip on reality, Rambo's sense of passivity and Joe Isuzu's Code of honor.
>
> 該刊中文版將此段文字譯為：
>
> ……消除了他給人的那種印象：像米提（Walter Mitty）般講究現實，像藍波那樣完全奉命行事，以及像喬・五十鈴（Joe Isuzu）一樣大吹法螺，唯利是圖。
>
> 讀過譯文仍不解原義。請問譯文是否有錯誤之處？

這個問題非常有趣。

翻譯時常是極難的事。把中英文並列往往是無法辦到的，因為在此情形下只能「硬譯」，不容解釋。中文版的 U.S. News & World Report 只容一天的時間翻譯，更是艱辛的工作。

來信所引一段文字裡麻煩出在三個人名：Walter Mitty, Rambo, Joe Isuzu。我若是不看電影不會看懂第2個；若不是1986至1987年住在美國，不會看懂第3個。

先說第3個。好像自從1986年底，賣日本五十鈴汽車的美國商人在電視上推出了一種完全是要引起注意的荒唐廣告。在廣

告裡，一位相貌不可能被誤認爲東方人的老美很愉快地自我介紹，說 I'm Joe Isuzu.(五十鈴)，背後有聲音立刻就說 He's lying! 然後此人就推銷五十鈴汽車，說出種種荒唐的話，例如每輛只要七塊五毛錢，例如車內有冷暖氣和淋浴設備，例如本週購買免費供應一整年的私家司機。幕後不時地有人提醒觀眾：He's lying.

知道了電視廣告中的 Joe Isuzu 其人其言，就可以知道什麼是 Joe Isuzu's code of honor。應該是說缺少 code of honor，因爲他不停地說謊，或是說誇張到怪誕程度的話。(附帶地說一聲，這個廣告節目有很多人喜歡看，想聽他有什麼新奇的荒唐說法。)

第2個被單純地譯爲「藍波」，相信是 Rambo 電影在台灣的大家皆知的譯名。此人行徑堪與《水滸傳》的李逵相比。說諾斯中校之「奉命行事」有似藍波當然是反話。

造成第一個困難的 Walter Mitty 是美國小說人物，而且是後來被拍成電影的人物。*The secret Life of Walter Mitty*(1942)是幽默作家 James Thurber 的著名小說，內容講述一位平凡的市民常做各種偉大事業的幻想，例如幻想是全球聞名的腦外科專家，在眾多醫師環繞參觀的手術房裡，從容安詳地完成極艱難的手術，然後被太太自白日夢中喚醒去傾倒垃圾。「像 Walter Mitty 一般地瞭解、控制現實」當然也是反話。(Walter Mitty 的典故時常被人引用，主要的原因不是 James Thurber 之小說真有那樣地家喻戶曉，而是已去世的滑稽明星 Danny Kaye 曾在與此小說同名稱的電影裡扮演了 Walter Mitty。)

這三點困難解決以後，那一段文字的意義就不成問題。

但如何翻譯仍是難題。我很高興不是叫我來作。

「喬‧五十鈴」一段文字的翻譯是譯者在無可奈何的情形下猜測而寫出的 。想像當時並無繳白卷之路可走，也是可以原

諒的。

15-38

> 　　下面一段話中（題目是"The New House"），有一句話的意思很難瞭解，困難發生在用斜體字抄寫的那一部分：
>
> 　　"It's a slum, that's what's the matter with it, said Ernestine." "I *wouldn't live in it with a ten-foot pole.*"
>
> 　　我去問了一位美國老師，他說那一部分不正確，只能說"touch it with a ten-foot pole"，不可能有"live in it with a ten-foot pole"的說法。
>
> 　　但是我不能信服他的解釋，因為這一段文章是從英文版的《讀者文摘》裡選出來的。我們很難相信*Reader's Digest*的英文會錯誤。

　　那位美國教師太武斷了。也可能是他對本國文字向來不曾注意過。

　　來信所引的兩句話裡的 it 都是指前文所說過的一個 house。句子裡並無任何錯誤，雖然英語的成語及習語裡確實沒有 wouldn't live in a house with a ten-foot pole 的說法。

　　這裡的現象叫作 mixed metaphors。這個現象有的時候是修辭上的缺點甚或錯誤。在好作家的手裡它卻可以產生預期的幽默或其他效果。說話的時候情形也一樣：可能使涵義不清，也可能產生幽默的效果，不過前者的或然率較高。

　　我們先看一個 mixed metaphors 用壞了的例子。

　　形容人處於困窘（尤其在金錢方面）可以說是像「在退潮的時候被擱淺的船一樣」：to be left high and dry。另一種描寫方式是說「像被困在洪水的人一樣，只能保持下巴還在水的上邊」：Can barely keep one's chin above water.但是把兩個並用並不產生

強調的效果，而僅表示寫或說的人頭腦不清楚：I was left high and dry and could hardly keep my chin above water.。

來信所說的文章的來源是 1940 年代末期的暢銷名書 *Cheaper by the Dozen*，（著名的效率工程師 Gilbreth 夫婦教養十二個子女的幽默記述）。該書經過凝縮刊登在 *Reader's Digest* 裡，再經簡化被收入該月刊為學英語的「外國人」所編的簡易讀本裡，然後被收入來信所說的教科書裡。

那一段課文講到那位不平凡的爸爸買新房子。他選到的新房子要大加修理打掃才可以住。為了讓家人不反對，他故意地帶了一家人去看一幢極破舊的房子。那幢房子破到連平日百事聽命的媽媽都講不出同意的話來。小的小孩子(Ernestine)表示了抗議的意見……。

為了表示對一件東西的憎惡或卑視，英語裡有一個常用的說法是「那個東西，給我一根一丈長的竿子我都不肯去碰它一下。」：I won't touch it with a ten-foot pole.(其中的呎數有不同的說法，也有人說「撐船的篙」：a barge pole)。

那位小朋友(Ernestine)開口抗議的時候說"I wouldn't live in it..."，但是說到此處並沒有找到任何適當的比喻、成語、或熟語，於是轉口接用了上述的"wouldn't touch it with a ten-foot pole"，結果就變成了"I wouldn't live in it with a ten-foot pole."

這種寫法收到什麼效果呢？可以表現小朋友講話的確實為兒童話，可以表現他的著急或氣惱，可以讓大人覺得好玩。下一句還緊跟了另一位小朋友 Martha 的更稚氣的話："neither would I. not with two ten-foot poles."。「給我兩根十呎長竿我也不住進去」充分地表示了小朋友不懂自己所用習語的真意義。

來信所引的第一句也值得一談。a slum 的用法也有些奇特。這個字通常用作多數形使用。無論是 slum 或 slums 都不是指一個個的房子，而是指一個城市裡窮人所住的擁擠骯髒的那一部

分。句中說 It's a slum 也是故意地表現小朋友對於成人語言之瞭解的不充分。句中的 the matter 是指「不愉快的狀態，不對的情況、困難」等。

"It's a slum, that's what's the matter with it."是說話很快或急促的口氣，好像國語的「我告訴你它怎麼不對：它是個貧民窟！*」這一類的構造常見：It's too expensive, that what's wrong with it.(我告訴你它怎麼不好：太貴啦!) He's reliable, that's what we like about him.(我告訴你我們喜歡他什麼：他可靠！)。以上的句子裡的 It's, He's, that's，都不能換為 It is, He is, that is；換掉以後，所希望的語氣就沒有了，因此那種構造也就沒有了存在的道理。請注意這種構造是純口語，其標點符號的使用也違背文章中標點的原則：逗點符號不該用來連接兩個獨立子句。

為什麼要「違規」地使用標點符號呢？為了表示兩句話口氣的連貫無中斷，為了強調第二句之 that 的和第一句之呼應。

15-39

美國7 Up汽水時常在廣告裡強調它不但從來不含咖啡因，而且以後也不會含有；所用的話是

7 Up has never had caffein, and never will.

請問這句話是否有錯誤？助動詞will之後所省略的動詞原形想必是have，而在前句裡並沒有have，所以不該省略，對不對？

你講的道理完全正確。

後半句改為...and never will have.是文法正確的句子。

省略(ellipsis)必須要確保句意的不易被誤解，這是原則。

---

* a slum如上文所說不是尋常的用法，因此譯為「貧民窟」是很勉強的。

Run as fast as you can.(句1)之句裡，在 can 之後被省略的是前面已說過一次的 run，十分明顯。May I leave now?/ Yes, you may.(句2)一句裡，在 may 後被省略的乃是前面已經說過一次的 leave now。

來信所引的廣告文句之 will 後面被省略的 have 是前面沒有的。

但是，看到這句話的人都會確知 will 是從 will have 凝縮而成的，所以它不會造成意義上的曖昧或被誤解。這樣也算說得過去的句子，雖然對英語正確構造有感覺的人看到的時候會感覺不舒服。

邱吉爾在他的 *The Second World War* 裡也用到不守規則的「省略」。書中有這樣一句：After you have said all you can to a peasant he says he must go home and consult his wife.——(3)

（你對農民把能說的話都說完了以後，他說需要回家去跟太太商量。）

上面這句話的孤立助動詞 can，必定是 can say 的省略結果。雖前文無 say 然而只有 have said，因為意義清楚，所以讀者立刻能知道 can 是代表 can say。

來信所講的道理仍是我們要遵守的，免得「畫虎類犬」。

寫到這裡，想起來三藩市的一個頗有規模的職業學校在公共汽車上作的廣告，說 X Y Colleges specialize in practical, personal, business job training, and have for 114 years.(句4)這句話引起了報紙的批評，後來聲明是出於廣告公司的不高明手筆。

句中的孤立助動詞 have 之後被省略了什麼字呢？前文只有一個動詞 specialize，不能在 have 之後再擺一個。have 應該是 have specialized 的省略形。批評者認為不好，尤其是出現在學校的文件裡。

這裡我發覺有微妙的文字知覺問題：

1. 在句(1)中被省略的動詞原形 run 跟前述的 Run 一樣。在句(2)中被省略的字跟前述的 leave now 也一樣，都沒有問題。

2. 來信所說7 Up 廣告之句裡省略的 have 是從前述的 has had 由繁入簡變化而推出來的(至少從文法觀點可以這樣說)，所以沒有引起讀者的熾烈反應。

3. 句(3)在 can 之後節略的 say，也是從前述的 have said 由繁入簡變化而推來的，也被讀者接受。

4. 句(4)看起來不舒服乃是因為前文的動詞是單純的 specialize，而在 have 後所隱含的乃是其過去分詞 specialized。

知覺仍是主觀的，所以不是人人都有同感。

15-40

請問這兩句有什麼不同？對熟諳英語或英語世界的人產生什麼不同感覺？

1. Abby watched nervously, wondering whether it would rain.

2. Abby watched nervously and wondered whether it would rain.

Abby 所注意觀望的對象可能是天象，可能是正在進行的球賽等，要有句子的前文才可了解。

句1的 wondering whether...修飾整個主要子句 Abby watched nervously，是當作副詞使用的，它的本質是一個「節縮的副詞子句」*──該子句的原型可能是 while she was wondering whether it would rain。

***

* abridged adverbial clause：美國文法學者George O. Curme倡用的術語，見其*Syntax*(176 ff)

　　無論是就句1的文字來看，或把被節縮部分擴充爲完整的副詞子句，句1的意思都是相當於「Abby 一邊不安地望著……，一邊在猜想料想（或極欲知道）會不會下雨」。

　　從以上的分析我們可以認出，句1中的 wondering 跟 watched 是同時的。

　　句2裡的 watched 與 wondered 是兩件不同的事，雖然是可能同時進行的，但是文字並不特別表明這一點。（and 往往用於表示後者爲前者之結果，如 He told her and she wept.；也常常表示後者的發生時間在後，如 He came in and sat down.。）

　　在沒有前後文字充分表明句意的情形之下，我認爲「熟諳英語或英語世界」的人對這兩句的感覺有我說明的不同，並且感覺句2有些奇怪。

15-41

> They were sitting there watching.
> 這句話為什麼在 watching 之前沒有用 and？

　　我們不知道句中 watching 的確實意義，所以不去管它，也不管句意的不能全懂。

　　在 They were watching. 一句裡，watching 是主詞（They）的補充詞。

　　加上一個「地點」的說明，這句話就變成 They were there watching.；句中的 watching 地位依舊。

　　表示「身體位置」的動詞（如 come, lie, remain, sit, stand, stay 等）可以代替 be 動詞使用，因此，前段的句子可以變爲 They sat there watching. 或者 They were sitting there watching. 沒有加 and 之需要。

　　如果硬要加呢？

所形成的句子 They were sitting there and watching.的含意與份量就變了，其中的 and 成爲關鍵字：「他們坐在那裡，不只是坐在那裡而已，而是在 watching」。

15-42

> 1. He is not a fool.
> 2. He is no fool.
> 以上兩句有沒有區別？

有區別。否定的份量不同。

句1是單純的敘述。

句2是強調的說法；其語氣相當於「他可不是呆子。(你騙不了他)」。

15-43

> Eugene doesn't smoke, nor does he drink.這句話裡的Eugene與he乃指同一人，是否可以neither取代nor？

來信所舉之句中的 nor 的性質相當於 and not 或 or not 或 not either，用來延續前文所表示的否定性：「他不抽菸，而且他也不飲酒」。

在 nor 之後的子句之主詞與前面子句之主詞可以是同一人(如下面的句1與句2)，但也可以不是同一人(如句3)：

1. He has no experience, nor does he want any.(他無經驗，而且他也不想要有經驗。)

2. I said I had not seen it, nor had I.(我說我沒有看到，而且我確是沒有看到。)

3. He can't do it, nor can I.(他不能做，而且我也不能做。)

neither 的用法之一是作 nor 解釋。它也沒有來信所顧慮的是否同一主詞的問題，請看例句4與5：

4. I haven't been to the Exhibition, neither do I intend to go.（我還沒有去展覽會，而且我也不打算去。）

5. So you don't have a job? Neither do I.（你沒有工作嗎？我也沒有。）

對 neither 可以代替 nor 之觀念持有保留意見的，我只知道有兩本書。《簡約牛津字典》（第6版）裡認為這已是「古體」（archaic）；MEU* 持更為挑剔的看法，認為「兩個主詞如指同一人」時（並且舉出例句6），用法不似在以往那樣常見，而只適用鄭重的文字裡，但卻認為「兩個主詞不指同一人，而一個是說話人自己的時候」，句子仍是自然的日用英語——例句7就是MEU 所舉的：

6. Defendant had agreed not to interfere, neither did he.（被告前已同意不干預，事實上也並未干預。）

7. Defendant aid not interfere; neither did I.

來信顧慮到的「兩個主詞」問題，想法似是剛好與 MEU 的見解相反。

幾個例句都不是我的造句，而是謹慎地從不同字典擇來的。句1與5來自 *The American Heritage School Dictionary*（1972）；句2來自第6版《簡約牛津字典》（COD）；句3與4來自第3版 *Oxford Advanced Learner's Dictionary*。

如以英國人的名著 MEU 的立場來看例句4與5，MEU 是支持美國字典的例5，而不贊成英國字典的例4。

---

* MEU ＝ *A Dictionary of Modern English Usage*, by H. W. Fowler, revised by Sir Ernest Gowers. (Oxford University Press, 1983)

15-44

弟弟在某中心上課，聽老師說「我沒有英文名字」應說 I don't have an English name.，而不要用 I have no English name.

為什麼這樣不可以，而「我沒有錢」卻常用 I have no money. 表示？

這個問題不像表面所見的簡短。

先從「不可計數」的 money 之使用說起。下面兩句都正確，只是句1比較強調：

1. I have no money.

2. I don't have money.

遇到「可計數名詞」的時候，情形就複雜一些。下面例句3與4都是正確的，只是用4的人較多。在說「那棵樹沒有葉子」的時候，大家都會用句5的構造，而不會以 leaf 代替 leaves。

3. She has no child.

4. She has no children.

5. The tree has no leaves.

如果道理或情況明確要求用單數的時候，此類句內的「可計數」名詞就必須用單數形：

6. He has no father.

7. The suitcase has no handle.

來信所說的兩句話裡，I don't have an English name. 是自然的。除非在語調中另有加強之處，第二個說法比較欠自然，主要是因為在 no 之後沒有逕直接到它所否定的對象 name。

請想 I have no name.（當然沒人會信）就是自然的句子。

再請想，如果你要說「那棵樹沒有紅葉子」，在例句5裡加 red 就來得彆扭，而 The tree doesn't have red leaves. 就是自然並且正確的英語。

15-45

在課文裡發現一個句子的文法似乎很怪。麻煩說明一下。

The ones we are sure are classical are the ones men everywhere turn to again and again through the centuries.

我手頭上沒有這個課本，但仍能確信文中的 ones 是 books 的代表字。所以第一步先用 books 替換意義較不分明的第一個代名詞 ones: The books *we are sure are classical* are the ones *men everywhere turn to again and again through the centuries.*

上面句內的 The books 是主語，其述語是 are...；排爲斜體的 we are sure are classical 是修飾主語的子句，子句之前省略了一個關係代名詞 that 或 which，我補一 which 進去，並且給這個子句編號爲①。上面句內的 the ones 是補語，其後的全部斜體文字又是一個修飾子句（編號②）；這個子句的前方也省略了關係代名詞，我也補一個 which 進去。改動以後的新句之文法就清楚多了：The books(which)we are sure are classical ① are the ones(which)men everywhere turn to again and again through the centuries ②。

從基幹結構來講，這句話說的是「條件①所講的那些書乃是條件②所講的那些書」。

條件①（也就是子句①）的內容不是一個單純的子句。這裡面(which)are classical 是主要部分，而 we are sure 是表示說話人意見的「評論子句」（comment clause），是修飾整個子句①的。子句①的意思是「那些（我們有把握）是 classical 的」。我們心裡要把子句①寫成這個樣子，which(we are sure)are classical。

子句②比較單純，它的意思是「在許多世紀裡各地的人不斷閱讀的」。

整個句子的解釋是「我們確有把握是 classical 的書，乃是經

歷許多年各地方的人不斷閱讀的書」。

用於文學作品，classical 的意思是標準的，或頭等的 *Concise Oxford Dictionary*, 1976。我如果把它在句中翻譯出來，讀者豈不是認為我在說不明不白的話。

我很同情同學要跟這樣的文字掙扎。

15-46

下面一句話出自 H. Gary Knight 著的 *The Law of the Sea: Cases, Documents, and Readings*。請問那三個 that 有何作用，能否省略，且整句話在文法上是不是有問題？

It does not necessarily follow, however, that because the exploitation of sea-fisheries was a profitable industry and form of commerce and that the Mediterranean states derived income therefrom, that the sea was held to be free to the common use of all men.

我的膽量很大，連洋人的英文都改。

這個句子很累贅，不變動構造不易改善。因為來信的重點是那三個 that，我就只談它。

第三個 that 是正確的，而且是需要的，因為此句的主要構造是第一個 that 之前的文字加上從第三個 that 以後的文字：

It does not necessarily follow, however,... that（第三個）the sea was held to be free to the common use of all men.③

上述文字的意思（不是翻譯）是「下面③的話，下面③的道理，並非必然結果，並非自然而然的，就是海洋被視為全體人類可以自由公用的東西。」It 是形式上的假主詞，它指的、代表的，是 that the sea was... all men 這一個子句。這個 that 如被刪除，句子就很難看懂了。

從原文第一個 that 到第三個 that 之前的 therefrom，屬於修飾主句的副詞子句（兩個）。第二個 that 應改爲 because。這兩個副詞子句就變爲

that because the exploitation of sea-fisheries was a profitable industry and form of commerce ① and because the Mediterranean states derived income therefrom ②。

上邊這段修飾文字的意思是「①因爲海洋漁業之開發是可以賺錢的工業與商業（天曉得作者爲什麼要說 form of commerce），而且②因爲地中海的國家從海洋漁業之開發獲到了收益。」

現在看到全文的構造就清楚了：

It does not necessarily follow, however, that because ① ...and because ②..., that... ③（不一定因爲有①與②就會有③）。

15-47

下一句話裡的三個that有何作用？這句話（出自一本大學教科書）在文法上有無問題？

It does not necessarily follow, however, that because the exploitation of sea-fisheries was a profitable industry and form of commerce and that the Mediterranean states derived income therefrom, that the sea was held to be free to the common use on all men.

——H. Gary Knight, *The Law of the Sea*

這個問題我之前回答過了。隨後就接到老友傅一勤教授來信，指出我只解決了問題的一部分（刪除了第二個 that），而仍留下了一個多餘的 that，使得句意仍不清楚。在向傅先生致謝之餘，我換一種入手方式再把此句分析一次。

這句話的基幹是——

It does not necessarily follow, however, that the sea was held to be free to the common use of all men.（A）

開頭的 It 是「預示」主詞，它所指、所代表的是 that 以次的整個子句：that the sea was held to be free to the common use of all men（海洋被視爲全人類可共同自由使用的）。這個子句是整句話的真主詞，其述語是 does not necessarily follow。不及物動詞 follow 的意思是「成爲自然的、合邏輯的結果或結論」。

使用預示主詞是英語近世的發展；在簡單主詞之後立即出現動詞是現代英語最喜愛也是最習慣的構造。上述之句如果不用預示主詞，就會變爲下面的形式，其結構顯得笨拙，但其文法構成會更明顯：

That the sea was held to be free to the common use of all men, however, does not necessarily follow.（B）

若是用「……這回事」翻譯句中的 That，這句話就是說「但是，海洋被視爲全人類可共同自由使用的這回事並非必然的、自然的結果」。變爲華語的構造乃是「但是，海洋並沒有自然地被視爲全人類可共同自由使用」。

原問題句中在第一個 that 之後直到第三個 that 之前，還有以下用 because 引領的說理由之文字：

because the exploitation of sea-fisheries was a profitable industry and form of commerce and that the Mediterranean states derived income therefrom,（C）

其中自 because 到 therefrom 的話，是說明「海洋被視爲……這回事」因何而會被誤認爲是「必然的、自然的結果」。

請看此連接詞 because 有兩個被連接的對象，當中有一個 and：一是 the exploitation of sea-fisheries was a profitable industry and form of commerce（海洋漁場之開發利用是有利可獲的工商

業，二是 the Mediterranean states derived income therefrom（地中海國家從之取得收益）。當中的 that（原句之第二個 that 無作用而且妨礙了解，應該刪除）。若以另一個 because 字樣替代這第二個 that，文意會更清晰——

because the exploitation of sea-fisheries was a profitable industry and form of commerce and because the Mediterranean states derived income therefrom,（D）

第三個 that 與第一個 that 不能並存。從上述構造 A 可以看得出來。兩個只保留一個，可以放在構造 D 之前，也可以放在 D 之後。放在 D 之前比較順暢——

It does not necessarily follow, however, that because the exploitation of sea-fisheries was a profitable industry and form of commerce and because the Mediterranean states derived income therefrom, the sea was held to be free to the common use of all men.（E）

附帶討論一下，E 句的述說程序是先講理由，後說結果。因為無原書，所以不能評定這種述說方式是否高明——前後文的關係是決定因素。在此處提醒讀者，還有先談結果後述理由的寫法：

It does not necessarily follow, however, that the sea was held to be free to the common use of all men because the exploitation of sea-fisheries was a profitable industry and form of commerce and because the Mediterranean states derived income therefrom.

前次回答此問題時，對於原句中 a profitable industry and form of commerce 的用字之多曾有批評，認為用 form of commerce 是贅辭。這是出於我的一時愚昧。industry 是可計數的名詞，在其前方用了不定冠詞 a，但 commerce 是不可計數的，所以才有 form of commerce 之使用，為了能同 industry 一起接受 a profitable 之

修飾。

15-48

> 下面這句話對不對？為什麼？
> *The outlaw aimed at the sheriff with a pistol.

不妥。

to aim(v.i.)at...的意思即是「用武器對準……」。

如果要說出「手槍」來，應該把 aim 當及物動詞使用：He aimed his pistol at the sheriff.(這裡用 his pistol。如果故事中的盜匪手邊除了手槍還有數種其他火器，才有使用 a pistol 的可能。)

15-49

> 這兩個構造在用法上有何差別——
> know A from B
> tell A from B

兩個構造都表示「知道 A 與 B 不一樣」。

有人認爲 to tell A from B 比較多含「有意地去區別、辨認」而 to know A from B 是屬於知覺其不同的。

但是我問另外幾位美國人，他們並不感覺有這種哲理意味之差別存在。

我只知道有一個慣用語裡的 know 不可以拿 tell 替代：I don't know him from Adam.——「我完全不認識他是何人。」

在詢問句裡可能產生使用上的不同。如要用英語表示「分辨藍色與綠色」的問句，Does he know blue from green?是正確自然的說法；Can 代替 Does 就不是了。但是說 Can he tell blue from green?是正確自然的句子；在這句裡用 Does 代替 Can 就不自然

了。

　　以上所指的兩個「不自然」句，都不是沒有產生的可能——
熟練的劇作家可能造出其引發的特殊文脈。

第十六章
附加問句

16-1

請問

1. He is too young to go to school.若要有附加問句是is he?或isn't he?

2. The miles is too far for John to walk.如有附加問句應該是is it?或isn't it？

因為兩個原句都是肯定的話，在通常情形之下其附加問句該用否定的。

附加問句(tag questions)有兩種常用的構造：

A. 肯定句＋否定附加問句

He can come tomorrow, can't he?

B. 否定句＋肯定附加問句

He can't come tomorrow, can he?

這兩種構造因問者目的之不同，讀音的語調有兩種。

如果問者的目的只是希望對方表示同意，也就是要對方證實問者的看法，在附加問句部分用「下降語調」，換句話說，就是不用「問句」的語調。例如 He can come tomorrow, ↘can't he?/ You aren't angry, ↘are you?

在上述情形之下，問者預期答者對型 A 句子以 Yes, he can.作回答，對型 B 句子以 No, he can't.作回答。

英語裡把上述的附加問句，稱作 tag questions asking for agreement。

如果問者真是向對方要求答覆，希望從對方獲得到資料、消息等，附加問句部分的讀音就要使用「上昇語調」，跟其他不能以搖頭或點頭回答的真問句一樣。例如 You won't leave next week, ↗will you?/ Vitamin A doesn't dissolve(溶解)in water, ↗ does it?

這一類附加問句稱為 tag questions asking for information。(問者對所說情況無把握，而等待對方證實的時候，也是用這種附加問句，例如 He is your brother, ↗isn't he?或 He isn't your brother, ↗is he?)

綜合以上所說，我們可以把常用的附加問句分為四種：

A. 肯定句＋↘否定附加問句

B. 否定句＋↘肯定附加問句

C. 肯定句＋↗否定附加問句

D. 否定句＋↗肯定附加問句

上述的型 C 和型 D 是真的要問問題；型 A 和型 B 的性質近似宣佈自己的意見，也近似如「雨好大呀！」之類的所謂 exclamation 的句子。

請注意上記各型的前後兩部分必是一肯定與一否定的並立。所以我對來信所問才作那樣肯定的答覆。

有沒有「肯定＋肯定」的可能呢？有。但必然是在一段文章裡，要有前後的情節。那樣的話的前面往往還有 Oh 或 So。說話的人可能是推論獲得了結果(如下面的例句 a)，可能是想起來別人說過的話(如例句 b)：

（a）So your father is out, is he?

（b）Oh, you've had an accident, have you?

這樣的附加問句普通是「上昇語調」的。

更為罕見的是「否定＋否定」的構造。其性質和上述的「肯定＋肯定」相同。例如 Oh, he isn't ready, isn't he?

因為有這些可能情況，開頭我才說「在通常情形下」，來信所提兩個句子的 tag questions 都是否定的。（兩個句子裡的 too...to 並不使句子變為否定的）。

補充說明

在否定句＋肯定附加問句一型構造裡，有些「否定句」並不含有我們平常可以確認否定性的字，例如 He *rarely* comes here, does he?

其原因是 rarely 被直覺、迅速地分解為 not often，而把上面的一句話看作 He doesn't often come here, does he?

與 *rarely* 同性質的字還有——

seldom（＝not often）

scarcely（＝almost...not; almost...no）

hardly（＝scarcely）

附加問句在英語學習上本來不是一件大事。我們的英語教科書大為重視它並非國人獨創，而是受美國設計「如何教外國人英語」（TESL）課程者的影響。TESL(teaching of English as a second language)裡包含許多教師的寶貴經驗，及許多學者經過考驗的可行理論，但也包含若干徒有其表的事項，附加問句的被強調即是一例。

一部分附加問句可以編成許多習題，可以劃出高低音調的符號，容易作測驗，而且在測驗時容易打分數。編 TESL 課程的人抓到這種材料當然不會放過，於是就大作起文章來。同時當

然要把另外一部分如上述肯定句＋肯定附加問句的構造隱瞞不談，以免破壞了全部「屬於 TESL」之附加問句的利用。tag question一名詞，首見於丹麥的英語學者 Otto Jespersen 在1924年出版的 *Philosophy of Grammar*（P.302），並非 TESL 登場以後的發現。

荷蘭的英語學者 Etsko Kruisinga 在1931年出版的 *Handbook of Present-day English*（§425-426）裡，也作了頗為深入的分析。只是他用的名稱不同。

16-2

我有兩個關於to miss之使用的問題。有人說它含有否定的意味，因此在與「附加問句」並用的時候，應該有「肯定附加問句」。換句話說，下面句1是對的，句2是錯的。請問先生意見：

1. She missed the bus, did she?

2. She missed the bus, didn't she?

根據同一道理，有人說下面句3是對的，而句4是錯的。此話可信嗎？

3. *Mary missed the bus, and neither did Joe.

4. Mary missed the bus, and so did Joe.

你的朋友想法不正確。to miss 只能說是含消極意味的字，不是能否定主句的字。

「附加問句」不像編寫英語入門教科書的人所想像的那樣簡單，因為有讀音之抑揚條件在內，許多組合都是有意義的。

句2必定是正確的：主句是肯定的，附加問句就該是否定的。

在尋常情形下，句1不對，因為它不合於上述的原則。但是如我在前一則解釋過的，「肯定主句＋肯定附加問句」也有使用的可能。這種構造使用的場合較少，多半表示說話的人回想

起來別人已經說過的話，或是憑推理而下了結論。整句話的前面多半會有 oh 或 so 之類的字樣。附加問句的音調是「揚起」的。而且這種音調可能是表示諷刺性的懷疑。

　　tag-questions 實在是很複雜的，至少有四種構造、兩種音調，和七種意義。

　　句3與句4句爭辯很容易解決。句3是錯誤的，毫無疑問；句4是正確的。

16-3

附加問句的應為肯定或否定性，是不是應該和主句相反？

您所著的《英文標點符號》一書裡有You've found your wallet, have you?的例句，其中主句附加句都是肯定的，是否排印錯誤，應為…haven't you？

　　謝謝你提出這個問題。我手頭恰好沒有那本書，記不得例句的解釋是什麼，所以答不出在這個地方該不該是 have you？

　　但是，You've found your wallet, have you?是正確的句子。

　　換句話說，附加問句的肯定與否定性，可以跟主句的「正/負」相反，也可以相同。我引兩本文法書的舉例。

　　文法學者 Randolph Quirk 等四人合著的 *A Grammar of Contemporary English*(Longman, London)在§7‧59舉出如來信所說的「正負相反」的例句兩個（我們稱它們為型Ⅰ）：

　　1. He likes his job, doesn't he?（正＋負）

　　2. He doesn't like his job, does he?（負＋正）

　　同書在§7‧60提出有型Ⅱ句子，是(正＋正)的，而說明是比較不常用的，所舉的例句是：

　　3. Your car is outside, is it?

4. You've had an accident, have you?

對此型 II 作者特別說明往往在前面還加一個 Oh 或 So，表示說話人是已經作此推論，或是因為想起了已經聽到的話而作此結論。

在同一段裡，該書還舉出認為是很不常見的型III，含有「負＋負」的構造。Michael Swan 著的 *Practical English Usage*（Oxford, 1980）把型 II 型III附加問句稱為"Same-way" question-tags，而說它們是常見的，說它們「也」可以用來發問，說在這種情形下，主句的作推測，用附加問句詢問推測是否（見例句5-7）。

5. Your mother's at home, is she?

6. This is the last bus, is it?

7. You can eat shellfish, can you?

8. So you don't like my cooking, don't you?

句8是「負＋負」的構造，作者說這樣的句子通常有咄咄逼人的語氣。

上面我標出是「也」可以發問。另外還可以做什麼？可以用來表示關注、驚異、惱怒等，要看說話的語調來決定。書中舉了三個用例：

9. So you're getting married, are you? How nice!（你要結婚了？太好了！）

10. So she thinks she's going to become a doctor, does she? Well, well.（原來她想要去作醫生呀？想不到，想不到。）

You think you're funny, do you?（難道你認為自己很幽默嗎？）

第十七章
學英文的途徑

17-1

本人對英文向感興趣，深覺學習英文十年，說與寫的能力尚停於稚齡，實是憾事。中國人學英語，不若學國語有天然環境，故從文法入手實是必要的。而文法書甚多，不知何取何捨。同時每讀英文書籍往往知道一個字表達的意義，但不知其用法；往往知道一個idiom，但不知其在句中地位；諸如此類之困難頗多。讀時雖可明白其意義，但卻無法應用於說與寫方面。先生能否介紹一些有益的書或辭典，以便學習活用英文。

提出類似問題的讀者有好幾位，這裡只節略刊出了讀者的長信。

信裡的問題實在是好幾項。如何增進說英語的能力？如何增進寫英語的能力？文法是否有用及重要？有什麼好的英文法可以讀？有什麼其他的書可以幫助我們英語使用能力的改進？

這些問題的任何一項，都可以作一個專門討論的題目。事實上也都作過座談會的議題。在有限的篇幅裡，我簡單地說一下自己對這些問題的看法；但不包括說英語的問題，因為它是三言兩語無法交代的。

寫得好確是一件很難辦到的事。國人寫英語文章能夠趕得

上美國、英國文章標準的人極少，少到外行人難以相信的程度。但這不是說不可以學寫，或是不該學寫。該檢討的是目標對不對。

第一要弄清楚的是不可以打算寫「漂亮」文章。要有自知之明，用別人的語言寫文章只能全心全力求能達意。第二要記得今日的英語喜歡文字簡單明瞭。第三要了解，沒話可說的時候寫不出有意義的東西；抒情寫景的文章用本國文字寫也不是簡單的事。

我主張習作首先要學寫信。寫信的時候不容易違犯上述的三點禁忌。

更重要的是學寫信的時候，我們可以不必立即同時學習寫英語文章的幾個絕對重要的修辭原則；「每一段裡只能有一個中心觀念」，「每一段的觀念要以一句話表達出來」，「段與段之間要有連繫的辦法」，「句與句之間要常用連繫的工具……」（unity of paragraph, topic sentence, transitional words and phrases…）。

開始寫的時候，如果保持句子簡單，不使用自己沒有把握的字、片語、構造，就比較容易確保自己的文句能被看懂。寫完能夠有人可以改正，進步才是有把握。

「英文法」一度在美國被攻擊、被驅出中小學課程以外。說者理由充沛，尤其是文盲說話無困難的一點。但是後來發現不用文法術語，講述英語的構造習慣與特點的時候十分吃力，甚至講不清楚，而且變為更枯燥的課目。現在英文法又在美國學校裡逐漸復位了。美國人猶如此，我們學英語當然要靠文法的幫助。

但是從前的文法書以及現在很多文法老師犯兩種毛病。一個是要求學生記憶過多的術語；實際上那些術語是老師和研究

者該記得的，爲了給學生介紹術語所要講解的實例和習慣。舉例來說，Everybody seems to like him.是一個使用 verb＋to＋verb構造的句子，其中第二個動詞可以變爲被動語態：He seems to be liked by everybody.。告訴學生這種被動語態叫作 aspectual passive（或其他名堂）是無道理的行爲；我們只該告訴有了適當英語程度的學生，在 verb＋to＋verb 構造裡，第一個動詞只有少數幾個許可第二動詞之被動語態的發生，其中常用的有 appear, begin, continue, fail, get, happen, have, seem, start, tend 以及 use。（而且 use 限於 used 的一個形式。）

　　第二個毛病是時常忘記自己知識的時空限制。例如有的文法書譏笑美國人的不顧文法規則，而不知道自己認識的文法規則是摩登的英語的習慣，而美國人保留了較爲古老、正統的英國文法規則；如 He guessed right.就是一個好例。另一現象是以自己的有限知識武斷另外用法的錯誤。

　　什麼是好文法書，適於國人增進英語使用能力的呢？我並沒有把臺灣能買到的文法書都看過；即使都看過，而且有評定比較的知識，我的看法仍難免主觀，這一點先行聲明。

　　既然讀過十年英語，看英語寫的文法書應該無大困難。簡明且相當實用的一本是 Oxford 出版，Thomson 及 Martinet 合著的 *A Practical English Grammar*；初版有中譯本，我沒有讀過不知其好壞。這本書的缺點是講英國用法，有些地方和美國用法大不相同，尤其是 shall/ will 的使用以及「你有……嗎？」的英語構造方面。

　　有一本簡明的美國英語文法是 Collier-Macmillan 公司出版，由 English Language Services, Inc.編寫的 *A Practical English Grammar*。

　　以上兩本都是比較簡單、實用而不甚成系統。如果想看一

本較詳細的權威性著作，要花些時間去找。已故英文文法大家 George O. Curme 所著的 *English Grammar*，為紐約 Barnes & Noble 公司所出版。收列在該公司的 College Outline Series 裡（事實上不是一般美國大學生需要的）；近年的版本才改這個簡單書名，早年的書名叫作 *Principles and Practice of English Grammar*。

講單字活用的參考書很多，我都不推薦，因為我認為（為了時間的經濟）應該多利用英英字典。查英英字典隨手就看到了如何活用。英英字典我可以推薦。

初練使用英英字典最好的一本是最初的 Ladder Books 之出版者印行，由美國新聞總署資助為外國人學英語而編的 *The New Horizon Ladder Dictionary*。另有一本 *Longman Dictionary of American English* （New Edition）也是初學者極好的選擇。

用過上述的字典以後，就應該練習使用美國出版界稱作 college dictionaries 的字典。這一類字典收列項目在15萬上下，其中我認為最好的 WNWD（題目雖說「美語」字典，事實上包括全部英語，遇到英國、加拿大、澳洲的用法時，會特別標明。）

這本字典對於 usage 講述很多。通用字的說明之後的例句很豐富，對我們學英語的活用大有幫助。這裡所謂的例句不一定要完整句，講到 judge 的一個特殊解釋為「有資格對某事物的比較價值表示意見的人或作評定的人」之後，用 a good judge of music 足夠了，寫成 Mr. Black is a good judge of music. 除了浪費篇幅，並無任何好處。

其他屬進階性質的字典，我還推薦 *Collin's Cobuild English language Dictionary*。

17-2

我的一位老師常說學英語到相當程度以後，一定要練習使

用英英字典才能更有效地進步。他說這是吳教授經常提倡的，請詳細說明理由何在。

　　一個理由是一切英漢字典爲了節省篇幅，換句話說是在預定的頁數之內多收列幾百甚或幾千個英語單字及習語，一定在解釋上謀求用字的經濟；因此，有許多解釋不夠清楚，有許多解釋起來過於複雜的事項就索性被省略掉了。英英字典可以幫我們得到英語更爲精確、更爲確實、而爲完整的認識。

　　舉一個例子說明上述的理由。worry 作及物動詞使用，而其對象（受詞）是「物」而不是「人」的時候，其意義是「焦急地、緊張地、或有決心地去一再地拉、扯、壓、按、或碰觸等」（to pluck at, push on, touch, etc. repeatedly in a nervous or determined way）。作此解釋的英英字典還進一步舉例說明：worrying the loose tooth with his tongue。什麼英漢字典會用這許多字來說明 worry 動詞的六七個解釋中的一個？

　　要使用英英字典還有一個更重大的理由。

　　想把一種外國語學好，學到能夠從容使用的程度，必須要練習能用這種外國語思考。忘記最初是什麼人說的，後來抄襲而自稱爲創造的人很多：「學一種外國語要到能用它來作夢才是真學會了」。不能用它思考，就是要在腦子裡經過翻譯的麻煩過程。起碼的害處是在時間上要慢很多——不論是聽、是說、是閱讀。

　　練習用英語思考是很吃力的事，是許多人難能做到的。除非知道捷徑。這條捷徑就是使用一本內容淺顯的英英字典，專查自己認識的字。查認識的字在看解釋的時候，就很容易不去用華語，而完全跟隨著英語解釋的話去思想了。

　　這裡也舉一個例子。若是你已經認識 jar（名詞），查一本淺

顯英英字典時看到旁邊有圖，然後再看解釋 a round container, usually made of glass, with a wide opening at top，即使不認識 container，你也會猜得出它的意義，並且不大會使用「翻譯」的程序就把全文看懂了。

這樣的功夫要每天下。要常查認識的字，包括不甚了解的字；偶爾也該查一查不認識的字。這樣你用英語思考的能力會持續而且明顯地進步，你的聽與說英語的能力會跟著進步，而且你對英語的認識會有更大的進步。

我這裡推薦的方法，是自己教書親見使用成效的。

17-3

美國字典裡收字詞最多的*Webster's Third New International Dictionary*在書名裡爲何用"International"?

因爲它包括美、英、加拿大、澳洲、紐西蘭等國使用的英語——大體相同而仍有區別的英語。

17-4

欲購英英袖珍型字典一本，以便於隨身攜帶查用，不知比較完整之英英字典以何者爲佳？

我不敢確言來信所說的「比較完整」的意思是什麼。單是從字面看來，大概是和「袖珍」的條件相衝突的。

爲了使字典小，便於攜帶，編印字典的人有幾種可行的辦法。那些辦法都是要犧牲一部分內容，而且是相當大的一部分內容。

第一個辦法是保持相當多的被解釋字，而刪除比較不常用

的解釋，節省解釋用字（因此也就犧牲了解釋的確切和詳明性），刪除片語，刪除使用的實例，刪除該與什麼介詞聯用的說明等。這樣的字典在英國有 Collins 公司所出的數種袖珍型，有美國的 *Webster's Pocket Dictionary*。這一種字典當然有其用處，但因爲收字究竟仍是甚少，也無大用處，尤其對於學英語無大用處。

第二個辦法是拿一本所謂「案頭型」字典加以凝縮，刪除較罕見的字，較罕見的解釋，刪除使用的解說和實例等。這樣的字典最成功的是美國 Popular Library 出版的 *Webster's New World Dictionary*, Paperback Edition（1971）。

第三種「袖珍字典」是爲學習英語用的，收字很少，但是解釋相當詳細，仍有使用實例（往往比收例12至15萬項的「案頭型」字典所舉的還要多些）和使用的說明。英國所謂牛津字典系列裡的 *Pocket Oxford Dictionary* 是一個；*Little Oxford Dictionary* 是比較無用的，我不推薦。《階梯英語字典》（*New Horizon Ladder Dictionary*）體積太大不能算「袖珍」，而且收字只有5,000，是另有用途的字典。

17-5

我學英文已有九年之久，對於ICRT之新聞播送每每來不及聽懂，或只是略知曉其一二。是否有方法可以訓練？

當然可以。但是我們該先看一看困難何在。

我們自己的英語讀音是否正確是一個。我說的讀音是廣義的，包括字和字的連接，片語的讀法，和最重要的聲調問題（intonation）。如果我們自己把說話中的（He can sing.）中的 can 是讀如/kæn/（和 tan, ban 押韻），都聽不懂美國人把 can 讀如/kən/

的句子了。

更大的困難是 ICRT 播送新聞的時候，爲了希望在最短時間內提供最大量的消息（information），說話比較快，通常是每分鐘140多字。當然這種速度是我們不能習慣的。

ICRT 播新聞時候所用的句子之長也是出人意料的。比澳洲電台及英國電台所用的都長。這也是一個困難。

新聞內容時常會包含我們不知道的地名、人名、事情、專門知識，也造成困難。有時候地名還有英美讀法不同的，例如英國讀 Suez 時，第二母音是/i:/，美國和其他國家的人讀起來，第二母音是/e/。

利用 ICRT 新聞來練習英語聽力最好求救於錄音機。錄下來以後可以反覆地聽。可以留到第二天看完報紙的國外新聞以後再去聽。

廣播也好，報紙雜誌也好，都會不斷地出現任何字典裡查不到的新字、新片語或舊字新解，這個問題是無法解決的。

17-6

您說練習英文思考的最佳方法爲查英英字典，麻煩您爲我選擇一本好嗎？我就讀高中。

我認爲在高中開始使用英英字典作輔助工具是很有用的，而不是「只」用英英字典。查的時候，主要應查已經概略熟悉的單字 *（當然在用過一段時間以後，偶爾也可以查一下生字，

---

* 一般英漢辭典只能告訴我們英文單字的概略解釋，例如Cousin乃是同輩的，非因個人婚姻而產生的親戚的總稱，包括不論遠房或近房堂兄弟、堂姊妹、表兄弟和表姊妹，不包括男子的內親，不包括女子的夫家親戚。查英英字典可以很快就懂，但是

看自己能瞭解到什麼程度）。查熟字的目的，是看看用英語如何去解釋，也就是訓練了如何用英語直接思考。用英語直接思考是把英語學好的必要訓練。

作第一本英英字典最好的是《階梯英語字典》（*New Horizon Ladder Dictionary*）。它解釋了5,000單字，解釋文字都是甚為淺顯，而且幾乎對每一個字的每一個解釋都舉有例句，（除了用插圖可以更為明瞭的）。這本字典是美國唯一由專家特別為了外國學生而編輯的，優點極多。

17-7

請推薦幾部「英英字典」，釋義淺近，適合高中生使用者。

高中英語程度開始使用英英字典是非常有益的。學英語應該早期訓練用英語直接思想，但是不生活在大家說英語的環境裡做不到這一點，唯一有效的代替辦法是查英英字典裡已經認識的「熟字」，看看用英語如何去下定義或是解釋。

本來這項功夫應該更早開始。但是國中的英語教學時間被減少到幾乎妨礙學習的程度，所以我說在高中開始最適宜。記得當年在輔大任教時，輔仁大學外文系的法文組、西班牙文組、德文組的學生，到二年級就可以用所學的外語和教授討論問題，而大部分學了八年英語的學生不能用英語表達意見。當然師資好壞、訓練方法都有關係，但是請注意輔仁這三組學生在大一的一年，幾乎全部上課時間都是讀語文，（其他的共同必修

別忘了grandfahter也是我們很多人誤解的，它不但是「祖父或外祖父」，而且是把祖父與外祖父看成完全無區別的尊親，因為父親與母親對一個人的重要性與親屬關係並不會有所差別。

課程等都被移到高年級去念）。每週學三十幾小時的法語、西語、德語，自然會有成就。不過我也要補充一點。那些學生若不是先在中學學過英語，經歷了從方塊字變字母之困難，認識字形會有變化，吃過改變中國人本有語言以及思路之結構的苦，也不能在一、兩年之內學到那種程度的歐洲語言。

若以在台北能購到的英英字典來講，我推薦《階梯英語字典》（*The New Horizon Ladder Dictionary of The English Language*）*。我曾數度討論過這本字典，請注意我推薦它不是為「初學」英語的讀者使用。因為一入手時，除非是全天候跟美國老師在一起，無法不倚靠英漢字典。

如果認為比較需要英漢雙解的字典，（雙解有查起來方便的優點，但也有不能訓練用英語直接思想的缺點），我推薦東華書局出版的《英英、英漢雙解牛津字典》（原名是 *Advanced Learner's Dictionary*）。這本字典漢譯工作是很認真的。

17-8

您曾提到 *Webster's New World Dictionary* (College Edition) [WNWD]是您最喜愛使用的，比較上也是最好的。

我有兩本大學版字典，一本是 *Random House College Dictionary* [RHCD]，一本是 *Webster's Ninth New Collegiate Dictionary* [WNNCD]。我的用法是在閱讀 *TIME*、*NEWSWEEK* 或報紙時用WNNCD，因為它的新字彙收得很多，有許多是其他

---

* Horizon在這裡是「天地」、「世界」、「境界」的意思，不是「地平線」。曾有一本暢銷的小說叫 *The Lost Horizon*，（後來還拍了影片），就被胡鬧地翻譯為《失去的地平線》；那本小說裡描寫的世外桃源的地名叫Shangri-La（香格里拉），現在變成了一個「通用名詞」（Common noun）。

大學版字典所沒有收的，字義解釋也多。

查字義解釋時我用RHCD，較明瞭易懂，例句也淺明易懂。

在同義字的辨認以及usage(慣用)的解釋及字源則以 *American Heritage Dictionary* (Second College Edition)[AHD]較明瞭易懂。

這些是我約略的看法。請進一步比較這些大學版字典的特色，以及您為何偏愛WNWD。(我認為忽略字典的特色或未能充分利用都是極大損失。)

我很高興知道今天的求學者仍是如此用功。

RHCD 確實是明瞭易懂，而且在文學及藝術用字的說明上比其他字典都詳細、深入。但是例句、Slang 及口語，科技用字都少於 WNWD。

AHD 的字源解釋注重印歐語之回溯，對我們的使用是否很有益處是可辯論的。其 usage 部分雖然熱鬧，但有可質疑之點。同義字的辨認是大難題，這幾本字典都是抱住少數可講的窮講，其他則付之闕如。如果以數量比，相差並不大。從編排來講，這本字典讓人不忍釋手。(缺點是例句甚少，而且 Slang 及口語也少。)

Merriam 公司的 Webster's 大學版字典在你說的 WNNCD 問世以前是我最看不上眼的。第一是編輯原則始終停留於貼補舊書，例如一字數義的次序排列是舊義在前，新義跟後；其他字典已經依照使用頻度排列，增加查字的容易。第二是例句較少。它的浪得虛名(電視、廣播節目中的拼字比賽都以它為權威)也是使我有反感的原因。這本第9版確是添加了旁人沒有的特色。除了新字詞收得多以外，它還列出了各單字首度出現於文獻的年代，例如 myth:1830，automatic:1902，sing-along:1966。至於

其「字義解釋也多」一點，等我有空暇比較再說。它的例句較少是我知道的。

　　和你一樣，我也是用好多本字典，而且時常為一個字詞或片語去查數本字典。我「偏愛」WNWD 是因為它可能與任何其他大學字典相比都有不如的地方，但是優點卻是較多。對於只用以及只能買一本字典的人來說，WNWD 不失為上選，尤其是因為有獲得授權的國內版可買。

　　新字詞的收列當然與出版的年份也有關係。這是我們人人有的痛苦。美國大學版字典不但有第幾版之別，而且印行的年份也有內容上或多或少的改變。

17-9

先生常提倡使用英英字典，請介紹一本好的英英字典。

　　來信問到好的英英字典，我想是要知道較大的字典。

　　先說「搬不動」的大字典，(實在是無以名之，只有用這個一看就懂的分類法，美國叫這類字典為 unabridged dictionaries[未經節縮的]，比我的「搬不動」更滑稽。)。英國最大的是 *Oxford English Dictionary*，但它的完成(包括 *Supplement*)是在1932年，雖然目前有兩卷新增本，比起美國 Merriam 出版公司的 *Webster's International Dictionary of the English Language* 所收列項目還是少。

　　後者的第二版是在1934年問世；第三版(名字很奇怪，不隨著第二版的 Second Edition 排順序，而是叫 *The Third Webster's International Dictionary of the English Language*)是1960年完成的。因為要多次談到這兩本，我簡稱為 Webster 2和 Webster 3。

　　因為一個字典裡到底收列多少單字是無人統計的，我們只

談「被字典所解釋的對象」(entries)有多少項。Webster 2共收60萬項,是英文字典收羅最多的。雖然 Webster 3只收列45萬個 entries,這兩個數字不能直接比較,因為 Webster3不是第二版的縮編,而是在編輯方針上作了極大的改變。Webster 3刪除了一切固有名詞,除非固有名詞是轉作「通用名詞」(common nouns)使用,這一來就剔去了聖經、希臘與羅馬神話,文化及政治史上人名和地名。不但如此,它還進一步把收列英語的時期縮短了;二版是從1300年收集起,三版改為1500年。因此在查字上,我們應該把 Webster 2和 Webster 3合併看作一套字典。

附帶地說明一下,Webster 3的45萬個 entries 裡,有15萬項是二版所沒有的,有20萬項是重新寫過的。二十六年中,英語發生了偌大的改變!

在1965年美國的 Random House 出版公司出了一個 *The Random House Dictionary of the English Language: The unabridged Edition* 是「搬不動」字典中最小的,收列26萬 entries。兩年以後,它就被節縮為同名而稱 College Edition 的案頭字典,收列約12萬 entries。

我想你要我推薦的是「案頭字典」。這一類在美國稱為 college dictionaries 或 desk dictionaries。收列 entries 從12萬多到15萬多。這一類主要是為「查字」用的,而不是為「學習用法」而設計的。

在臺北能買得到的有好幾種,其中有三種較佳,依照出版的次序排列是(1)上述的 Random House 案頭字典,(2)*American Heritage Dictionary*,(3)*Webster's New World Dictionary*(Second College Edition)。這裡有 College 字樣,是因為它有較小的字典,另叫 Pocket,Office 等版。

比較字典的好壞,不能憑若干字的誰有誰無來作依據。每

一本字典都有它排除單字不列入的標準，每一本字典在蒐集原始資料(稱 cites)上也有千慮一失的現象。例如搬不動的 Random House 字典裡解釋 crystal 一字，就漏了一個常用的解釋：「用一種很透明，很亮的玻璃所造的一件或多件杯、盞、碗等」。

17-10

坊間所售英文字典新字往往查不到。

任何英語字典都不能收列「全部」英語單字。英語的動物學名詞約有45萬項，植物名稱也有40多萬項。在前一問題的解答中，我們已經看到最大的英語字語字典只能收列多少項。有些字要去查專門的辭書，專門書籍中所附的 Glossary(使用特殊字或字義之說明表)。或是專門書籍中的索引(index)。

所謂新字有兩類，一種是新造出來的字，(如 radar 是二次大戰以前沒有的字)，一種是已有的字擔負了以前所無的意義，(如 space 的泛指地球大氣層以外的浩浩宇宙)。

新字並不是每一個都會被收入字典。例如許多有機化學物如無特別緣故，永遠不會被收入普通英語字典。編字典的人對於有特別緣故所以值得收列的新字，也要觀望一段時間，看它會不會變為一個 nonce word(曇花一現字)。即使決定收列，也要等候字典的改版。

Webster's New World Dictionary(Second College Edition)距離第一版相隔十二年。(買字典要注意版面在 Copyright 字樣之後的年份，可能只是再作一次版權登記而已。)Webster 2與 Webster 3相隔二十六年。所以字典永遠追不上新字。

假若你想在某一知識學術領域內，經常能追上時代，認識目前通用的新字，你只有不斷地看那一部門的刊物。因為一個

新字在剛被刊物介紹的時候，一定會有相當多，相當有深度的
介紹，其詳細程度是字典無法可比的。

如果無法去看專門刊物，至少要經常地看 *U.S. News & World
Report* 或 *Newsweek* 或 *Time* 週刊的有關部分。

之前我提到了 cites。編英語字典的主要依據是請很多人閱
讀很多出版物，（出版物的選定是經過特殊研究的），來挑選一
句句的話，特別圈出句中的某一字，好讓編輯者能夠用那一個
句子為活例子，來確定被圈之字的意義和用法。編 Webster 3的
時候，光是化學術語部分就用了 cites 四十餘萬條。

但是 cites 所剛好沒有碰到的解釋，就在從字典裡漏網了。

日常生活中常見的語詞也未必能在字典裡找得到。

美國的街道上往往在 No Parking 的交通標誌之外，還加上
No Standing。Parking(或 to park)是指汽車停止行進，駕駛人也
離開了車子；Standing(或 to stand)是指汽車停止行進，引擎可能
熄火，但是駕駛人不離開。Standing 的這種解釋通用最少已有三
十年。我從1958年起就查閱每一本美國字典，至今還沒有發現
它的解釋。

汽車已經是台灣常用的代步工具。我們該考慮 to park/ to
stand/ to stoy 三種行為的不同，不該用一個「停車」包括一切了。

17-11

遇到連Webster's字典都查不到的字怎麼辦？

不好辦。有些時候是沒有辦法。

你說的 Webster's 字典應該是指 *Webster's Third New
International Dictionary*(以下簡稱 Webster 3)。這本大字典在

1961年出版時收列了45萬字。自1966年以來，在其新刊印本*的卷首，每五年增列一次新字及老字的新解釋：1966年的增補部分有8頁，1971年加到16頁，1976年32頁，1981年48頁。以後又把增補部分在1979年出單行本，書名就叫*6,000 Words*；同書在1983年增訂爲*9,000 Words*；在1986年增訂爲*12,000 Words*。

你有了 Webster 3以及*12,000 Words*仍有數不清的查不到的字及字義：

第一，自1986年以來產生的新字新義仍未收錄。

第二，編輯人可能有所疏漏。例如 copperware 一字意思是家用銅器，是相當常見的字，Webster 3出版時就沒有收列它。

第三，爲求仍舊裝訂爲一冊刊行（雖然是很大的一冊），Webster 3排除了一切固有名詞，包括地名、星辰名稱、歷史人物姓名等，除非是兼作通用名詞使用的。理由是在1934年出版的 Webster II 已經收列了。（後者的人名、地名附錄都有兩百頁之多。）

第四，若干古字被排除。Webster 2對古字的處理原則是排除在1500年前「廢舊」的字，但是收列喬叟（Geoffrey Chaucer 1340?-1400）之作品的全部字彙。Webster 3排除了1755年以前已成「廢舊」的字，除非某字出現於數位重要作家的重要作品裡。

---

* 美國書籍印行不改編內容不稱爲一個新的(edition)，例如今日在台北常作廣告的*Webster's Ninth New Collegiate Dictionary*原出版於1983年，每新印行一次就再申請一個著作版權(Copyright：用符號©表示)有些書局把每一次印行叫作一次 Impression，如 Twelfth Impression；日本書承用這個辦法稱爲「刷」，例如(1974年9月1日初版第一刷)。也有使用「再付印」時間表示的，例如我手頭的初版*Collins Dictionary of the English Language*(一本1690頁的傑出英國字典)就標示First Published 1979...Reprinted and updated 1979, 1980(twice)，1981,1982。

（英人 Samuel Johnson 的劃時代的英語字典是在1755年出版。）

　　第五，Webster Ⅲ 雖然收列45萬字，看起來很多，但是動物學辭典有40萬以上，植物學辭典也有40萬以上的字。

17-12

> 我想買最好的一本英文同義字字典，不限於在台北一定找得到的。

　　English synonyms 並不指嚴格的「同」義字，而是指意義近似，在使用上有若干互換可能性的「類義」字。

　　討論英文類義字的辭書可以分為兩種。一種只列舉類義字，另外還可能解釋字的定義，但不說明兩個類義字的使用區別何在。例如像一本這樣的辭書裡[1]，obedient 一字之後列了類義字 docile，而未解釋這兩個字在使用上的區別，換句話說也就是沒有解釋這兩個字在什麼情形之下是不能換用的。

　　另一種類義字的辭書就進一步地解釋兩個或更多個類義字的使用區別。其中一本[2]就辨別了 obedient 與 docile 的不同。它說 obedient 提示的是對有權威或主管者之指示的讓步[3]，並且舉出 an obedient child 為例；而 docile 提示是屬於一種容易接受管制的性格，或是不抵抗別人控制的性格[4]，並舉 a docile wibe 為

1　Charlton Laird, *Webster's New World Thesaurus*(Popular Library, New York).

2　*Webster's New World Ditionary of Synonyms*, (Simon and Schuster, New York).

3　suggests a giving in to the orders or instructions of one in authority or control

4　implies a temperament that submits easily to control or fails to resist domination

例。

第一種的類義字詞書收字較多，第二類較少。如果你使用的主要目的是找類義字在文章裡使用，就該買這一種。*Webster's New World Thesaurus* 這一本不錯。另外一本可以推薦是 Laurence Urdang 編著的 *The Basic Book of Synonyms and Antonyms*(New American Library, New York)。有些類義字詞書還列出「反義字」(antonyms)。

如果你的目的是要辨認意義相近之字的區別，就該買第二種。*Webster's New World Dictionary of Synonyms* 很好，它的材料都取自 *Webster's New World Dictionary*, Second College Edition〔WNWD〕──這一本字典是我最樂於使用的。

屬於第二種還有兩本值得推薦，一是 Funk & Wagnalls *Standard Handbook of Synonyms*(Funk & Wagnalls, New York)；在此書內把類義字分組用短文討論，每一短文都值得詳讀熟記。另外一本是 *The Merriam-Webster Pocket Dictionary of Synonyms*(Pocket Books, New York)──它是一本較大的同名而無 Pocket 字樣之字典的縮編，攜帶比較方便，用起來也是。請注意類義字典的書名並不一定有 Dictionary 字樣。

美國的所謂 college dictionaries，收列解釋字類在15萬左右的字典，多有類義字的辨別說明。WNWD 是很好的一個，*American Heritage Dictionary*, Second College Edition 以及 *Random House College Dictionary* 也都不錯。更大的 *World Book Dictionary* 有較富裕的篇幅，容易發揮，例如它為 obedient 與 docile 之區別所舉的例句就更為高明：The obedient boy did his chores, though his friends wanted him to go swimming。與 She always rides a docile horse。

在類義字典查不到字的時候不要驚訝。每一本都不完全，

而且大家的收列並不一致。

17-13

「我高中畢業十七年，喜歡語文，想下功夫把英文學好，請您指定我幾本書好好的讀下去」；「我是大學三年級學生……請介紹學習英文的書籍」。

　　兩位的要求都是我幫不上忙的，因為推薦讀什麼書就牽涉到個人現有英語程度（只此一項就很難於評量），個人興趣、英語以外比較見長的是那一類的學識，每天可以拿出多少時間等等。但是問同類問題的人很多，我應該談一談我基本的看法。

　　除非自己已經有了讀英文著作的充足能力，我主張先選讀內容所談事項是自己懂、甚至於熟習的，這樣我們可以靠其他知識促進英語知識的進步。將來在英語的能力強了之後，才能憑英語去獲得其他知識。

　　第二、所看的英語著作（無論是書或雜誌或選文）不可以和自己的功力相差太遠。吃力與不吃力還是小事，主要是「生字」和不識之「習語」太多的時候，查字典不能解決困難。（在這裡應該附帶地說一下，世界上沒有收羅一切英語單字的大字典，「片語、習語」被收進字典的占比例更是少。）

　　第三、不能把所有不識的英文單字都在字典裡查好再去讀那篇著作。如果不這麼做你就完全看不懂，那篇著作對你來講就嫌太深了。但是也不該完全不查。合理的辦法是在讀完數頁以後，把其中的一兩段的全部不識之字和片語都去查一查，雖然不見得都能查得到。查的目的是檢查自己到底有幾分瞭解，到底能不能看懂大意，發生過什麼樣的重大誤解。（這樣查出的字會留下很深的印象。）

　　查的字除了不識的以外，要養成習慣每次查一兩個自己認爲知道的字。後一項行動的益處常會讓你自己驚訝。

　　假若你發現自己的程度還不足以閱讀一般的美國英國著作，你該試讀「階梯叢書」(Ladder Books)中的書。這些書是著名英語著作的「簡明版」。大體講來，簡化成績很好。因爲叢書(很多書店都有得賣)項目甚多，無論你的興趣或專攻知識是什麼，都有很可看而且很有用的書。

　　光是讀英語著作對於聽與說(包括讀音)並沒有幫助。理想的英語進修應該是「視聽」兼用。

17-14

請教學習英文速讀是否可以增進英文閱讀能力及理解力？

　　如果速讀課程所選的讀物難易水準適合我的「功力」，就會有幫助，否則就很難期望有什麼效果。

　　我一直不能相信教外國學生作「中文速讀」會有效果。

吳炳鍾英語教室系列
英文Q&A

2004年2月初版　　　　　　　　　　　定價：新臺幣280元
2005年10月初版第二刷
有著作權・翻印必究
Printed in Taiwan.

著　　　者　吳　炳　鍾
發　行　人　林　載　爵

出　版　者　聯經出版事業股份有限公司　　責任編輯　何　朵　嬪
台 北 市 忠 孝 東 路 四 段 5 5 5 號　　校 對 者　楊　惠　苓
台 北 發 行 所 地 址：台北縣汐止市大同路一段367號　　封面設計　歐 立 吉 諾
　　　　　　　電話：(0 2) 2 6 4 1 8 6 6 1
台北忠孝門市地址：台北市忠孝東路四段561號1-2F
　　　　　　　電話：(0 2) 2 7 6 8 3 7 0 8
台北新生門市地址：台北市新生南路三段9 4 號
　　　　　　　電話：(0 2) 2 3 6 2 0 3 0 8
台 中 門 市 地 址：台 中 市 健 行 路 3 2 1 號
台 中 分 公 司 電 話：(0 4) 2 2 3 1 2 0 2 3
高 雄 門 市 地 址：高 雄 市 成 功 一 路 3 6 3 號
　　　　　　　電話：(0 7) 2 4 1 2 8 0 2
郵 政 劃 撥 帳 戶 第 0 1 0 0 5 5 9 - 3 號
郵　撥　電　話：2 6 4 1 8 6 6 2
印 刷 者　世 和 印 製 企 業 有 限 公 司

行政院新聞局出版事業登記證局版臺業字第0130號

國家圖書館出版品預行編目資料

英文Q&A／吳炳鍾著 . --初版 .
--臺北市：聯經，2004年
376面；14.8×21公分 . --（吳炳鍾英語
系列）
ISBN　957-08-2672-X（平裝）
〔2005年10月初版第二刷〕

Ⅰ.英國語言-讀本

805.18　　　　　　　　　　92022755

英語學習書系列

親子XYZ	邢維禮著
親子ABC	吳湘文著
全家學英文（一套二本）	文庭澍、傅凱著
Donald＆Mary的親子英文補習班	竺靜玉＆多多著
專門替中國人寫的英文基本文法	李家同、海柏著
辣妹ABC：徐薇老師和妳聊天	徐薇著
酷哥很Smart：徐薇老師和妳聊天	徐薇著
流行英文成語1	楊長江著
流行英文成語2	楊長江著
EQ-H美語遊戲教學	許美玲著
如何教小學生學英文	文庭澍譯
談情說愛學英文	鄭麗園著
兒歌（中英對照，一套五冊）	趙林主編
英語發音	吳炳鍾著

繽紛版系列

1.傷心電影院	余倩如著
2.家嚐便飯	張開基著
3.你我有感而動：廣告見真情	沈呂百著
4.英語說文解詞	陳文信著

聯經出版公司信用卡訂購單

信用卡別： □VISA CARD □MASTER CARD □聯合信用卡
訂購人姓名： _____
訂購日期： _____年_____月_____日
信用卡號： _____ _____ _____ _____
信用卡簽名： _____(與信用卡上簽名同)
信用卡有效期限： _____年_____月止
聯絡電話： 日(O)_____夜(H)_____
聯絡地址： □□□_____
訂購金額： 新台幣_____元整
（訂購金額 500 元以下，請加付掛號郵資 50 元）

發票： □二聯式 □三聯式
發票抬頭： _____
統一編號： _____
發票地址： _____

如收件人或收件地址不同時，請填：
收件人姓名： □先生
_____ □小姐
聯絡電話： 日(O)_____夜(H)_____
收貨地址： _____

· 茲訂購下列書種·帳款由本人信用卡帳戶支付 ·

書名	數量	單價	合計
		總計	

訂購辦法填妥後
直接傳真 FAX：(02)8692-1268 或(02)2648-7859
洽詢專線：(02)26418662 或(02)26422629 轉 241